东方的斧头

王伟力 著

北方文艺出版社

图书在版编目（CIP）数据

东宁的拳头 / 王伟力著. -- 哈尔滨：北方文艺出版社，2024.1
 ISBN 978-7-5317-6042-9

Ⅰ.①东… Ⅱ.①王… Ⅲ.①长篇小说－中国－当代 Ⅳ.①I247.5

中国国家版本馆 CIP 数据核字（2023）第 181287 号

东宁的拳头
DONGNING DE QUANTOU

作　者 / 王伟力
责任编辑 / 王　爽　　　　　　　　　封面设计 / 锦色书装

出版发行 / 北方文艺出版社		邮　编 / 150008
发行电话 / （0451）86825533		经　销 / 新华书店
地　址 / 哈尔滨市南岗区宣庆小区 1 号楼		网　址 / www.bfwy.com
印　刷 / 三河市金兆印刷装订有限公司		开　本 / 880×1230　1/32
字　数 / 215 千		印　张 / 8.875
版　次 / 2024 年 1 月第 1 版		印　次 / 2024 年 1 月第 1 次印刷
书　号 / ISBN 978-7-5317-6042-9		定　价 / 58.00 元

目录

001　第一章　拳王的童年
013　第二章　老洋炮的故事
029　第三章　痛打小恶霸
044　第四章　抗联英雄
061　第五章　山洞历险
077　第六章　无畏的少年
092　第七章　三本拳谱
109　第八章　偷猎的林局长
126　第九章　猎人情结
140　第十章　打工去
155　第十一章　闯荡泰国
167　第十二章　兄弟遇险

184	第十三章	"跑崴子"
197	第十四章	荒野斗棕熊
209	第十五章	在水库钓大鱼
224	第十六章	另一段生涯
232	第十七章	勇斗哥萨克保镖
246	第十八章	综合格斗馆
264	第十九章	最后的对决
278	后记	

第一章　拳王的童年

1968年秋末冬初，黑龙江省东宁县三岔口镇三岔口村农民王远强、赵若兰生了个儿子。

王家不是武术世家。王远强小时候偶然得到了三本武术拳谱。斗大的字，他认识不了一兜子，根本看不明白拳谱中写的是什么，只是心不在焉地翻看拳谱中的武术动作图解。一不留神，王远强竟然沉迷于拳谱中那些武术动作图解之中不能自拔了。

几年以后，王远强把拳谱中的武术招式都学会了，成为武功高强、深不可测的武术大师。深不可测，是因为村里人都知道王远强自幼习武，但是谁也没看到过他施展高强的武术功夫。

儿子的出生，让王远强欣喜若狂。他对有儿子是梦寐以求的，好让王家后继有人，更重要的是让他的武术功夫后继有人！他希望儿子能继承他的全部武学，成为出类拔萃的武林高手，以后在社会上能挺直腰杆，不受欺负。当时他的想法很简单，尤其是万一日本鬼子，或者和日本鬼子一样的侵略者再侵略中国，好有实力打击侵略者，保家卫国。

于是，王远强给儿子起了一个江湖大侠一般响亮的名字——王鹰杰，取英雄豪杰之意。

王家并不是祖祖辈辈土生土长在三岔口，王家的祖籍在山东聊城。

1644年，清兵大举攻入山海关内，进而攻占京师，建立大清王朝。清朝是中国历史上最后一个大一统封建王朝。为保护满族祖先的发祥地，以及人参、珍珠等资源，并为以后战败保留退路，他们在辽河流域和吉林部分地区修建千余公里的"柳条边"篱笆墙，禁止关内的汉人进入关东，使关东大地成为人烟稀少的北大荒。

　　1653年，清政府的统治地位已经稳固，再无退回关东之虞，也感到关东人烟稀少，不利于保土守疆，于是颁布了《辽东招民开垦条例》，打开封禁的"柳条边"城墙，鼓励关内汉人移民关东。

　　1658年夏天，王鹰杰的祖先一行六人，随着闯关东的人流，推着独轮车，越过"柳条边"城墙，继续移民关东的漫长跋涉。他们本来打算到吉林榆树安家，和村子里先前闯关东到吉林榆树安家的老乡会合，却因为迷路，一直走到海参崴，于是定居海参崴。

　　王鹰杰的祖先和祖祖辈辈生活在海参崴的满族人一起生息、劳作。他们捕捞海鱼、海参和其他海产品，长途贩运到关外各地，以及关内一些地方；再从这些地方换回或者买回布匹、皮货、粮食、食盐、金银首饰和日用品等。这种往返于海参崴和内地之间，原始的以物易物贸易方式，被称为"跑崴子"。

　　王鹰杰的祖先和其他山东人一样，骨子里都是"安土重迁"的，不愿意背井离乡，漂泊远方。由于关内土地兼并日益严重，黄河下游连年遭灾，战乱和灾荒不断，加上人口压力增大，农民生活日趋艰难。这些不断的天灾人祸，加之清政府的移民政策等，坚定了他们闯关东的决心。

　　1860年11月14日，沙俄逼迫清政府签订了不平等的《中俄北京条约》，乌苏里江以东40万平方公里的土地被沙俄夺去，这其中就包括了海参崴。生活在海参崴的中国人都管他们叫毛子。当这些中国人知道《中俄北京条约》将海参崴强行划归了沙俄，非常气愤和痛惜。

王鹰杰的祖先和一些生活在海参崴的汉族人、满族人、朝鲜族人觉得没有安全感，也没有了家的感觉。1861年夏天，他们毅然离开海参崴。当他们走到瑚布图河西岸，即瑚布图河、小乌蛇沟河和大肚川河的交汇地带，发现这个地方地势平坦、土地肥沃、气候温暖，于是搭盖茅屋，在此定居。他们称这个地方为三岔河口。他们还在三岔河口附近发现了蕴藏丰富的金矿和极其珍贵的人参。除了开垦荒地种植粮食、蔬菜，他们还淘黄金、挖人参，过起了安逸富足的生活。

其实，王鹰杰的祖先等一些人定居和开发三岔河口，绝不是东宁历史的开始。早在旧石器时代晚期，东宁地区就有人类活动。

20世纪70年代中期，考古工作者在东宁大肚川河谷地带，发现了几处战国至秦汉时期的古遗址。考古学家一致认为，这是沃沮人的文化遗存。沃沮人的房屋遗迹虽然仍为半地穴式，但已经出现了围绕穴壁而筑的火墙，它是目前黑龙江地区发现的最早的取暖设施，也是今天关东地区广泛使用的火墙、火炕的雏形。

据史料记载，沃沮人居住的地区"土肥美，背山向海，宜五谷，善田种"，这也与东宁地区的地理位置、土质、气候等相符。

魏晋时期，牡丹江、绥芬河流域沃沮人生活的地区被肃慎人的后裔勿吉人占据。

唐朝时期，698年，肃慎人的后裔粟末靺鞨人建立了渤海国。渤海国是统治东北地区的地方民族政权。731年，唐玄宗册封渤海国王大祚荣为渤海郡王，统辖忽汗州，加授忽汗州都督，从此渤海国成为唐朝版图内的一个羁縻州。渤海国曾四次迁移都城，其中两次迁至上京龙泉府（今黑龙江省牡丹江市宁安市西南渤海镇）。

渤海国时期，三岔河口地区属率宾府。金元时期，由于战争滋扰，三岔河口地区居民被全部迁走。

已经荒凉几百年的三岔河口地区,再度被王鹰杰的祖先等一些人开发。在这之后,三岔河口仍然有人继续到海参崴、双城子"跑崴子"。

三岔河口地区是东宁的发祥地,虽然处于高纬度,但因为距离日本海较近,受海洋气候影响,地理条件得天独厚,依山傍水,气候温和,植物茂密,动物繁多,非常适合人类居住。

后来,三岔河口改名三岔口。

1970年,王鹰杰的弟弟出生。王远强还想为他起一个响亮的武林名字,希望他长大以后,在武学造诣上超越他哥哥王鹰杰,成为武学的一代宗师。

王远强上学的时候,记住了老师讲的梁启超先生的一句话:"少年强则国强。"可赵若兰还记住了梁启超先生的另一句话:"少年智则国智。"

自从王远强结婚之后,赵若兰的思想观念发生了巨大变化。她真正意识到现在是新社会了,英雄豪杰行侠仗义、杀富济贫的时代已经一去不复返了。她不再崇拜仗剑独行的英雄豪杰,而是羡慕博古通今、出口成章的儒雅才俊。她自己也喜欢读书学习,更希望儿子长大后用心读书,也成为博学多才的文化人,社会需要有文化的人才。于是,她给二儿子起名王鸿儒,取自唐代刘禹锡的《陋室铭》中的"谈笑有鸿儒,往来无白丁"。

赵若兰平时什么事都听王远强的,但在给二儿子起名这件事上,他无论说什么,赵若兰都不听了。王远强不再说什么了,只是闷闷不乐地坐在院子里,一口接一口地抽着烟袋。

从王鹰杰懂事的时候开始,二爷王建国和父亲王远强就经常给他讲述王家前辈英雄打野狼、打野猪、打毛子、打鬼子的故事,用前辈英雄的故事激发王鹰杰学习武术的热情,培养他强悍、英勇的硬汉性格。

王鹰杰从小就喜欢听大人讲前辈英雄的故事,从心灵深处崇拜前辈英雄,也想像他们一样,做一个大英雄。

王鹰杰5岁的时候,王远强就迫不及待地教他武术动作。

王鹰杰对习武有一种与生俱来的兴趣和天赋,可以说是兴致盎然,喜欢至极。王远强教他的武术动作无论多难,他一看就会,一听就懂。

王远强经常告诉王鹰杰说:"日本鬼子当年侵略咱们国家,就是因为咱们实力太弱。必须学会武术,万一日本鬼子或者和鬼子一样的侵略者再侵略咱们国家,咱们好有实力保家卫国。没有实力,怎么能保家卫国?"

赵若兰则说:"保家卫国依靠国家军队的实力,而不是你的武术动作。"

王远强不服气地瞪了她一眼,并在鞋底儿用力磕了一下烟袋锅……

王鹰杰到了上小学的年龄,不喜欢学习书本上的知识,只喜欢学习武术招式。王鹰杰聪明至极、记忆超群,是武术天才。有些动作,王远强练习了一个月才学会;而他教王鹰杰一遍,王鹰杰就铭记于心,然后自己坚持不懈地练习。

王鹰杰8岁的时候,王远强已经把自己掌握的全部武术招式,像簸箕倒黄豆一样毫无保留地倒给了王鹰杰,其中不乏一些实战价值极高的武术精华,也就是一些"绝招"。

王鸿儒5岁的时候,家里人都认为他应该和王鹰杰一样,也懂事了,就开始对他进行全方位的教育。王建国就像教育王鹰杰一样教育王鸿儒,给他讲述前辈英雄可歌可泣、慷慨悲壮的故事,让他不要忘记东宁的历史和先辈英雄的事迹。他听得津津有味。王远强给王鸿儒讲解武术招式,看起来他也听得聚精会神。赵若兰教王鸿儒背诵荀子的《劝学》、韩愈的《师说》,让他从小对学习产生浓厚的兴趣。他听得目不转睛。

在对待学习文化和武术的态度上,王鸿儒和王鹰杰的好恶截然相反。王鸿儒酷爱学习文化知识,喜欢上学,对于学习武术毫无兴趣。开始,王远强对王鸿儒学习武术寄予殷切希望,认为王鸿儒比王鹰杰个子高,身体好,应该更具习武天赋。他给王鸿儒讲学习武术的重要性,开始时口若悬河、滔滔不绝,最后口干舌燥、黔驴技穷。就像王鹰杰5岁的时候对他进行文化教育一样,简直是对牛弹琴。

如此几次之后,王远强甚至让赵若兰现身说法,用她美女爱英雄的亲身经历,去说服王鸿儒习武。王鸿儒只是莫名其妙地看了王远强一眼,还是对习武兴趣索然。王远强埋怨赵若兰给王鸿儒起名的时候非要带个软弱的"儒"字,这就决定了他对武学的漠不关心。

赵若兰记忆超群,《三字经》《百家姓》《名贤集》《千字文》《弟子规》等能倒背如流。她记得王鹰杰小时候,她为他背诵:"人之初,性本善。性相近,习相远……"就像王远强给王鸿儒讲武术动作时一样,王鹰杰听得枯燥乏味。王鸿儒小时候,赵若兰为他背诵:"苟不教,性乃迁。教之道,贵以专……"就像王远强给王鹰杰讲武术动作一样,王鸿儒听得津津有味。

赵若兰劝王远强不要再强迫王鸿儒跟他习武了。正所谓乐山爱水,人各有志,如不可求,从吾所好。王远强终于放弃了让王鸿儒学习武术的念头。

王鹰杰的习武天赋日益彰显,不到一年时间,他就学会了三本拳谱中的全部武术招式。

王鹰杰每天都到菜园子外面的草地上练功。草地旁边有两棵大树,他把沙袋系在大树上,天天练习用拳头击打沙袋,用脚踢踹沙袋。开始是细河沙，后来换成粗河沙，最后就换成沙粒了。

王鹰杰每天打水的时候，都坚持利用辘轳井练功，锻炼身体的力量。他把水桶放到深深的井底，灌满水之后，快速摇动辘轳把儿，摇到了井台再快速反向摇动辘轳把儿，把装满水的水桶放下去，锻炼自己的爆发力；然后用力慢慢摇动辘轳把儿，把一桶水慢慢摇上来，再用力慢慢放下去，锻炼自己的耐力。

后来，王鹰杰为了锻炼腿部力量，到河边挑水，每天挑得家里水缸满了，锅、盆满了，再挑水浇园子。辘轳井因为长时间不打水，已经成为青蛙的天堂。

为了练习腿部力量和速度，王鹰杰天天朝山上跑，然后拎两捆柴火跑下山。

王鹰杰对父亲教他的武术招式绝不是照葫芦画瓢地生搬硬套，更没有死记硬背父亲送给他的三本拳谱，而是逐步研习和领悟。他感悟到，父亲只是学会了武术动作的皮毛，而没有掌握武术的精髓，更没有将武术拳谱中的各种招式融会贯通、有机结合，进而在实战过程中灵活自如、得心应手地运用。

之后，王鹰杰更深地感悟到，中国武术门派繁多，招式五花八门、千变万化，一个人不可能对所有门派千变万化的招式都烂熟于心，应用自如；如果把其中一些实用的招式铭记于心，灵活应用，那就是高手中的高手了。因此，王鹰杰对父亲教他的武术招式进行了发展改造，在他对武学的理解和参悟的基础上，对这些招式进行重新组合，编排了六套拳脚功夫。这是为了练习时方便记忆，绝不是实战时的固定套路。实战的时候要根据不同对手的具体情况，将一个一个拳脚招式拆开，灵活运用，融会贯通。王鹰杰回忆着二爷讲述的打猎故事，认真品味和想象黑熊、野猪、野狼、苍鹰的攻防动作，通过蹬腿、转体、手臂或腿部屈伸的协调搭配，把身体的最大潜能发挥出来,把浑身的力量集中在拳头、腿脚上,实现用最大力量、最快速度攻击对手,让对手没有时间防守,也没有机会反攻。他甚至把父亲教他的拳脚功夫简化了一半,把不实用的动作剔除,留下的动作更加简洁、直接、实用,更具有实战价值。

王鹰杰几次追问父亲,他的武术功夫是跟谁学的,师父是哪位高手,是什么门派。王远强都回答不出来。王鹰杰也就不再问他了。王鹰杰确定父亲掌握的武术动作基本无门无派,于是给自己创新发展的拳脚功夫命名为"王氏拳脚功夫"。

王建国说,王鹰杰、王鸿儒的长相,和王家前辈英雄的样貌十分相像,一家人就是一家人,一脉相承,有血缘关系和没有血缘关系就是不一样。

王鹰杰成熟得比别的孩子都早。他上小学的时候,身体就比别的孩子强壮,思维就比别的孩子敏捷。这和他从小就练习拳脚功夫有关系。王鹰杰悟性极高,具有极高的习武天赋。

王鹰杰五官端正,单独拿出来都不出众,普普通通,看不出有多英俊潇洒,有多风度翩翩。他个子不高,一米七二,但是身材匀称,肌肉发达,力量巨大。王远强天生懦弱、胆小怕事,儿子王鹰杰的性格与他截然相反。若受辱,他必定拔剑而起,宁死不屈;人若被欺,他必定挺身而出,锋芒毕露。王鹰杰是一条生龙活虎的硬汉,充满阳刚之气,性格过于强悍,血性十足;内心过于强大,坚韧、无畏,犹如一只雄性猛禽,具有英勇顽强的斗志和毫不遮掩的霸气。

王家的邻居秦家有一个女孩,叫秦雨晴。她是三岔口村最漂亮的女孩。

秦雨晴于1969年春天出生,比王鹰杰小6个半月。秦雨晴上小学、中学时都和王鹰杰同班。两家的房子相距20多米,园子之间只隔着一道柞木栅栏。

王鹰杰和秦雨晴每天都能见面，除了上学放学之外，还一起种地铲地，酱缸打耙，摘黄瓜、柿子，割韭菜，拔小葱。王鹰杰每天早晚练习拳脚功夫，秦雨晴都在偷偷地观看。

王远强早就发现秦雨晴经常偷看王鹰杰练拳。他的烟袋一直在嘴里叼着，都叼出口水来了。他的脸上露出一种莫名其妙的微笑。微笑让他的眼睛变得更小，似乎看不了多远，但是他想得很远。

秦雨晴小时候胆小怕事，性格懦弱，上小学四年级的时候，还和刚上一年级时一样，每天像小白兔似的，谨小慎微，诚惶诚恐。

美女都是爱英雄，爱才子。秦雨晴在情窦未开的孩提时期，就在内心深处喜欢王鹰杰，把他当作武功高强的大英雄来崇拜。王鹰杰有时候和村里其他孩子一起玩，秦雨晴总是站在旁边观望，很少参与疯跑疯跳的剧烈运动。有一个游戏叫老鹞子抓小鸡，男孩子要搂女孩子的腰，女孩子也要搂男孩子的腰，秦雨晴总是远远地观看。她不敢搂男孩子的腰，也不可能让男孩子搂她的腰。王鹰杰身手敏捷，总是在这个游戏里扮演捉小鸡的老鹞子。秦雨晴和王鹰杰很少说话，有时两人一前一后走在上学放学的路上，都不说一句话。同学们都知道他们是邻居，都认为秦雨晴是王鹰杰的人，谁都不敢欺负她。

三岔口地区的地理位置得天独厚，土质肥沃，气候宜人，物产丰富，适于人类居住，被誉为"塞北小江南"，盛产山参、南果梨、苹果梨、山葡萄、草莓、山都柿、山芹、桔梗、黄花菜、木耳、蘑菇等。

在野菜中，三岔口人最喜欢吃的是山芹。他们把山芹叫作"野山芹"。三岔口人最喜欢吃野山芹馅大包子，它主要用野山芹的嫩茎叶，加上家猪或者野猪的五花肉作为馅。包子皮薄馅大，个头很大，吃着过瘾。

三岔口的野山芹馅大包子非常好吃,声名远播。夏天好多人到东宁,就是为了到三岔口吃野山芹馅大包子。

每年的五六月份,是野山芹的收获时节。三岔口村家家到山林里采摘野山芹。野山芹喜阴不喜阳,多生长在阴坡林间、沟谷湿地。野山芹不能晒成干菜,晒干的野山芹保持不了原汁原味。三岔口人还会把大量野山芹用盐腌上,留着冬天吃。冬天吃的时候先用清水泡洗,脱去盐分,再做包子馅。因此,即使冬天,三岔口人也能吃上味道鲜美的野山芹馅大包子。

上小学四年级的时候,王鹰杰领着秦雨晴、王鸿儒等七个孩子到山上采摘野山芹。王鹰杰采摘得最快,背篓很快就装满了,他仿佛背着一座小山。秦雨晴害怕蛇和洋辣子,采摘野山芹的时候提心吊胆,影响采摘的速度。王鹰杰就帮助她采摘,很快,她的小背篓也装满了。正当他们往山下走,准备回家的时候,地上悄无声息地盘着一条毒蛇,它突然在秦雨晴的小腿上咬了一口。王鸿儒和其他孩子吓得撒腿就往山下跑。秦雨晴吓得扔掉小背篓,手足无措地坐在了地上大哭起来。

王鹰杰跑过来,一看秦雨晴被毒蛇咬了,那条毒蛇就在她的对面,草绿色的身体上带着黑色花纹,伸着略宽的脑袋在看着她大哭。

王鹰杰摘下背篓就想抓住毒蛇的尾巴。那条毒蛇非常凶猛,突然甩过头来要咬王鹰杰的手,那速度如同功夫高手出拳。王鹰杰的左手敏捷地躲过蛇头的进攻,一把抓住毒蛇的脖子,他用右手抓住毒蛇的尾巴,突然松开抓着蛇头的左手,同时右手用力一抡,把毒蛇的脑袋重重地摔在一棵树上。他连续摔了三下,看看毒蛇不动弹了,已经死去,才把它扔到树林深处。然后,王鹰杰蹲下来,解开秦雨晴扎紧的裤脚。因为害怕毒蛇和虫子,每次上山采摘野山芹,她都把裤脚扎紧。王鹰杰撸起秦雨晴的裤脚，先是托起她的小腿，用双手挤压带有蛇毒的细小伤口，感觉效果不好，就开始用嘴吸血，吸一下，吐一下。用嘴吸出蛇毒是父亲教给他的。

当王鹰杰捋起秦雨晴的裤脚，用手挤她小腿上的伤口的时候，秦雨晴就想用手打开他的手；当他用嘴吮吸她伤口上的血水的时候，她想打开他的嘴。但是一想，王鹰杰是在救她的命，而且是冒着中蛇毒的危险救她的命，她就不想打他了，而对他充满了感激。

最后，王鹰杰连自己的小背篓和装得满满的野山芹都不要了，毅然把秦雨晴背回了家。

秦雨晴的爸爸秦青石看到王鹰杰背着秦雨晴回来了，还以为是王鹰杰惹了祸，让秦雨晴受伤了，疾言厉色地训斥王鹰杰："你小子又捅啥娄子了，把雨晴伤成这样？她伤到哪儿了？"

王鹰杰记得二爷、父亲都对他说过，有毒的蛇的脑袋较宽，无毒的蛇的脑袋较窄。他感觉这条蛇的脑袋较宽，应该是有毒的蛇。他担心秦雨晴的安全，没有时间为自己辩解："雨晴被蛇咬了。那条蛇草绿色，还带着黑色花纹。我感觉应该是毒蛇。"

秦青石漫不经心地说："那是野鸡脖子，是无毒的蛇。没事，养两天就好了。"

王鹰杰感觉秦青石说话不太着调，不托底，赶紧跑回家里，向父亲描述了那条蛇的形状特征，并问那条蛇是不是毒蛇。

王远强一听说毒蛇，麻溜儿地从嘴里抽出烟袋，把嘴空出来，朝地上吐了口唾沫："那是野鸡脖子，是毒蛇。前年，咱们村老罗头儿就是被野鸡脖子咬死的。谁被野鸡脖子咬了？谁呀？"

王鹰杰也不回答，转身就跑出去了。他听老师讲过，人要是被毒蛇咬了，最安全可靠的方法是注射抗蛇毒血清。他向母亲要了钱，想借辆自行车去三岔口镇药店买抗蛇毒血清，但是跑了三家，也没借来自行车。情急之下，他一路狂奔到三岔口镇药店，为秦雨晴买了抗蛇毒血清。

秦雨晴注射了抗蛇毒血清，王鹰杰才放心了。秦雨晴也化险为夷了。

王鹰杰非常崇拜英勇顽强、不屈不挠的前辈英雄，尤其是前辈英雄王振山。他从小就经常听二爷讲述老英雄王振山和老洋炮的故事。

王鹰杰总想把老英雄王振山和老洋炮的故事讲给秦雨晴，但是一直没有机会……

第二章 老洋炮的故事

一支老洋炮，凝聚着王鹰杰的几代英雄祖先的故事，也凝聚着东宁的一段悲壮的历史。

清政府为了统治边疆的广大地区，在重镇宁古塔（今黑龙江省海林市长汀镇旧古城村）设置宁古塔将军。1666年，宁古塔将军迁建新城于渤海国都城上京龙泉府故址（今黑龙江省宁安市东京城镇）。宁古塔将军管辖范围广阔，据《大清一统志》记载："东滨大海，西接边墙，南峙白山，北逾黑水。"即东至大海3000余里，指北起鄂霍次克海，南至日本海的海面；西至柳条边590余里，至盛京威远堡开原界；南至长白山南图们江、鸭绿江1300余里，与朝鲜分界；北逾黑龙江至外兴安岭。三岔口地区属于宁古塔副都统辖区。

1683年，清政府增设镇守黑龙江等处地方将军，简称黑龙江将军。黑龙江将军是清代黑龙江地区最高官员。宁古塔副都统萨布素升任黑龙江将军，统八旗兵驻于瑷珲旧城。此后，黑龙江将军府多次迁移。1684年，移驻黑龙江西岸的瑷珲新城（今黑龙江省黑河市爱辉区瑷珲镇）；1690年，移驻墨尔根（今黑龙江省嫩江县）；1699年，移驻齐齐哈尔。此后200多年，黑龙江将军府一直设在齐齐哈尔。

1909年6月2日，清政府在三岔口设置东宁厅。东宁因三岔口位于宁古塔以东而得名。

其实，第一次"闯关东"的山东、河北、山西人大多数没有闯到黑龙江、乌苏里江流域，而是闯到辽西、辽北和吉林等地区，只有少数人来到了黑龙江、乌苏里江流域。关东因为移民而"地利大辟，户益繁息"。

后来，清政府认为闯关东的汉族人太多了，怕影响关东满族人的生活和习俗，又开始实行封禁政策。

鸦片战争后，清政府对边疆的控制日益削弱，沙俄不断侵吞黑龙江、乌苏里江流域的领土，骚扰黑龙江、乌苏里江流域的中国人民。

1860年，《中俄北京条约》签订之前，黑龙江将军特普钦建议清政府开放封禁，实边卫国。清政府采纳了特普钦的建议，再次开禁放垦，鼓励关内移民实边，以振兴关外的经济。当年，在关东局部弛禁放荒，之后全部开禁。山东、河北等地大量汉族人第二次闯关东，尤其向黑龙江、乌苏里江流域迁移。第一次闯关东迁到辽宁、吉林的一些人，也随之迁到黑龙江、乌苏里江和瑚布图河流域。

闯关东绝不同于一般的搬家那么简单，而是千辛万苦，千里迢迢，拖家带口，跋山涉水。除了面临险恶的自然、凶猛的野兽、严重的疾病的威胁之外，还要经受饥寒交迫的折磨，官兵的洗劫，可以说是突破层层险阻，闯过重重关隘，最终才来到生存环境同样险恶的关东大地。闯关东的人在关东的生活、创业更加艰难，环境不适应，气候不适应，对当地人的语言和排外情绪也不适应。他们从事的是非常繁重的体力劳动，干着当地人不愿意干的活儿。当时在当地流传这样一句话："老金沟淘金，满族人不干，本地人不干，山东人干……"

第二次闯关东，使东宁地区人口大增。

19世纪末期，沙俄为了牢固地占有这片远离欧洲的肥沃土地，也为了实施蚕食亚洲的"远东政策",决定修建一条贯通整个西伯利亚的大铁路。

1891年5月,西伯利亚大铁路海参崴段开始向北破土动工。

沙俄为了实现西伯利亚铁路贯通,把远东重镇海参崴与其国境内的西伯利亚铁路东段连接在一起,为了更好地掠夺和侵略中国,酝酿在中国领土上修建穿过中国东北地区的铁路——中东铁路。1896年,清政府特使李鸿章在圣彼得堡参加沙皇尼古拉二世的加冕典礼,与沙俄签订《中俄御敌互相援助条约》(简称《中俄密约》),允许俄国在中国东北修筑铁路。

1897年8月28日,在三岔口举行了中东铁路的开工典礼。出席典礼的有三岔口的中国地方官员、以总工程师尤戈维奇为首的中东铁路建设局官员,还有乌苏里铁路管理局和临近的沙皇俄国地方官员。中东铁路以哈尔滨为中心,西至满洲里,东至绥芬河,南至大连,恰如"T"字形,分布在中国东北广大地区。六处同时开始相向施工。

1898年,沙俄组成百人勘测队,在沙俄边防军的保护之下,分批闯入中国东北进行中东铁路线路勘测。本来东北人民都对沙俄逼迫清政府签订《中俄北京条约》,强占中国领土,已经非常痛恨,现在他们还要在中国境内修建海参崴通往莫斯科的铁路,这进一步激起了民愤。东北人民自发地组织起反对沙俄占地筑路的武装斗争。

王鹰杰的前辈王振山和三岔口村的一些青年被招募为筑路劳工,修筑绥芬河段铁路。他们夜以继日地开山采石,搭桥垫路,伐树破木,铺设道枕,以超强的体力劳动,为中东铁路建设流血流汗。

沙俄监工经常凶残地虐待中国劳工,有一次竟把一个中国劳工鞭挞致死,清政府的管理部门却不敢为中国劳工说话,放纵凶手。王振山当劳工的时候才知道中东铁路是怎么回事,对沙俄在中国修铁路极为愤怒，也对沙俄监工恨之入骨。

沙俄工程师彼德罗夫学习汉语的兴趣极为浓厚，每天都请求王振山教他说汉语。王振山感觉彼德罗夫和别的毛子不一样，同情中国劳工，多次反对沙俄监工虐待中国劳工，就不厌其烦地教他说汉语，并和他成为朋友。彼德罗夫喜欢洋炮，每天睡觉前都把自己珍爱的一支洋炮握在手上，对着墙上的一个斑点儿练习瞄准。据说他每天搂着洋炮睡觉，就像搂着洋媳妇一样。

王振山不想再为沙俄修筑铁路流血流汗了，准备离开。彼德罗夫对王振山恋恋不舍，把自己心爱的洋炮送给了王振山，还有一些弹药和一把猎刀，给他留作纪念。王振山把当筑路劳工的全部工钱留给彼德罗夫，彼德罗夫说什么也不要："不，不，好朋友，送你的！"并用他生硬的汉语，吃力地教会了王振山使用洋炮。第二天清晨，王振山趁彼德罗夫出去练拳击，走进他的房间，把自己的全部工钱放在他的枕头下面，然后带着洋炮、弹药和猎刀，和同村的青年人一起返回三岔口村。

王振山对洋炮爱不释手，摆弄过来，摆弄过去，天天在自家院子里没完没了地练习瞄准。弹药金贵，他舍不得实弹射击。

刚刚得到洋炮的王振山，还以为有了洋炮，就可以想打什么就打什么了。

王振山已经对洋炮了如指掌了，就带着装填了弹药的洋炮进山打猎。这是他第一次用洋炮实弹射击，也是第一次用洋炮打猎。为了检验洋炮的杀伤力，王振山准备射杀一头野猪。为了保险，他身上还背着以前打猎使用的弓箭。万一洋炮没打响，他好用弓箭射杀猎物。

神奇的大自然，哺育了神奇的动物。狍子、野兔、梅花鹿食草，温顺；狐狸、野狼、东北虎食肉，凶猛；野猪、黑熊食草也食肉，少温顺，多凶猛。有土地，产生了农民；有动物，产生了猎人。是农民还是猎人，是特定历史时期人们赖以生存的生产方式决定的。猎人即使只想猎杀温顺的食草动物，也会遇到凶猛的食肉动物的攻击，所以，猎人必须和食肉动物一样凶猛，或者掌握能够猎杀食肉动物的武器，才能在危险重重的大自然中生存。

王振山是三岔口最出色的猎手。他长得就像村东头的大树，挺拔健壮，刚劲威武。他强悍、英勇，而且具有号召力，附近的胡子都不敢来三岔口村抢夺粮食。

过去，王振山打猎除了使用自制的弓箭，还在野兽经常出没的地方设置钢丝套、陷阱，猎捕动物。用弓箭打猎，不能想打什么就打什么，更多的是射杀野鸡、野兔、狍子等中小型动物，很少射杀野猪等大型动物。射杀大型动物，尤其是大型食肉动物，非常危险，也难以成功。野猪等大型动物，只有射中它脖子上的大动脉、心脏等要害部位，才能一击致命。因为野猪皮糙肉厚，一箭很难射穿它的心脏，只能瞄准它脖子上的大动脉，否则，没有射中野猪的要害部位，容易遭到野猪疯狂的攻击。有一次，王振山在打猎的时候遇到一群野猪。他朝跑在后面的野猪射了一箭，正中它的脖子大动脉。然而野猪没有很快倒下，而是带着弓箭漫山遍野地在前面一路狂奔，王振山在后面一路猛追。野猪一气跑了十来里路，也没有倒下。王振山已经精疲力竭，就要倒下了，只好放弃追赶。就在王振山停止追赶野猪时，野猪却出人意料地突然倒下了。也许受伤的野猪失血太多，全凭精神的力量支撑着奔跑。当它看到王振山停止了追赶，精神放松了，身体也就倒下了。

这头野猪受伤后没有立即凶猛地攻击王振山，是王振山的万幸。

用钢丝套主要是猎捕山兔、野鸡等小型动物，偶尔也能猎捕到狍子和小野猪什么的；捕猎陷阱则经常能捕捉到山兔、狍子，甚至大野猪和黑熊……

一进山,王振山远远就看到了四五头野猪在树下的草丛中觅食。他还不清楚洋炮的射程到底有多远,威力到底有多大,担心距离太远,洋炮打不到,就悄悄地接近野猪。当王振山距离一头大野猪30多米的时候,瞄准大野猪的心脏部位开了一枪。洋炮的声音震天动地,把他自己吓了一跳,其他野猪也被吓得四散。

大野猪被洋炮打中了,挣扎着跑了十几米,就倒在了草丛中。王振山走近大野猪一看,洋炮的大号独弹准确地打中了它的心脏。

王振山第一次使用洋炮,就猎杀了一头300来斤重的大野猪,自然满心欢喜,他也体验到了洋炮的威力。他用大号猎刀把大野猪开膛,掏出内脏后,把大野猪肉分成两半。他担心野狼闻到大野猪的血腥味,会蜂拥而来,不仅和他争抢大野猪肉,还会把他和大野猪一起吃掉。于是,王振山把大野猪肉挂在一根很粗的木棍两头儿,高高兴兴地挑了回来。

王振山过去用弓箭打猎的时候,就经常把猎物送给三岔口村的各家各户。这是他用洋炮猎杀的第一头野猪,更应该与村民们分享。他把大野猪肉切成块儿,挨家挨户送给了三岔口村的村民。

村民们都吃上了野猪肉,大多是用野猪肉做酸菜馅饺子或是炖酸菜粉条子。

为了打击沙俄的勘测队和施工队,邻村的一些猎人、普通农民自发地组织起来,袭击沙俄的勘测队、施工队和边防军,被毛子和官兵称为"红胡子"。在他们的鼓动之下,王振山和村里的一些农民也参加了他们抗击毛子的战斗。他们在绥芬河一带袭击了保护沙俄勘测队、施工队的沙俄边防军,反抗沙俄士兵欺压中国劳工,以及勘测队、施工队非法闯入中国领土勘测、施工的行为。

王振山他们这支队伍有43人,只有7支洋炮、14支弓箭,其他人则手持大刀和长矛。他们已经商量好了，由王振山担任指挥，毛子兵一出现，先是由猎手用洋炮、弓箭对毛子兵射击，然后手持大刀、长矛的村民向毛子兵冲杀，力争将毛子兵一举歼灭，灭灭毛子的威风。

他们从早晨开始，就埋伏在一个山坡两旁，如同围猎的猎手，等待着猛兽的出现。然而，一直等到中午，也没有一个毛子兵的踪影。有三个人认为毛子兵不会来了，不想再埋伏了。他们也不向王振山报告，就拎着大刀、长矛下山了，提前撤出了战斗。当他们走到山下，毛子兵突然出现了。他们三人被吓得不知所措，既想说是下地干活儿的，拿的却不是农具；又想退回到山坡上，和王振山他们会合，但已经来不及了。毛子兵一看他们三人就不是干活儿的农民，而是要砍他们、扎他们的"红胡子"，于是，向他们三人开枪。三人当场死亡。

由于他们三人和毛子兵的相遇，毛子兵提高了警惕，破坏了王振山他们的部署，伏击变得被动。王振山大喊一声："打毛子！"

拿洋炮和弓箭的猎手同时向毛子兵射击。猎手的射击都是非常精准的，几乎百发百中，然而7支洋炮只有5支响了，有2支洋炮火门内的火药受潮，没有引燃炮膛内的火药，只打死了5个毛子兵。14支弓箭射不了那么远，只射中了3个毛子兵。王振山的洋炮打死了骑着高头大马、别着短枪的毛子军官。

其他人手持大刀、长矛，刚要冲下山坡，想砍瓜切菜一般砍杀毛子兵，王振山把他们叫住了。王振山看清了毛子兵的家伙事儿都是使用弹壳子弹的钢枪，打得远，打得准，换子弹比洋炮装填弹药快10倍。王振山听彼德罗夫介绍过这种钢枪。王振山看到除了下面的30多个毛子兵之外，远处还有30多个毛子兵朝这边冲来。如果不及早撤退，他们这43人都得被毛子兵的钢枪打死。于是，王振山立马组织大家撤退，朝山林里跑。

当王振山他们摆脱了毛子兵的追杀，清点人数的时候才知道，有4个手持大刀、长矛的人没有听王振山的指挥，洋炮一响之后就冲下山坡，还没有砍到、扎到毛子兵，就被毛子兵的钢枪射杀了。其他人安然无恙，各回各村，各回各家。

王振山有了这支洋炮，如虎添翼，很快就成为三岔口更出色的猎手。

王振山在一次狩猎中，遇到了一只带崽儿的黑熊。黑熊一看到拎着洋炮的王振山，一种出自本能地保护熊崽儿的心理，让它把王振山当作威胁熊崽儿安全的劲敌，它毫不犹豫地向王振山发起了攻击。王振山本想马上离开，不和黑熊发生冲突，然而黑熊如同仇人相见分外眼红，向王振山冲了过来，他只好向黑熊开枪。大号独弹把黑熊的肚子撕开了一个大洞。黑熊只是停顿了片刻，立马又向他冲来。王振山想要为洋炮装填弹药已经来不及了，只能转身就跑。他刚刚跑到一个山崖上，黑熊就追了上来。王振山和黑熊进行了惊心动魄的殊死搏斗。洋炮在击打黑熊的过程中脱手，险些折断。大号猎刀刺进黑熊的肩膀，却丝毫没有削弱黑熊的战斗力。即将精疲力竭的王振山用最后的力气，把这只肠子都露出来了、血液快流淌干净的黑熊踢下山崖……

王振山被黑熊抓伤了七处，手臂的伤势最严重，伤口露出了骨头。

通过这次和黑熊的较量，王振山总结出一个深刻的教训——即使用洋炮打猎，也不是什么动物都能打，和用弓箭打猎时一样，尽量不要招惹黑熊等凶猛的野兽。遇到了，不能不打，必须一枪毙命，让它不再有攻击人的能力，否则受伤的黑熊等猛兽会对人发起更为凶猛的攻击，人就危险了。

王振山的洋炮是前膛装填弹药的滑膛枪，属于霰弹枪，使用之前要先装填火药，加上纸垫，再装枪砂，再加上纸垫，过程烦琐，需要一定的时间。打大型猎物，要装填和炮膛同口径的大号独弹；打小型猎物，要装填高粱米粒大的铸铁枪砂或者铅砂。因此，在猎杀猛兽的时候如果射击不精准，或者没有装填大口径独弹，没有让猛兽一枪毙命，在猛兽的攻击之下，就没有机会再为洋炮装填弹药。没有装填弹药的洋炮和没有箭矢的硬弓一样没有意义，猎手很容易为疯狂的猛兽所伤。

1900年夏天，沙俄军队侵入绥芬河、三岔口一带，三岔口的商铺遭受沙俄士兵的抢掠。清政府在沙俄政府的逼迫下，调走边防军队，遣散屯兵。为了保卫家园，三岔口镇组织起50人的炮手营，以猎人为主，打击沙俄军队。

王振山积极组织三岔口村的12个猎人参加炮手营。王振山虽然不是炮手营的头儿，但是他善于总结经验，有了上次袭击保护勘测队和施工队的沙俄边防军的教训，他建议不能和毛子兵硬碰硬，而是要发挥猎人熟悉山林的优势，把毛子兵引进山林，像猎人围猎一样从四面突袭毛子兵。打完了就钻进深山，在隐蔽处、在运动中打毛子。还要发挥捕猎陷阱的作用，多挖设一些捕猎陷阱。

炮手营的头儿接受了王振山的建议，在毛子兵必经的山林地带挖设了40多个陷阱，底部插满木箭。他们屡次在山林里袭击毛子兵，打得毛子兵晕头转向，有20多个毛子兵掉进陷阱而丧命，致使毛子兵不敢进入山林追赶炮手营。炮手营既打击了毛子兵，又保存了自己的力量。此后，毛子兵不敢再进犯三岔口。

在炮手营，王振山用洋炮打死了4个毛子兵，打伤了2个毛子兵。

1907年，清政府决定裁撤盛京、吉林、黑龙江将军，设置奉天、吉林、黑龙江行省，置巡抚。黑龙江行省省会设在齐齐哈尔。

1907年，东宁地界的胡子十分猖獗。胡子头儿李焕文、十五阁王、王德、尹大个子等纠集200多人，分头滋扰三岔口地区各村庄。绥芬厅派军队进行围剿，胡子无路可逃，窜入沙俄境内。绥芬厅派出的军队撤走后，胡子又从沙俄境内潜回，继续滋扰各村庄。

王振山召集三岔口村的13个年轻猎手组成炮手队，阻击胡子进村滋扰，誓死保护三岔口村父老乡亲的生命财产安全。他把炮手队两个队员分成一组，轮流为村子站岗放哨。一有胡子，鸣枪为号，其他队员迅速朝枪响的地方集结，进行围猎；如果来不及集结，就各自为战，拿出猎杀野狼和黑熊的勇气和枪法，猎杀胡子。

王振山的太爷爷——一个年逾古稀的老猎人，提出打胡子的建议："振山哪，你还年轻，没经验。村子里猎手少，胡子多，寡不敌众；洋炮落后，也不抵胡子的钢枪邪乎。如果在村子里明目张胆地和胡子针锋相对，不但阻止不了胡子进村抢劫，还会激怒胡子前来报复，惹来杀身之祸，甚至引来胡子屠村的灾难。你听我的，麻溜儿出村，去3个村子之间的道边山坡上伏击胡子。保证没错！"

王振山感觉太爷爷说得在理，就留下两个队员守卫村子，自己带着11个队员悄悄出村，去3个村子之间的道边山坡上埋伏，突袭胡子。胡子拉着3辆马车，装着满满的粮食、兽皮、家禽和火药等。王振山在洋炮里装满黄豆大的钢珠，一枪打倒了两个胡子。其他队员一齐开火，当场射杀了11个胡子。剩下的3个胡子刚要逃走，就被快速冲上来的王振山用洋炮逼住。其实他的洋炮还没来得及装填弹药，是空枪。但胡子哪里知道。其他队员冲上来就把剩下的三个胡子杀死了。王振山开始想阻止他们杀死三个胡子，后来一想，杀死三个胡子也对，应该斩草除根，否则他们回去报信，势必引来大量的胡子，那样才容易为三岔口村引来杀身之祸。

王振山把从胡子手里抢来的粮食、兽皮、家禽分给了村民，把武器、弹药分给了炮手队员。

三岔口村的村民一阵欢天喜地之后,立马又恢复了往日的宁静。

胡子知道是猎手伏击了他们,但不知道是哪个村的猎手。从此,胡子不敢轻易滋扰三岔口了。

王振山担心胡子前来报复,就继续坚持日常两人一组站岗放哨,丝毫不敢松懈。

1923年春天,王振山的孙子、王鹰杰的爷爷王卫国出生。

1925年秋天,王振山的二孙子、王鹰杰的二爷爷、王卫国的弟弟王建国出生。

日俄战争后,战败的沙俄将旅顺、大连及附近领土领海的租借权让给日本,日本也得到了长春—大连的铁路支线(南满铁路)。沙俄和日本把旅顺、大连地区称为关东州。日本为了维护其殖民利益,在关东州驻扎了一支军队,称为关东军。日本侵略中国东北的野心在不断膨胀。

1931年9月18日,日本关东军突然炮击中国东北军的北大营,并向沈阳进攻,开始了侵略中国的战争。

1933年3月,日军闯入三岔口。他们惨无人道地烧毁民房,屠杀村民。王卫国、王建国的爹妈正在外屋地烧火做饭,鬼子扔进去一颗手雷,将他们炸死,然后鬼子又点燃了茅草房。当时,王振山正在野外教王卫国、王建国打猎。等他们回来一看,房子已经变成一片废墟,王卫国、王建国的爹妈尸骨无存。

童年的王卫国、王建国心里埋下复仇的种子,他们痛恨日本鬼子!

王振山看到眼前的悲惨景象,怒火熊熊燃烧,拎着洋炮,带着大号猎刀就要追赶鬼子,为儿子、儿媳报仇雪恨。可他一想,儿子、儿媳都没了,如果他再有个三长两短,王卫国、王建国就没有人抚养了,只能暂时把仇恨咽下……

日军占领东北之后，大肆掠夺中国的木材和矿产等资源，解决国内资源不足的问题，以满足其侵略战争的需要。他们强迫中国劳工在东宁境内的山林中，夜以继日地破坏性盗伐林木，除了供修建东宁军事要塞和其他军事要塞使用之外，源源不断地运往日本。

1938年冬天，已经58岁的王振山在杨木桥子森林里打猎的时候，和几个在山上打猎的鬼子相遇。他用大号猎刀杀死一个鬼子，用洋炮打死一个鬼子，凭借对山林地形的熟悉，摆脱了鬼子的追杀。在山里，王振山发现鬼子看押着几十名中国伐木工人，他们没日没夜地在为鬼子盗伐木材。王振山回到家里，把所有的弹药都装进狩猎背包，带上洋炮和大号猎刀，然后进山袭击鬼子，阻止鬼子盗伐中国木材，也为儿子、儿媳报仇。

王振山刚刚进入山林，就听到两声枪响。有两个鬼子在追赶一个中国人。在这种情况下，任何一个有良知的中国人都不会袖手旁观，任由日本鬼子追杀中国人，何况是王振山这样的血性汉子。他毫不犹豫地抄近道追上鬼子，然后从背后杀死后面的鬼子，又用洋炮打死前面的鬼子。王振山解救了身处险境的同胞。他叫李杰，是东北抗日联军的一个连长。李杰他们连在深林里的营地遭到鬼子和伪军的袭击，突围的时候被打散。李杰遭到鬼子的追杀，子弹打光了。

王振山这才知道有一支叫作东北抗日联军的队伍，是共产党领导的打击日本侵略者的军队。

王振山对这一带山林了如指掌。他帮助李杰找到了被打散的队伍，并提出和抗日联军一起偷袭看押伐木工人的鬼子，阻止鬼子盗伐木材。李杰他们也正有此意，他们都想保护中国的林木资源。

半夜，王振山、李杰带领30多个抗日联军战士悄悄接近目标。他们先是朝鬼子的帐篷投掷了10多颗手榴弹，然后向冲出来的鬼子射击。从侧面接近伐木工人的帐篷的5个抗日联军战士消灭了鬼子的岗哨，成功解救了几十名伐木工人。

经过10多分钟的战斗，消灭了20多个鬼子和伪军。除了3名战士牺牲外，其他人在王振山的指引下，顺利撤出，并转移到其他深山。

这次战斗，王振山又用洋炮打死了一个鬼子。

王卫国、王建国长大了。他们从爷爷王振山手里接过洋炮，开始用洋炮打猎，成为和爷爷一样的出色猎手。他们枪法精准，驰骋荒原，纵横山林；身体健壮，血性强悍，英勇无畏。他们和爷爷一样，是在国家遭受侵略的生死存亡之际，能够挺身而出、英勇抗敌的硬汉。

这个时候的洋炮已经饱经风霜，成为老洋炮，大号猎刀也成为老猎刀了。

日本侵略者为了永久占领中国，在中国东北实行了移民政策，派遣"开拓团"，几十万日本人移民东北。"开拓团"强占或以极低廉的价格强行收购中国农民的土地，为建立移民村落，还把大批中国农民赶出家园。大批中国农民失去土地和家园，四处流浪，或住进日本侵略者建立的"集团部落"中，过着饥寒交迫的生活，因为冻饿和疾病而死亡的不计其数。日本侵略者除了把抢夺中国农民的土地租给中国农民耕种外，还抓来大批农民劳工，帮助日本移民疯狂开垦东北富饶的土地，种植他们需要的粮食等作物，满足其生活和侵略战争的需要。

王卫国、王建国每次进山打猎，爷爷都叮嘱他们："日本鬼子到处抓中国人当劳工，为他们修筑军事工事，还为他们开荒种地。你们打猎一定要小心，别让鬼子抓了劳工。大肚川被鬼子抓去20多个，去了就没回来！"

王卫国、王建国每次进山打猎，都保持警觉，避免和鬼子相遇。

王卫国、王建国没有忘记爹妈被残忍的鬼子杀害的血海深仇，总想打鬼子报仇。"

王振山对他们说:"有一支专门打鬼子的队伍,是中国共产党领导的军队,叫东北抗日联军。我认识抗日联军的一个连长,叫李杰。你们俩要想打鬼子,保家卫国,为爹妈报仇,就应该参加东北抗日联军。"

从此,王卫国、王建国到山里打猎,总是往远处走,注意寻找东北抗日联军。

1939年夏天,王振山带着王卫国、王建国去村外稻壕里设置捕鱼的渔亮子。他们先是在稻壕的两岸钉上木桩,把柞木棍和柳条铺成梳子形状,用麻绳捆绑结实后,固定在木桩上,然后利用水流的落差,用梳子一样的渔亮子拦截稻壕的流水,放走水,截住鱼。

渔亮子刚刚铺设完成,突然,不远处的两只白鹭腾空飞起。凭着王振山的经验,白鹭一定是受到了什么惊吓,才突然飞起来的。他站在高处一看,有一队日本鬼子正朝三岔口村而来。鬼子一定是来三岔口村抢粮食、抓劳工的。王振山知道最近鬼子频频到各村抢粮食、抓劳工,他们杀人放火,无恶不作。王振山本可以带着王卫国、王建国踩着塔头墩子躲藏在湿地深处,那么,他们三个就安全了。但是,王振山考虑到鬼子突然进村,村里人没有任何防备,一定会遭殃。他必须快速回村,给村里人报信。他们设置渔亮子的稻壕就在道边,鬼子正朝他们这边走来。王振山让王卫国和王建国藏匿在芦苇丛中。

王卫国、王建国争着要去村里报信,让爷爷躲藏在芦苇丛中。王振山非常担心他们俩被鬼子发现,受到鬼子的伤害,执意要自己去。

王振山年事已高,跑得不快。他刚跑出去几步,又折了回来。他知道自己凶多吉少,不想让老洋炮落在鬼子手里,就把老洋炮和弹药留给了王卫国,并嘱咐他们:"无论发生了什么,都不能出来,保护好自己！"然后努力朝三岔口村跑去。

鬼子发现了王振山，快速朝他追来。眼看鬼子距离他越来越近了，他心急如焚。

王振山故意暴露自己，吸引鬼子朝他开枪。这样，他可以引开鬼子，不让鬼子发现王卫国和王建国，也让村里人听到枪声，尽快撤离。

鬼子有50多个，只是紧紧追赶王振山，就是不朝他开枪。情急之下，王振山挥动着手臂，大声呼喊着："鬼子来了，鬼子来了！"

突然，鬼子的后面传来一声沉闷的枪声。这一枪是王卫国打的。

鬼子立刻派十几个人朝枪响的方向追去。

当王振山高喊"鬼子来了"的时候，王卫国就意识到爷爷是在为村里人报信，故意引鬼子开枪。王卫国为了保护爷爷，并为村里人报信，果断地朝鬼子打了一枪。一个鬼子被打倒。王卫国、王建国立马猫着腰，钻进他们熟悉的湿地深处。

十几个鬼子朝王卫国、王建国追来。一看王卫国、王建国钻进湿地深处，鬼子知道湿地里地形复杂，不敢向湿地深处追踪，就朝湿地深处盲目打了一阵子乱枪，又朝湿地扔了两颗手雷，便离开了。

王振山听到了老洋炮射击声，知道是王卫国和王建国开的枪，两个孩子这是为了保护他，并为村里人报信。接着，又听到鬼子钢枪激烈的射击声、手雷的爆炸声，王振山担心王卫国、王建国被打死，被炸死，决定用自己的老命保护两个孙子的年轻生命。于是，王振山放慢了奔跑的脚步，偷偷拔出腰间的老猎刀，猛然转身，想以命相搏，吸引鬼子。就在这时，一颗子弹打中了他的脑袋。可怜老英雄王振山死于罪恶的日本鬼子之手！

村里人听到枪声，知道是鬼子来了。除了两个耄耋老人不想拖累别人，坚持留在村里，被鬼子杀害外，村里其他人都安全地撤到了山上。

当王卫国、王建国和村民们找到王振山的尸体时,他的手里还紧紧地握着老猎刀。他们俩失声痛哭了起来。

王卫国、王建国和村里人在村头儿为老英雄修筑了一座坟墓,并为他老人家举行了悼念仪式。王建国想把老猎刀也埋葬了,让它陪伴老英雄。王卫国阻止了王建国。王卫国想用老英雄的老猎刀为老英雄报仇。

王建国想朝天空打一洋炮,为老英雄送行。王卫国阻止了他:"咱们弹药太少,留着弹药多杀死一个鬼子,为爷爷报仇雪恨!"

老洋炮的故事远没有结束……

第三章　痛打小恶霸

　　自从被毒蛇咬了之后，秦雨晴偶尔能够主动和王鹰杰说话了。一天，秦雨晴提出和王鹰杰、王鸿儒等人一起去采摘野山芹。

　　秦雨晴给王鹰杰带了四个野山芹馅大包子，给其他人每人带了两个野山芹馅大包子。

　　在三岔口村，家家都爱做野山芹馅大包子，人人都爱吃野山芹馅大包子，所以他们对秦雨晴带的野山芹馅大包子不以为然。然而，当他们吃了一口，就不能不以为然了，他们都感觉秦雨晴母亲做的野山芹馅大包子比他们自己家做得好吃。

　　王鹰杰平时最喜欢吃母亲做的野山芹馅大包子。他吃了秦雨晴母亲做的野山芹馅大包子，感觉比自己母亲做得更好吃。他深信不疑野山芹馅大包子是美味佳肴了，简直太好吃了，香得他有点儿想入非非，产生了秦雨晴家每次做野山芹馅大包子，他都能吃到的渴望。

　　人有渴望是幸福的，尤其是能够实现的渴望。

　　秦雨晴母亲做的野山芹馅大包子味道与众不同，皮薄馅大，风味独特，色香俱全，口感极佳。白面发酵恰到好处，面碱放得恰如其分，蒸出来的包子雪白柔软，浸着少许黄色大豆油。当然，大豆油不能浸得太多，太多就腻了。猪肉和野山芹不能切得太细，太细影响口感；也不能切得太粗，太粗影响品位；不粗不细，才能保证大包子口感纯香,精致如玉。馅里除了大豆油、酱油、精盐之外,不放花椒、大料、葱、姜、蒜等调料,这样才能保持野山芹的原汁原味,具有大自然得天独厚的独特鲜香。

秦雨晴惊讶地看着王鹰杰如饥饿的野狼一般,一口气吃光了四个野山芹馅大包子,知道他喜欢吃她母亲做的大包子,她感觉非常欣慰。

这次采摘野山芹,王鹰杰带了一把猎刀,在前面劈荆开路。这是老英雄王振山曾经使用的大号猎刀,虽然早已成为老猎刀,但是依然锋利。

树林中、草丛里即使有毒蛇,也被王鹰杰的老猎刀吓跑了;即使有毛虫,也被王鹰杰的老猎刀削掉了。所以,秦雨晴没有遇到毒蛇和毛虫什么的。每个人的背篓都装满了野山芹,高高兴兴地满载而归。

自从王鹰杰第一次吃到秦雨晴母亲做的野山芹馅大包子并说好吃之后,只要秦雨晴母亲做野山芹馅大包子,秦雨晴就以种种借口,多要几个大包子,悄悄地送给王鹰杰。隔一阵,秦雨晴看母亲没做大包子,就央求母亲:"我又馋野山芹馅大包子了,做点儿呗!"

她母亲随口说:"这丫头,以前也不怎么愿意吃野山芹馅大包子,现在怎么突然喜欢吃了呢?"然后就动手去做包子了。

秦雨晴总是调皮地说:"女大十八变,以前不怎么愿意吃,现在变得愿意吃了呗。"

王鹰杰从小就喜欢在大稻壕钓鱼,用撮网在小稻壕捞鱼。自从他吃了秦雨晴悄悄送给他的野山芹馅大包子,他每次都把钓的或者捞的鱼分成两份,送给秦雨晴家一份,自己家留一份。经常吃秦雨晴送的大包子,王鹰杰感觉过意不去,送鱼算是一种补偿吧。当然了,王鹰杰从心里想借着送鱼看秦雨晴一眼。

暑假，王鹰杰去捞鱼、钓鱼的频率更高了，见到秦雨晴的机会也更多了。

秦青石最喜欢吃鱼。他懒得动弹，不愿意去钓鱼，更不愿意去捞鱼。

秦青石是三岔口村有名的"小抠"，村里人都管他叫"秦小抠"。王鹰杰第一次给秦家送鱼，秦青石立马产生一种抵触和防卫心理，他清楚王鹰杰是冲秦雨晴来的，打的是秦雨晴的主意。秦青石虽然对秦雨晴未来的婆家考虑得很早，但是因为王家比较贫困，他并没有把王鹰杰放在他考虑的范围内。再说了，王鹰杰除了拳脚功夫，别的也不会啥，现在这个社会光靠拳脚功夫是赚不到大钱的。如果秦雨晴嫁给了王鹰杰，以后还不喝西北风啊！他本想让王鹰杰把鱼拿回去，再让他离秦雨晴远一点儿，但是又一琢磨，白给的鱼不要，那不和鱼一样傻吗？要他的鱼和要不要他当女婿是两码事，鱼先收着，别的以后再说。

秦青石毕竟是秦青石，从来没有人给他送什么，王鹰杰给他送鱼，让他产生一种巨大的心理满足感。足不出户就能吃到鱼，这种得到的满足感十分强烈，顷刻便让他的抵触和防卫烟消云散，他反而沾沾自喜了起来，索性认为王鹰杰送鱼是冲着他来的，这小子挺会来事。

每次秦青石估摸王鹰杰要去捞鱼或者钓鱼了，就开始观望王家的动静。当王鹰杰背着鱼篓，拎着撮网或者鱼竿出去了，秦青石就知道今天又有鱼吃了。人家"秦小抠"也不是提拉个嘴在干等，而是麻溜儿地把做鱼的葱、姜、蒜等调料准备好，没酒了赶忙打酒，然后坐在院子里扇着扇子，悠闲地等待王鹰杰回来。每次王鹰杰给秦家送鱼，秦青石都热情迎接，经常是王鹰杰还没走到门口，他就迎了出去，接过鱼后迫不及待地收拾鱼，还亲自做鱼。他认为妻子只会做野山芹馅大包子,不会做鱼。她做的鱼不好吃,大酱、酱油都放得太少,太淡了,没滋味。每次吃鱼的时候,秦青石还要喝两盅白酒。

秦青石吃鱼非常仔细。他舍不得把鱼刺吐掉,想把细小的鱼刺嚼碎吃掉,然而几次都一不留神把大鱼刺当成小鱼刺了,被鱼刺扎了嗓子,几天不能吃东西。即使不能吃别的东西,王鹰杰送来了鱼,他还是忍着疼痛照吃不误。有时嗓子发炎了,实在吃不了鱼,他就以妻子做鱼不好吃为由,让她把鱼腌上,等他嗓子好了再吃。

有一天,王鹰杰去捞鱼,然而因为上游下大雨,小稻壕、大稻壕突然涨水,无法用撮网捞鱼,他就背着空鱼篓回来了。进村后,他直接回了家,没有去秦雨晴家。秦青石以为王鹰杰忘记给他家送鱼了,把鱼都背到自己家了呢,一直追到王家,得知实情之后,才失落地走出来。秦青石在王家院子里看到鸭子刚下了两个青皮鸭蛋,顺手捡回自己家。

王鹰杰看在眼里,没有出声。

秦青石不敢让秦雨晴和她妈知道,就说是自己家鸭子下的,否则她俩一定会逼着他把鸭蛋还给王家。

秦青石用他准备做鱼的葱、姜、蒜把两个鸭蛋炒了,当了下酒菜。

大稻壕和小稻壕的水退了,王鹰杰也想吃野山芹馅大包子了。他想约秦雨晴和他一起去捞鱼,只要她能去,他就能吃上她妈做的大包子。王鹰杰又不敢说,怕秦雨晴拒绝他,又怕秦青石以后像防小偷似的防着他。那样,以后见到秦雨晴的机会就更少了,当然也就吃不到她妈做的大包子了。本来很简单的捞鱼,王鹰杰却在院子里做着复杂而漫长的准备工作,眼睛不时地瞄着秦家的动静。秦雨晴几次进出房门,不知忙碌着什么。

无所畏惧的王鹰杰却对弱小的秦雨晴怯懦了,最终也没有勇气约她去捞鱼。

王鹰杰只好自己去小稻壕捞鱼。他背着背篓,拿着撮网路过秦雨晴家门口的时候,正好秦雨晴从家里出来。平时在学校,秦雨晴腼腆得宛若见不得阳光的玉簪花,见到王鹰杰只有低头的娇羞,他们很少正面对话。即使王鹰杰给她送鱼,她也只是温柔地微笑,话并不多。今天,她竟然大大方方地对他说:"王鹰杰,今天我爸没在家,我想和你去捞鱼。带上我吧,行吗?"

秦雨晴让王鹰杰带她去捞鱼,正合他的心意,他哪能不愿意。不管秦雨晴让他做什么,他都会毫不犹豫地说"我愿意"。这个时候,他才从心里承认自己不是想吃大包子,更主要的是想见秦雨晴。

秦雨晴要帮助王鹰杰拿撮网,他不让;要帮助他背篓,他也不让。王鹰杰不是怕秦雨晴背不好,拿不好,而是怕累着她。男孩子都有在自己喜欢的女孩子面前展示力量的心理,即使自己弱不禁风,也要表现得勇猛无比。

到了小稻壕边,秦雨晴递给王鹰杰一个小布兜,还神秘地瞅着他微笑。王鹰杰打开小布兜一看,正是他喜欢吃的野山芹馅大包子!

原来王鹰杰捞鱼是有规律的,秦雨晴睿智心细,早就掌握了他捞鱼的规律。尤其是他为了简单的捞鱼而在院子里做的复杂而漫长的准备,简直是让全世界都知道他要去捞鱼似的。秦雨晴哪能不心知肚明。再说了,早晨她妈做了大包子,她正想送给王鹰杰吃呢。于是,秦雨晴装好大包子,耐心等待王鹰杰走出家门。

王鹰杰狼吞虎咽地吃着大包子,仿佛世界上任何山珍海味也没有秦雨晴家做的野山芹馅大包子好吃,因为这大包子里添加了一种特殊的调料,那就是他对秦雨晴朦朦胧胧的情感。或许这就是爱情。爱情的力量是伟大的,能使一个阴云密布的心灵变得阳光明媚,能使一个好逸恶劳的懒人变成勤快人，也能使一个怕风怯雨的懦夫变成乘风破浪的强者。

王鹰杰递给秦雨晴一个大包子，让她也吃。

她说吃过了，接着就目不转睛地看着王鹰杰。秦雨晴感觉王鹰杰的吃相既陌生又亲切，她非常喜欢看他的吃相。第一次看到王鹰杰这样吃饭的时候，她就感觉他生龙活虎，身体强健，精力充沛。王鹰杰不好意思让她看，又希望她看。但是，他没有目不转睛地看着她，因为他的眼睛里有男孩子在青春期特有的好奇，他害怕他的好奇灼伤了她天真无邪的眼睛。

王鹰杰吃完大包子就准备下水捞鱼了。他脱了鞋，挽起裤脚。

秦雨晴也跟着脱了鞋，挽起裤脚。

王鹰杰问她："你脱鞋干什么？"

秦雨晴说："我和你一起下水捞鱼。"说完就拿起了撮网。

王鹰杰关心她说："你就不用下水了，水里有蚂蟥。你在岸边捡鱼就行了。"他的目光随之为秦雨晴的小腿和小脚丫所吸引。她的小腿和小脚丫就像白菜扒了几层之后的菜帮子一样，白白净净的，非常好看。

秦雨晴一听说水里有蚂蟥，立马不敢下水了，噘了一下嘴，把撮网递给王鹰杰。

王鹰杰开始下水捞鱼了。第一撮网下去，就捞上来三条鲫鱼，他扔到了岸上。秦雨晴光着小脚丫在草地上捡鱼。每一网都能捞上来几条鲫鱼，基本不落空。秦雨晴手忙脚乱地捡着草地上活蹦乱跳的鲫鱼，有些鲫鱼被王鹰杰扔在草丛里，得仔细寻找，才能找到。秦雨晴第一次感受到捞鱼的快乐，兴奋得和那些鲫鱼一样活蹦乱跳。

秦雨晴的头发和来时不一样了，刘海整齐地挡在额头上，两边的头发一直顺到肩膀。因为欢快地捡着草地上的鱼，她光滑的额头上挂着晶莹的汗珠，刘海被额头浸出的汗水浸湿，鬓角的秀发也被汗浸湿。

一个半小时的工夫，他们就捞上来满满一鱼篓鲫鱼。

秦雨晴要穿鞋了。她得洗干净了脚丫才能穿鞋。洗脚的时候，怕站立不稳，她让王鹰杰扶着她。王鹰杰不好意思看她的小腿和小脚丫，怕她不高兴，但还是偷偷地看了。阳光下，清水中，她的小腿和小脚丫一尘不染，比鲫鱼的肚子还要白，白净得耀眼，细腻得迷人。

那天，秦雨晴被毒蛇咬了，王鹰杰帮助她挤蛇毒、吸蛇毒的时候，就发现她的小腿好看了。但是，那次他一心一意想救她，再迷人的风景也没有心情去欣赏。

秦雨晴看到王鹰杰的眼睛在直勾勾地看着她的小腿和小脚丫，娇嗔而温柔地说道："看啥，有啥好看的？"白白净净的小脸儿立马绽放出两片羞涩的山杏花，粉嘟嘟的，没有丝毫修饰，却有一种别样的俏丽。

秦雨晴是三岔口村有名的小才女，她学习成绩好，还喜欢李白、杜甫、陶渊明、王勃、辛弃疾、李煜、李清照的诗词。课本里有的或者老师讲过的名篇，她都能背诵下来；课本里没有的，老师也没讲过的一些名篇，她也能背诵下来。

谁要是欺负秦雨晴，王鹰杰就打谁。只是那个时候，他还不知道这就是朦朦胧胧的爱情。

今天的秦雨晴朝气蓬勃，天真烂漫，比哪天都好看、可爱，简直是三岔口村当之无愧的第一美女。王鹰杰有一种要用生命去保护她的冲动。

王鹰杰一如既往地把一半鲫鱼给了秦家，这次是秦雨晴自己拎回去的。

喜欢王鹰杰的女孩子不少,王鹰杰却只对秦雨晴情有独钟。

三岔口村人都知道,王远强是村里著名的武术高手,功夫深不可测,也是有名的老实人,从来没有因为武功高强而恃强凌弱。王鹰杰却是三岔口村最能惹是生非的淘气小子。他是个武术天才,上小学的时候就已经成为孩子中的拳脚功夫之王了。王鹰杰表达能力稍差,动手能力极强。有时候他和淘孩子吵架,语言跟不上了,就用拳脚来弥补。谁都不敢招惹他。当然,王鹰杰也从不招惹别人,更不会欺负老实人。同学或者村里孩子被人欺负,他从来不袖手旁观,总是出手相助。

三岔口村村长叫张大公。他有三个儿子,三儿子张有全和王鹰杰、秦雨晴是同班同学。

张大公年纪不大,但城府极深;文化水平不高,但心术过人。他身材矮胖,肥头大耳,小眼睛,塌鼻子,正经事不干,专搞歪门邪道,私心极重,却起了个大公无私的名字。他向苍蝇学习,专往肉上叮。村里有好多良家妇女被他不同程度地调戏、占便宜。当时人家老公、老公公要找他拼命。张大公把集体的土地当作自己的私有财产,偷偷给了人家几亩地,才算把事情摆平,但是村里人都知道张大公的丑恶行为。

张有全和他爹一个德行,乏善可陈的长相,臃肿的身材,却拿着精明干练的派头;他要德没德,要才没才,却装出一副德才兼备的样子;他整天游手好闲,胸无大志,说话还结结巴巴的,却摆出一种目空一切和壮志凌云的架势,让人匪夷所思。

张有全自恃是村长的儿子,还仰仗大哥张有才、二哥张有金和表哥张有富为他撑腰,便腰粗了,胆大了,在学校横行霸道、胡作非为。张有全上课不听讲,还干扰别的同学听课,从来不写作业,经常强迫别的同学给他写作业。老师都不敢管他。

同学们背后称张有全为"小恶霸"。

秦雨晴是学校的一朵小花,清纯靓丽、娇羞可人。张有全便动了歪心思,想方设法让秦雨晴对他言听计从,进而对他情有独钟,整天绞尽脑汁接近秦雨晴。秦雨晴却对他不理不睬。张有全知道王鹰杰护着秦雨晴,也知道他会些拳脚功夫,但是并没有把他放在眼里。张有全千方百计接近秦雨晴,接近不了就欺负她。

上中学一年级的时候,一天放学,秦雨晴一个人背着书包回家。张有全和一个外号叫瘦栓子的男同学截住了她,朝她要钱。秦雨晴浑身瑟瑟发抖,如同受到惊吓的小白兔,乖乖地给他们掏钱。她把衣服兜掏了个遍,只找到三元钱。小恶霸张有全认为钱太少,不够他们打游戏机的,就让瘦栓子把她书包里的书都倒在泥地上。秦雨晴是班里学习成绩最好的,一直是学习委员,她对教科书的珍惜程度胜过十盘校园歌曲录音带。因此,当瘦栓子把她珍爱的教科书倒在泥地上时,她焦急地大哭起来。这时,上小学四年级的王鸿儒放学经过,看到秦雨晴被欺负,过来保护她,还想帮助她把地上的书捡起来。张有全看到王鸿儒管闲事,一个嘴巴就把王鸿儒打得坐在了泥地上,还狂妄地骂道:"就你这个熊样,还想充当救美的英雄啊?快点回家吃奶去吧!"

王鸿儒想冲上去打张有全一个满脸花,又没有胆量和实力,只能和秦雨晴一起大哭了起来。

张有全霸道地对秦雨晴说:"我家有的是钱,我不是想要你的钱,我只是想让你对我好。以后你就做我的女朋友吧。有我这个金刚罩罩着你,谁也不敢欺负你。"

秦雨晴一言不发,只管大哭。

这时,王鹰杰也在放学回家的路上,听到了哭声,知道有同学被欺负,立马冲了过来。一看大哭的是秦雨晴和王鸿儒,欺负她们的是张有全,这还了得!他不问青红皂白,跳起来就是一脚,踢在张有全本来就不高的鼻子上。顿时,张有全的鼻子鲜血直流。其实,王鹰杰跳得很高,出脚很轻,只想教训教训他,让他以后不要再欺负秦雨晴和王鸿儒,不要欺负老实人。

瘦栓子也不是个省油的灯。平时,他仗着是镇长八竿子打不着的远房亲戚,经常和张有全一起干坏事,逃学旷课,打架斗殴,变着花样欺负老实同学。瘦栓子看到张有全的鼻子被王鹰杰踢出血了,无知地以为他的鼻梁被踢塌了,人就活不了了,便大喊大叫起来:"杀人了,王鹰杰杀人了!"

瘦栓子这一喊不要紧,三岔口村的人都跑出来了,看看是谁杀人了,谁被杀了。

秦雨晴被张有全恐吓得惊慌失色,加上王鹰杰把张有全的鼻子踢得鲜血淋漓,她更是被惊吓得魂飞魄散,连走都走不了了。

张有全一边用手擦着鼻子上的血,一边指着王鹰杰喊道:"王鹰杰,你等着,我让我爹收拾你,让我哥打得你满地找牙!"

王鹰杰轻蔑地瞪了他一眼,强悍地说:"我等着。别人怕你爹,怕你哥,我不怕!"然后伸出两只手,轻松地把泥地上的秦雨晴、王鸿儒拽了起来。他把秦雨晴的书包递给王鸿儒,左肩背着自己的书包,右手搀扶着秦雨晴,一直把她送到家。

村里人一看,没有谁杀人和被杀,然而,王鹰杰打了张有全,如同平静的水面突然落下一块大石头,立马激起轩然大波。

在三岔口村,张大公就是大恶霸、土皇帝,大权在握,一手遮天。他打个喷嚏,村里就得下雨,就得地震,谁也不敢得罪他。王鹰杰竟然把张大公的公子打了,简直是胆大包天、闯下大祸了!

王远强听说王鹰杰把张有全的鼻子打塌了,感觉王鹰杰捅大娄子了。他诚惶诚恐地换了一身没有旱烟味的新衣裳。所谓新衣裳,还是当年他和赵若兰结婚的时候，王建国为他买的。他平时舍不得穿，只有参加亲戚朋友的婚礼时才穿上，至今仍然整洁如新。王远强还和赵若兰一起搜包掏兜、翻箱倒柜地凑够了十元钱，要去给张大公赔礼道歉。他刚一出房门，隔着障子就看见张大公怒气冲冲地找上门来了。王远强没有拿出武术高手的胆量出门迎战，被张大公吓破了胆似的跑回屋里。

赵若兰还以为张大公手里拎着菜刀、杀猪刀什么的，冲进院子，要砍人杀人呢，就把她在外屋地正要切菜的菜刀操了起来，准备自卫。

王鹰杰瞅瞅母亲手里的菜刀，又趴窗户看看快要进院子的张大公的手，既像赤手空拳，又像手握凶器，于是不知所措地说："我的姑奶奶，家伙事儿都操起来了，你还怕天下不乱啊！"说完这句，马上补充一句，"你把家伙事儿藏起来，别明目张胆地拿着！"

赵若兰英勇地挥了一下菜刀："如果张大公敢用刀子砍你们，我就砍了他！"说完，把菜刀别进腰间，并用外衣盖上。

张大公一进院就盛气凌人地大喊："王老蔫，你给我出来，别像缩头乌龟似的躲藏在屋里！"

王远强只好战战兢兢地出来了，赵若兰也强装淡定地跟了出来。

张大公用大手指着王远强不太挺实的鼻子骂道："王老蔫，你蔫，你儿子王鹰杰可不蔫。你是怎么教育儿子的？他妈的简直比胡子还野蛮！是你教他的武术招式？下手也太他妈狠了吧！简直招招致命，竟然把我们家三儿子的鼻子打塌方了。你说怎么办吧！"

对了，王远强有个外号，叫王老蔫。这是他和赵若兰刚结婚不久，赵若兰给他起的，十多年没人叫了。

面对张大公咄咄逼人的指责，王远强惶恐不安、毕恭毕敬地给张大公三鞠躬，然后千赔礼，万道歉，并反复表态说："请息怒。我一定对王鹰杰严加管教，以后他一定不野蛮，下手轻。等他回来，也把他的鼻子打出血，以血还血。"

张大公平时尽让别人吃亏了，今天自己吃亏了，他哪能善罢甘休："怎么的，还想下手啊？光严加管教就行了？光把他的鼻子也打出血就行了？他妈的，我们三儿子的高鼻梁变成塌鼻梁了，谁来弥补？我们家三儿子哭天喊地的痛苦谁来负责？"

王远强麻溜儿地从新衣服里面兜里掏出来那十元钱，诚惶诚恐地递给张大公，让他给张有全看病。

张大公装作宽容大度地说："行啊，看你王老蔫对这件事的认识程度还算挺高，态度也还不错，我就暂时不追究你们王家的责任了。以后你要让王鹰杰记住，张有全是我张大公的儿子，不是别人的儿子。王鹰杰连我的儿子都敢打，他妈的以后还不为所欲为，反了天哪！你得让你儿子知道天高地厚！"张大公把"我的儿子都敢打"的"我"字说得非常重。

王远强拿着十元钱的手一直在张大公的面前伸着。张大公装作视而不见。王远强心疼这十元钱，心想他不要才好呢。村里人都了解张大公，他家钱多，但是再少的钱他也不会不要。于是，王远强再一次无奈地晃了一下那十元钱时，张大公说"不要不要"的同时，伸手接了过去，同时还往王远强的心里扔下一块石头："这俩钱儿好干啥，我儿子要是有个三长两短，他妈的让你们王家倾家荡产！"

王远强是个老实巴交的农民，性格软弱，虽然有一身武功，却永远深藏不露。即使是媳妇赵若兰、儿子王鹰杰都从来没有见识过他厉害的武术功底、深厚的武德修为。张大公临走的时候随便说的那么一句话，竟然真的成为一块大石头，压得王远强喘不上气来。他真的担心张有全有个三长两短，让王家倾家荡产！

张大公一走，这件事本应烟消云散了，王远强的脸却又愁云密布，他唉声叹气，看不出一星半点习武之人的胆识。

王鹰杰早就回来了。他在外面就听到张大公在屋里训斥他父亲没有严格管教儿子,本想冲进去和张大公讲理,说他儿子张有全欺负女同学和王鸿儒,该打。但他又怕父亲生气,只好等张大公走了,父亲的怒火渐渐熄灭了,他才走进家门。

然而,王远强对张大公胆小软弱、诚惶诚恐,对儿子王鹰杰却霸道强硬、盛气凌人。王鹰杰一进家门,王远强不问青红皂白,对王鹰杰劈头盖脸就是一顿训斥、责骂。接着,就要用他功力深厚的拳头把王鹰杰的鼻子打出血,然后领着鼻子鲜血直流的王鹰杰去给张家赔罪。

王鹰杰是个大孝子,不想惹父亲生气。如果父亲只是训斥和责骂他,他可以容忍,但父亲要把他的鼻子打出血,再领着他去给张家赔礼道歉,他绝不能容忍。因为让他去给张家赔礼道歉,那就意味着他承认自己错了。他没有错!

王鹰杰理直气壮地说:"我没有错。张有全欺负秦雨晴和鸿儒,我才打他的。如果我再看到张有全欺负人,我还要打他!"

王鸿儒为王鹰杰辩护:"我哥没错!是张有全劫了秦雨晴,抢她的钱,把她的书倒在地上,还打了我。我哥赶上了,才打了张有全。"

王远强在张大公面前颜面扫地,不想在自己家人面前再颜面尽失,极力维护其可怜的自尊,掩饰其懦弱的性格,故作深明大义地责备王鹰杰:"即使张有全抢了秦雨晴的钱,打了鸿儒,你也不应该踢人家的鼻子啊。习武之人最重要的是讲究武德修为,得饶人处且饶人。秦雨晴的钱也没被张有全抢去多少,鸿儒也没有被张有全打坏,你就忍了呗。张有全是谁的儿子?你怎么敢踢人家的鼻子呢?不把你的鼻子打出血,我无法向张大公交代。我已经和人家说了,得讲信用!"

赵若兰挡在王远强和王鹰杰中间,对王远强说:"你胆小怕事,让人欺负，你还让鹰杰像你一样胆小怕事，让人欺负啊？张有全是张大公的儿子，就可以随便欺负别人，咱们就可以伸出脑袋任由他欺负啊？张有全，还有他们张家的人，都是欺软怕硬的手儿，如果咱们任由他欺负，以后他会得寸进尺。我看鹰杰打得对，以后如果他再敢欺负咱们，还要打他。"

王远强一意孤行、固执己见，如同陈年黄豆，不进盐酱了。不管家里人说得如何在理，他都听不进去，坚持要把王鹰杰的鼻子打出血。

开始，王远强要把王鹰杰的鼻子打出血，王鹰杰气愤至极，后来就心平气和了："行，我不用你动手把我的鼻子打出血。明天早晨我自己动手，把我的鼻子打出血，然后和你一起去张家赔礼道歉。"

王远强听王鹰杰这样说，他心里才轻松了。这一晚上，他睡得很香。

王鹰杰却一夜没睡。

赵若兰也一夜没合眼。这件事让她意识到了王远强的软弱和迂腐。

王鹰杰是不会对父亲妥协、对张家屈服的，更不可能让父亲把他的鼻子打出血，再去给张大公和张有全赔礼道歉，因为他没有错。他心平气和，是应付王远强的缓兵之计。他心里已经有了一个想法，就是在明天天刚刚亮的时候离家出走。

小时候，王鹰杰、王鸿儒经常和村里的孩子到山上日本鬼子强迫中国民工修筑的山洞和碉堡里玩捉迷藏。偶尔，秦雨晴也和他们一起到山上玩。秦青石总是不让她和男孩子在一起玩，她是偷着跑出来的。王鹰杰总会想起二爷给他讲的故事，想起在鬼子的强迫下修筑东宁要塞的爷爷王卫国、二爷王建国。

王鹰杰崇拜英雄，从小就有一种浓浓的英雄情结。王鹰杰也总想把二爷给他讲的东北抗日联军打鬼子的故事讲给秦雨晴听，秦雨晴一定会感动，和他一样崇拜英雄。

　　王鹰杰要到深山密林中，去寻找当年爷爷和二爷猎杀两个鬼子的山洞……

第四章　抗联英雄

老英雄王振山牺牲后，王卫国、王建国接过了老英雄的老洋炮和老猎刀，正式开始了狩猎生涯。

王卫国、王建国得到了王振山打猎的真传，在猎杀猛兽的时候也追求一枪毙命。尤其是王卫国，枪法精准得不可思议。他们也和王振山一样，不打东北虎等珍稀动物，只打繁殖快、数量多的动物。

每当逢年过节，王卫国、王建国都和王振山一样，多猎捕一些狍子、野猪、野鸡、山兔等猎物，送给村里的各家各户。

1940年端午节前夕，王卫国、王建国到荒原打野鸡和野兔，准备送给各家各户，增加节日气氛。一上午，他俩猎获七只野鸡、八只山兔，正要往回走的时候，一只巨大的黑熊从荒原的一个水塘里"噼里啪啦"冲上了岸，直接朝他们俩冲了过来。

他们哥俩只想打野鸡、野兔，没想打狍子、野猪，因此老洋炮里装的是高粱米粒大的铅砂，装填的火药也少，无法一枪打死黑熊。即使王卫国是全村所有猎人中装填弹药最快的，也无法在黑熊冲上来之前，为老洋炮装填大号独弹，所以他们只能避开黑熊。身后20米处有几棵不高不矮的老榆树。他们飞快地跑到老榆树下，都把背在身上的猎物扔在地上，噌噌爬到老榆树上。他们一人爬上一棵老榆树，刚爬到树上，黑熊就冲到了树下。

王卫国、王建国是血性硬汉，生死无惧，但此刻他们有些紧张了。他们都清楚黑熊会爬树。老榆木疙瘩树干遒劲，但不挺拔，苍老而易攀爬。这几棵老榆树恰似几个饱经沧桑的老人，已经风烛残年，斑驳枯槁。一棵老榆树上一个人，还勉强可以承受，如果巨大的黑熊爬上来，老榆树一定会折断。老榆树折断，四周是荒原，没有可以躲避黑熊的地方，他们两人只有用老猎刀和黑熊搏命了。

黑熊望了望树上的王建国，又望了望另一棵树上的王卫国，最后选择了王卫国，开始爬树。

老洋炮在王卫国手上。猎人都知道，打黑熊必须打它胸前月牙形的白毛，那是心脏的大致部位，皮肉较薄。当黑熊向上攀爬的时候，它胸前的白毛清晰可见。王卫国果断地对准黑熊胸前的白毛打了一枪。然后，他不顾黑熊是死是活，迅速为老洋炮装填弹药。

几十粒铅砂打在黑熊胸前致命的白毛处，一股巨大的推力让黑熊从不高的树上掉了下来。打野鸡、野兔的铅砂穿透力弱，没有射入黑熊的心脏。黑熊是动物中最彪悍、顽强的。它摇晃了几下身体，开始继续爬树。别看它长得滚圆，显得异常笨拙，其实奔跑和爬树都很灵活迅速。王卫国的弹药还没有装上，黑熊就爬了上来。它张开的大嘴飘出浓烈的腥臭气味，锋利的獠牙顷刻就要咬穿王卫国破旧的牛皮鞋。情急之下，王卫国随手抽出长长的老猎刀，猛地刺进黑熊张开的大嘴巴里。

黑熊"嗷"的一声，又从树上掉了下去，重重地摔到草地上。

王建国见此机会，就想跳下老榆树，把老猎刀拔出来，重新刺进黑熊的胸膛。

王卫国头都没抬就知道王建国想干什么，焦急地大喊一声："千万别下来！"

只见黑熊一个翻滚，就站了起来。接着，它用力吐了几下老猎刀，又用力甩了几下脑袋，想甩掉老猎刀。老猎刀仍然顽强地插在它的大嘴里。黑熊被彻底激怒了，它全然不顾伤口的剧烈疼痛，更加疯狂地向树上的王卫国冲来。眼看黑熊带着猎刀的大嘴就要咬到王卫国的小腿，就在这危急瞬间，王卫国的老洋炮发出一声沉闷的巨响，一颗和老洋炮枪管同口径的大号独弹击穿了夜晚皎洁的月亮——黑熊胸前月牙形白毛被打出一个大洞，鲜血喷射到了王卫国的脸上。黑熊大头朝下摔到草地上，把草地砸出一个大坑……

王卫国快速从老榆树上下来，确定黑熊已经死去，就从黑熊的嘴里拔出老猎刀，在黑熊的皮毛上将血迹擦干净，然后插入腰间的刀鞘。

王建国迟迟没从老榆树上下来，眼睛盯着黑熊，嘴里念叨着："太悬了，太悬了！"

前辈留下来的东西不一定都是宝贝，但是一定要好好珍藏。

经过这次和黑熊的较量之后，王卫国、王建国想打一些猎物卖掉，买一支新洋炮或者新猎枪，两人一人一支，如果再遭到猛兽的攻击，就可以互相补枪。但是又一想，鬼子来了之后，不让猎人打猎了，也不让猎人私藏猎枪，好多猎人的猎枪都被鬼子抢走了。平时，王卫国、王建国都把老洋炮、弹药和老猎刀藏在仓房的棚顶上，怕被鬼子搜出来，殃及村里人；打猎都得偷偷摸摸的，到离家很远的深山里打，怕遇到鬼子。

王卫国、王建国只好打消再买一支新洋炮或者新猎枪的想法。

1941年寒冬腊月，王卫国、王建国带着老洋炮，到山里打狍子。他们脚上穿着牛皮乌拉，里面垫着用木槌砸得跟棉花一样柔软的乌拉草；身上穿着羊皮大衣、羊皮裤子，里面带着厚厚的羊毛；头上戴着野狼皮帽子，手上还套着一个狐狸皮筒，主要是为了暖手。

冰天雪地，冒烟儿泡在山林中带着东北虎的吼叫，带着东北虎的威风，畅行无阻地疯狂肆虐着，吹打在王卫国、王建国脸上，火辣辣地疼痛，就像被开水烫了一样。

王卫国、王建国翻山越岭走了一上午，也没看到一只狍子，甚至连狍子的蹄印也没看到，狍子就像候鸟飞到了南方似的，或者狍子被比东北虎还要霸道的冒烟儿泡吓得钻进了山洞里。

王卫国、王建国感觉寒风刺骨，牛皮乌拉已经冻透，放在狐狸皮筒里的手指也有要冻掉了的感觉。他们一边在雪地上跺着双脚，一边把手从狐狸皮筒中抽出，呲呲哈哈地用嘴吹着，吹出来的气都是凉的。他们早晨吃的苞米面菜团子早已经消化得无影无踪了，两人感觉饥寒交迫、疲惫不堪，就取出背包里的狍子皮，铺在一个朝阳避风的石头上，坐下来休息，啃着冻得和石头一样坚硬的苞米面掺着萝卜丝蒸出来的干粮。

突然，从远处传来一声清脆的枪响。

王卫国、王建国能清晰地辨别出猎枪的声音，而这种清脆的声音不是猎枪的声音，应该是钢枪的声音。他们早就听爷爷讲过，有一支专门打鬼子的队伍，叫东北抗日联军。他们俩还多次商量，如果遇到东北抗日联军，他们就加入。在国家有难的时候，男儿就应该挺身而出，保家卫国，也可以为爷爷和爹妈报仇。爹妈给他们起名的时候，一定是希望他们长大以后保卫国家、建设国家。国家有难了，日本侵略者在中国的土地上杀人放火，他们绝不能袖手旁观。他们打猎的时候，也总是在有意地寻找东北抗日联军的队伍。

王卫国说："也许是东北抗日联军在打鬼子，咱们找他们去。如果真的是东北抗日联军，咱们就加入，和他们一起打鬼子。"

王建国说："咱们得小心，悄悄过去。现在到处都是鬼子和胡子，万一不是东北抗日联军，而是鬼子和胡子，咱们就遭殃了。"

王卫国说："如果是鬼子，咱们就打死一个鬼子，然后麻溜儿蹽杆子。"

王建国说:"好嘞。"

他们俩轻轻地朝枪响的方向跑去。跑了五六百米远的时候,又传来一声枪响,距离他们很近。他们悄悄地扒开树丛朝枪响的地方瞭望,只见两个军人正在追赶一头受伤的梅花鹿。

王振山担心王卫国、王建国打猎的时候遇到鬼子,曾经对他们描述过鬼子的模样:头戴尿布子,身穿黄皮子,拿着打尖头子弹的钢枪。这两个军人一定是鬼子。

王卫国气愤地说:"鬼子收缴咱们的猎枪,不让咱们中国人在自己的土地上打猎,他们却肆无忌惮地在咱们中国的土地上打猎,他们就是蛮不讲理的胡子。咱们都不舍得打梅花鹿,他们竟然明目张胆地猎杀梅花鹿,太气人了!咱们不能让他们活着走出这片林子。咱们苦苦寻找东北抗日联军,不就是为了杀鬼子吗?先把这两个鬼子杀了,然后麻溜儿蹽杆子!"

王建国赞同:"不能让他们活着回去,为爷爷和爹妈报仇!"说完,他就催促王卫国开枪。

王卫国躲在树后,举起老洋炮就要朝鬼子开枪,瞄了半天,又放下了。

王建国一边疑惑不解地看着王卫国,一边自言自语:"二对二,人数上咱们不吃亏。家伙事儿上,咱们就吃大亏了,鬼子手里有两支钢枪,咱们手里只有一支老洋炮啊!"

王卫国看了王建国一眼:"我没有立马开枪,就是在琢磨这件事。咱们的家伙事儿落后,不能和鬼子的钢枪硬拼,只能智取。要是有两支洋炮或猎枪就好了,可以像围猎一样在两边开火,那样鬼子没跑儿!"

王建国比王卫国头脑简单:"咱们躲藏在林子里,等两个鬼子过来，猛地冲出来，杀死他们。"

王卫国说："林子大，雪也大，大雪封山，没有路，就相当于有无数条路。咱们怎么能知道鬼子走哪条路？"

王建国为难了："真说不准鬼子走哪条路。你平时爱动脑筋，你有什么好办法？"

王卫国胸有成竹地说："离这儿不远有一个山洞，就是爷爷带着咱们打猎的时候在里边取暖、避雨的那个山洞。那个山洞洞口隐秘，里面不深，还有一个出口。爷爷说过，这个山洞曾经是东北抗日联军的秘密营地，被鬼子破坏后，东北抗日联军就不再把它当作秘密营地了。咱们就把鬼子引进山洞，杀死鬼子。"

王建国说："我知道那个山洞。把鬼子引进山洞再杀死，是好主意。你快说怎么样才能把鬼子引进山洞。再等一会儿，鬼子就离开了！"

王卫国继续说："我清楚，即使鬼子追上梅花鹿，还要锯鹿头、取鹿心血什么的，一时半会儿不能离开。我先绕道去山洞后洞口埋伏，做好袭击鬼子的准备。你把鬼子引进山洞，直接从后洞口出来，躲藏在后洞口上面的石头上。等我突然开枪，杀死一个鬼子，你立马跳下来，出其不意杀死另一个鬼子。"

王建国听明白了："你麻溜儿去埋伏，别在雪地上留下脚印。我去把鬼子引进山洞，否则鬼子走了，咱们就杀不了他们了！"

王卫国还没说完："让你一个人把鬼子引入山洞，也是为了麻痹鬼子，让他们以为只有你一个人，这样他们能放松警惕，咱们杀死他们的概率更大。"又嘱咐了王建国一句，"你一定和鬼子保持距离。钢枪打得比老洋炮远多了！"说完，他快步朝山洞侧面跑去。

王建国转身朝鬼子跑去。

两个鬼子已经追上受伤的梅花鹿，在用刺刀砍着梅花鹿的头。

猎人都知道，梅花鹿全身都是宝，尤其是梅花鹿的幼角，就是鹿茸，是名贵药材。然而冬天梅花鹿的鹿茸已经骨化，变成鹿角了，骨质密度大，十分坚硬。鬼子砍梅花鹿头，一定是想把带鹿角的鹿头做成装饰品或战利品，摆放在房间里。

王建国故意在鬼子面前露一面，然后扭头钻进树林，朝山洞跑去。

两个鬼子除了猎捕梅花鹿、割鹿头、取心血，还要侦察东北抗日联军的活动情况，搜寻他们的秘密营地。他们看到王建国，以为他是东北抗日联军战士，就放下梅花鹿，沿着王建国在雪地留下的脚印，向他快速追来。他们几次想朝王建国开枪，都因为树林茂密，无法瞄准，更主要的是他们想抓活的。

王建国比王卫国身体强壮，奔跑起来就像一匹飞快的骏马，他熟悉林海雪原的地形，要甩掉鬼子轻而易举。但是，他为了吸引鬼子，不能跑得太快，怕鬼子跟不上来；也不能太慢，被鬼子的子弹打中。终于，王建国跑到了山洞前口，回头看了一眼，鬼子还跟在后面，就佯装惊慌失措地跑进山洞，然后直接从后洞跑出。

两个鬼子看到王建国跑进山洞，追到山洞口，就放慢了脚步。他们环顾四周，看到只有王建国一个人的脚印，就慢慢地接近洞口。他们担心洞里有埋伏，就不想抓活的了，轻轻摘下两颗"甜瓜手雷"，快速投进洞内。爆炸声震天动地，在山林中回荡。硝烟还没散去，鬼子就端着带刺刀的步枪冲进山洞，看到还有个后洞，立马估计到王建国从后洞逃走了，就跟着冲出后洞。

两个鬼子一前一后冲出后洞口的瞬间，埋伏在后洞口侧面树林里的王卫国的老洋炮响了。前面鬼子的脖子差一点被老洋炮的大号独弹打断，恰如被他砍开的梅花鹿的脖子。后面的鬼子一愣，被从石头上跳下的王建国猛的一猎刀，刺进后腰，顷刻毙命。

王卫国、王建国把两个鬼子的步枪、子弹、手雷藏在山洞中，把老猎刀从鬼子的尸体上拔了下来，然后把两具尸体草草地掩埋在一个深深的雪窠里。

他们站在掩埋鬼子的雪窠前默默地看了一会儿，在心里告慰着爷爷和爹妈：我们终于杀死了两个鬼子，为你们报仇了！

1941年初，王卫国和同村的李家姑娘李佩英结婚。第二年，他们的儿子出生。王卫国希望儿子长大后志向远大、性格强悍、身体强壮，如果他们这一代没有把日本侵略者消灭干净，那就让儿子这一代继续消灭鬼子，保家卫国，因此，给儿子起名王远强。

1942年夏天，王卫国、王建国的老洋炮弹尽粮绝了。开始是没有铅砂了。他们在河中捡黄豆沙砾，洗净晾干，当作铅砂打猎。沙砾不如铅砂射程远、威力大，勉强能打野鸭子。后来，火药也没有了，就没法用老洋炮打猎了。他们到离家不远的矮树林里设置钢丝套，想捕捉野兔和野鸡。他们还撒了一些自己做的药豆，准备药野鸡。

他们坐在一块大石头上，等待猎物被套被药。突然，从树林里冲出来十多个鬼子，把王卫国、王建国抓了起来。老洋炮没在他们手里，老猎刀不够锋利了，想磨还没磨，也没带在他们身上。他们手无寸铁，想反抗，没有家伙事儿，也来不及反抗。

还有一些鬼子冲进村里，抓了六个年轻人。鬼子把王卫国、王建国，以及村里的六个年轻人五花大绑，给他们蒙上眼睛，押上一辆军用卡车。开始，他们都以为鬼子要把他们拉到野外枪毙，曝尸荒野喂野狼。后来才知道，鬼子抓他们是要强迫他们当劳工，修筑东宁军事要塞。

就在鬼子押送王卫国、王建国他们去东宁要塞的路上，东北抗日联军伏击了鬼子的军用卡车，解救了他们。

解救他们的是李杰带领的侦察连。王卫国、王建国热泪盈眶，主动要求参加东北抗日联军侦察连。当时李杰已经是营长。

王卫国枪法精准，顺理成章地当上了侦察连的狙击手。他天天练习瞄准，枪不离手，却从不练习搏斗和拼刺刀。他认为，他的枪法精准，鬼子还没有靠近他，就会被他打倒，不可能跟鬼子近身搏斗或拼刺刀。王建国除了练习射击之外，天天练习搏斗和拼刺刀。王建国很快就当上了班长，还担任连队搏斗和拼刺刀的教员。他赞同李杰的观点，光靠射击精准是不够的，抗日联军装备紧缺，子弹经常打光，练好搏斗和拼刺刀的本领，在鬼子面前才不吃亏。

李杰多次提醒王卫国："抗日联军的每一个战士都应该成为多面手，尤其是狙击手，既要射击精准，又要掌握搏斗和拼刺刀的功夫，还要适应各种环境，重视自己的对手，才能在十分险恶的环境下，在强大的敌人面前应对自如，成为一名优秀的战士。"

王建国也多次对王卫国说："狙击手必须具备过硬的综合素质，包括心理素质、身体素质，以及精准的枪法，还有对环境的准确判断能力，高超的搏斗、拼刺刀功夫。否则，万一子弹打光了，不得不和鬼子进行肉搏、拼刺刀，吃大亏的就是你！到了那个时候，只有自己能帮助自己了！"

王卫国感觉李杰和王建国说得有道理，就是没有放在心上，一如既往地只是练习枪法。他在参加东北抗日联军两年多的时间，打死了50多个鬼子和伪军，包括十几个鬼子军官、十几个鬼子机枪手，多次立功被表扬。

李老胖是侦察连的新兵。他家紧挨着中苏边境。平时，他爹妈在地里干活儿，他两岁的妹妹没人看护，就放在地头的柳条筐里。有一天，他爹妈在铲地，也许他妹妹感觉柳条筐里憋闷，就顶开了柳条筐的盖儿，摇晃倒了柳条筐。她兴奋地从柳条筐中爬了出来，一直爬向中苏边界。当他爹妈突然发现他妹妹爬出柳条筐的时候，环顾四周,才看到她已经爬过了中苏边界。更可怕的是一只狐狸正对她虎视眈眈,随时准备扑向她。他爹妈一边大声呼喊着吓唬狐狸,一边不顾一切地越过边界去救她。眼看狐狸猛然扑向了她,这时,就听一声清脆的枪响,狐狸倒下了。紧接着又是一阵密集的枪声,他爹妈也倒下了,甚至连他两岁的妹妹也未能幸免于难。在鬼子眼里,凡是越过中苏边境的中国人都是给抗联教导旅或者苏联边防军传递情报的。他们不由分说,见到中国人越过边界就开枪击毙或者逮捕起来严刑拷打,最后枪毙。

李老胖无依无靠,辍学回家,开始以给村里的地主家放牛、放羊为生。有一天,李老胖正在山坡上放牛放羊,突然冲来三只野狼。李老胖用牛皮鞭子抽打野狼,保护自己和牛羊。一只野狼恼羞成怒,皱着鼻子龇着獠牙向他冲来。他吓得急忙躲在牛背上,才没有成为野狼的猎物。地主家的三只羊被野狼咬死了。地主用李老胖抽打野狼的牛皮鞭子,把他抽打得皮开肉绽,不再让他放牛放羊,他改为喂猪喂鹅了。

地主家天天大鱼大肉,地主吃得肥头大耳的。吃不了的鸡鸭鱼肉都倒进猪圈喂猪的木槽子里,也不让李老胖吃一口。李老胖常年吃不到一丁点儿荤腥,天天看着圈里的猪每天和地主一样吃着鸡鸭鱼肉,也吃得肥头大耳的。他馋急了,也饿急了,就和猪抢着吃猪食槽子里的鸡鸭鱼肉。

地主发现他家的猪天天吃鸡鸭鱼肉,却不见胖,李老胖却胖了起来,立马意识到李老胖一定是和猪争食,把猪食槽子里的鸡鸭鱼肉偷吃了,一气之下把李老胖赶出家门。李老胖连猪食都吃不上了,只能以乞讨为生。后来,侦察连救了李老胖。

李老胖一进入东北抗日联军的队伍,王建国就天天教他练习拼刺刀。他本来挺笨,但是勤能补拙,天天勤学苦练,甚至睡觉前躺在炕上都在用手比画着。笨鸟先飞早入林,他终于成为拼刺刀的高手。

李杰经常给王卫国、王建国和李老胖他们讲述抗日历史,讲述东北抗日联军打鬼子的故事。王卫国、王建国和李老胖他们真正懂得了,东北抗日联军是共产党领导的英雄军队、人民军队。

1939年10月起,东北抗日联军陷入了敌人重重包围的极端困苦时期,很多密营都被破坏,武器弹药、粮食药品极为短缺。为了保存实力,坚持长期斗争,东北抗日联军各路队伍陆续进入苏联远东地区休整,整编为东北抗日联军教导旅。国内的东北抗日联军组成游击小队,在深山密林和鬼子周旋,打游击战。

日本侵略者为了阻断东北抗日联军的后路,断绝村民对他们的支持,把他们活活饿死在山里,除了把村民都集中在"集团部落"中,把好多村子变成空村外,连山里的动物都被赶跑了。在缺衣少食的条件下,东北抗日联军在冰天雪地之中吃树皮、嚼草根、吃皮带,连军马都杀死吃了,与超过自己几十倍的日军和伪军频繁作战、苦苦周旋。东北抗联的队伍遭到严重挫折,人员急剧减少,战斗力日益削弱。

东宁地区山峦起伏、林木葱茏、风光秀丽,属长白山支脉的老爷岭,然而大部分是低山、丘陵,没有崇山峻岭,也缺少可以藏身御寒的山洞。

1943年冬天,李杰带领的侦察连经过短暂的休整、训练,也改为游击小队,继续和鬼子在山林里打游击。

冒烟儿泡天气,李杰他们游击小队举步维艰,几乎陷入绝境,经常有战士冻死在雪窠里和哨位上。

李老胖过去胖得如同一头小野猪,吃野菜都胖,现在连野菜都吃不上,整天饥肠辘辘,饿得比狍子还瘦。他平时非常能吃,别人吃一份，他得吃两份才能吃饱。他不怕鬼子，最怕的就是挨饿。

1944年的冬天即将过去，朝阳的山坡上积雪已经开始融化。李杰带领的游击小队准备通过东宁团山子秘密通道，为抗联教导旅传递情报。游击小队在一个山坳中遭遇了鬼子的伏击。经过激战，二十多人的游击小队，只有王卫国、王建国和李老胖三人冲出鬼子的包围圈。营长兼游击小队队长李杰壮烈牺牲。

他们仨决定第二天凌晨下山，冲破鬼子的封锁，去寻找东北抗联的其他队伍。他们隐藏在一个小小的地窖子里，度过了一个饥寒交迫的夜晚。

他们早已经粮绝，这又加上了弹尽。就在他们要悄悄冲过鬼子的封锁线的时候，他们和四个巡逻的鬼子相遇了。

吃饱喝足的四个鬼子身强体壮，精力十足。王卫国、王建国、李老胖几天没吃东西了，饿得无精打采，有气无力。如果鬼子没来，他们连"三八大盖"步枪都拿不动了。然而，当鬼子冲上来的时候，他们毫不退却，顽强地冲向鬼子，准备和鬼子拼命。

按照李杰对狙击手的要求，每次执行任务，王卫国不是走在战友的前面，就是走在战友的后面，以便快速在最佳位置隐蔽，更好地完成不同的狙击任务。此刻，王卫国走在王建国、李老胖的后面，负责警戒和掩护。

王卫国的狙击步枪的枪膛中早已经没有子弹了。

王卫国有个习惯，每次打仗都不把子弹打光，留一颗在最关键的时候使用，主要是在关键的时候留给自己，防止自己被鬼子俘虏。有时在战斗中，他甚至冒着生命危险爬到被他狙杀的鬼子尸体旁边取子弹，也不用最后一颗子弹。这次到了生死关头，如果再不用他留下来的最后一颗子弹，也许就再也用不上了。四个鬼子，只要王卫国打死一个，他和王建国、李老胖一人再消灭一个鬼子，这场战斗就胜利了，他们就可以脱身了。然而，当四个穷凶极恶的鬼子端着刺刀向他们冲来的时候，王卫国伸手去掏留下的一颗子弹，想打爆冲在前面的鬼子的脑袋，他的手是空的。他这才意识到，他的衣服兜被鬼子的迫击炮炸漏，最后一颗子弹不知道什么时候掉了出去。王卫国只能端着没有刺刀的狙击步枪，英勇无畏地向鬼子冲去。

王建国已经把第一个鬼子杀死了，正在和第二个鬼子拼刺刀。李老胖在和第三个鬼子拼刺刀。王建国很快又将第二个鬼子刺死。他紧握步枪，正要去帮助李老胖刺死第三个鬼子的时候，第四个鬼子突然从后面袭击了他，一枪托打在他的脑袋上，他倒下了。

第四个鬼子是个拼刺高手，动作极快。他打倒了王建国之后，转身冲向李老胖。可怜的李老胖，饿得眼睛直冒金星，用最后的力气杀死了第三个鬼子。他正想转身帮助王卫国的时候，第四个鬼子的刺刀深深地刺进他的胸膛。李老胖也倒下了。

王卫国一看王建国和李老胖都倒下了，一边焦急地大喊："建国、老胖！"一边冲向第四个鬼子。

王卫国把狙击步枪扔掉，快速捡起第一个鬼子带刺刀的步枪，随即向第四个鬼子射击，鬼子的步枪没有子弹。王卫国立马端起步枪，面对向他冲来的第四个鬼子，想和鬼子拼刺刀。他猛然用力，想刺鬼子一个措手不及。刺刀就要刺到鬼子的肚子的瞬间，鬼子突然用刺刀由里向外一拨，王卫国的刺刀就被拨向了一边。他站立不稳，差一点儿倒下。此刻，王卫国开始后悔平时没有练习拼刺和拳脚功夫。如果他熟练掌握拼刺技术和拳脚功夫，面对鬼子的攻击，就不会手忙脚乱、力不从心了。

王卫国的动作非常灵活。他猛然站起，出自本能地向鬼子挺起刺刀，如同打猎的时候遭遇野狼的进攻，必须比野狼更加凶猛，才能消灭野狼。

鬼子的刺刀直接刺向王卫国的胸膛。王卫国挥舞着步枪，一边手足无措地后退，一边手忙脚乱地滥打，想把鬼子的刺刀打开，就差伸手去抓鬼子的刺刀了。就在鬼子的刺刀要刺进他的喉咙的瞬间，他凭借求生的本能，大力把刺刀打开了。鬼子的刺刀扎在一棵树上。王卫国用力过猛，向后一仰，倒在地上。鬼子丢掉扎在树上的步枪，快速冲上前来，想用双手掐住王卫国的脖子。王卫国机智过人，把倒地时抓在手里的泥水朝鬼子的脸上甩去。鬼子急忙用手去擦眼睛的泥水。王卫国抓住机会，猛然起身，把刺刀深深地插进鬼子的肚子。鬼子顽强地用两手来抓插进他的肚子的刺刀。刺刀眼看就要被鬼子从肚子里拔出来了，王卫国用尽最后的力气，再次把刺刀插进鬼子的肚子，鬼子才倒在连泥带水的地上。

王卫国刚要去看王建国和李老胖，突然又从树林中冲出一个鬼子。鬼子也不开枪，拿出拼刺的架势，直接向王卫国冲来。王卫国没有力气跑，也不想跑，挺起步枪就迎向鬼子，准备在鬼子的刺刀刺进他的胸膛的时候，他也把刺刀刺进鬼子的胸膛，和鬼子同归于尽。王卫国和鬼子已经近在咫尺，他突然用力，把刺刀刺向鬼子的胸膛，同时做好了牺牲的准备。然而，他的刺刀刺进了鬼子的胸膛，鬼子的刺刀却没有刺进他的胸膛。

是王建国救了王卫国。

原来王建国没有死，只是被鬼子的枪托打晕了。在王卫国和鬼子以死相拼的关键时刻，王建国突然苏醒，一跃而起，从背后一刺刀刺进鬼子的后腰。这时，王卫国的刺刀才刺进鬼子的胸膛。鬼子的刺刀刺进泥土里。

王卫国、王建国担心附近还有鬼子，互相搀扶着，想尽快离开，然而已经晚了。又有十多个鬼子从树林中冲出，把他们围了起来。

鬼子没有向王卫国、王建国开枪，也没有刺死他们，而是抓他们当劳工,将他们送到了东宁军事要塞。

日本帝国主义在中国东北中苏边境的战略要地上修筑了17处庞大的秘密军事要塞,在东宁就修筑了10处。东宁军事要塞北起绥阳镇北阎王殿,南至甘河子,正面宽110公里,纵深50多公里。朝日山、胜洪山、勋山、母鹿山、麻达山、三角山、甘河子、阎王殿、北夭山都建有被挖空的军事工事。

王卫国、王建国被押解到的勋山军事要塞,只是东宁军事要塞中的一个中型要塞。勋山郁郁葱葱的大山深处隐藏的庞大军事工事,全部由钢筋混凝土构筑。它占地5公顷,与苏联仅一河之隔。进入暗堡和隧道之后,便像是进入了一座迷宫,一条条高1.8米、宽1.5米的隧道纵横交错,上下连通,最深处距地表15米。隧道中建有指挥所、医疗所、无线电室、铁车库房、升降井、排水沟、蓄水沟、暖气管道、贮备仓库、弹药库、电机房、兵舍、火力点、防毒气的双层隔离门等设施。东宁军事要塞曾屯驻日本关东军的3个师团,共计13万多人,周边还建有10个飞机场。

王卫国、王建国在东宁军事要塞没日没夜地艰苦劳作了半年。要塞工程就要结束,不需要太多劳工了。平时,劳工生病、受伤,不能干活了,鬼子就把他们当作活靶子,在他们身上练习拼刺,练习射击,达到屠杀劳工、毁灭证据的目的,场面惨不忍睹。这回鬼子没有在劳工身上练习拼刺,练习射击,而是要把王卫国等一些劳工送到七三一部队,准备做最后一次人体试验。

开始,王建国和王卫国在一起,也要被送到七三一部队。王卫国硬是把他推了出去。王卫国听说过鬼子拿中国人做惨无人道的人体试验,去做人体试验的人必死无疑,不让王建国去,也许他还有一线生的希望。

没有送去七三一部队的一些劳工,除了王建国等中国人,还有苏联人、朝鲜人等。日军要把他们全部毒死或枪毙，然后送到勋山后山的万人沟，让野狼吃掉他们的尸体，以掩盖他们的罪证。

王建国没有被鬼子的子弹打死，一颗子弹穿透了他的肩膀；也没有被野狼吃掉，因为死去的中国劳工太多，狼群吃不过来。王建国的脚踝被野狼咬伤，只有他一个人顽强地爬出了万人沟⋯⋯

两个月后，王建国肩膀上的枪伤基本痊愈，被野狼咬伤的脚踝有些发炎，还没有痊愈。他一瘸一拐地一路乞讨，辗转进入苏联，和东北抗日联军教导旅会合。

王建国的脚踝痊愈后，走路已经没有以前利索了，脚踝总是酸软无力，尤其是阴天下雨，还隐隐作痛。但是，他没有回到三岔口休养，而是继续坚持战斗。

1945年8月，苏联出兵东北，进攻日本关东军，抗联部队配合苏军迅速收复佳木斯、牡丹江、齐齐哈尔、哈尔滨、长春、沈阳等战略要地，解放了东北全境。

《东宁县志》记载："1945年8月9日零时起，苏军向庙沟驻守日军进攻，留守日军凭借强固工事与苏军激战。翌日晨8时，苏军飞机飞入东宁上空，发射机关炮和投弹。9时左右，苏军炮兵从三岔口瑚布图河对岸，向东宁县城开炮，炮弹都落入公路西的日伪机关和日本居民区。10时后，日本人组织各机关日本人和家属逃跑，县城一片混乱。10日拂晓，苏军先头坦克部队，在飞机掩护下进入东宁县城，数千名群众手持红旗将苏军迎入街里。"

抗日战争胜利以后，国民党反动派在美国的援助下，经陆、海、空三路向东北大举运兵，妄想霸占全东北，继续推行其反动统治。为粉碎国民党反动派的企图，解放东北人民，中共中央确定了"向北发展，向南防御"的战略方针，于1945年9月组建中共中央东北局，又从关内各解放区抽调八路军、新四军各一部和大批干部进入东北，连同在东北的抗联部队统一组成东北人民自治军。为适应战局，东北人民自治军于1946年1月14日改称东北民主联军，总部进驻哈尔滨市。王建国他们的抗联队伍也加入其中。

1946年6月11日，东北民主联军解放了东宁县。

自从王卫国、王建国参加抗联，李佩英就将老洋炮和老猎刀从仓房的棚顶上拿出来，藏在了多年不养狗的狗窝里。

王卫国、王建国参加抗联后，还偶尔回三岔口，被抓进东宁军事要塞之后就没有了音信。村里人都以为他们俩牺牲了。李佩英总是不相信他们牺牲了，坚信他们还活着，一定会回来。她每天都要站在村东头儿的山坡上，对着他们以前回来的方向，望眼欲穿。

王建国回到三岔口村之后，家里人才知道王卫国、王建国的英雄事迹，以及他们不为人知的悲惨经历。王卫国为国牺牲了，李佩英悲痛欲绝，两只眼睛哭得失明了。

1946年6月，国民党的飞机轰炸东北民主联军航空学校的牡丹江海浪机场，妄图把新中国的航空事业扼杀在摇篮中。飞机迷失方向，炸弹误投在三岔口的农田里。李佩英正在地里割韭菜，被炸身亡……

剿匪即将结束，王建国参加了农村土改工作队。此时的王建国腿脚非常不便，走路已经很艰难，但他的思想境界绝不比健步如飞的工作队其他队员差。土改结束后，王建国本来被组织上留在东宁县城，在武装部工作，但他坚持回到三岔口村继续当农民。他愿意当农民。

第五章　山洞历险

王鹰杰小时候，二爷给他讲过当年他和王鹰杰的爷爷，在一个山洞外面打死两个日本鬼子的故事，王鹰杰记忆犹新。王鹰杰早就想找到那个让他魂牵梦萦的山洞，身临其境地感受一下。

王鹰杰想借着父亲非要把他的鼻子打出血，再去张家赔礼道歉的事，离家出走，就是要去寻找当年爷爷和二爷打死两个日本鬼子的山洞。

晚上，王鹰杰趁父亲睡着了，为自己离家出走准备必需物品。他在仓房中翻箱倒柜地找出了老猎刀。老猎刀和老洋炮一样历史悠久，可惜老洋炮炸膛了，否则王鹰杰一定会带着老洋炮进山。他还准备了一些干粮、一张冬季的狍子皮，还有绳子、煤油灯、火柴……

老洋炮炸膛前先是炸裂了。

土改后三岔口的农民家家分到了土地。尤其是1949年中华人民共和国成立以后，王建国忙于自家土地的春种秋收，很少用老洋炮打猎。

1973年初冬，王建国在县城当武装部长的老战友来三岔口看他，给他带了点儿铅弹和火药，想让他这个老英雄、老猎手过过打猎的瘾。春节前，王建国想进山打一只野猪，过过打猎瘾，也为全家过年准备点儿年货。

当年王建国和王卫国一起打黑熊，被黑熊逼得上了树的惊险经历，让王建国深深地感受到了打猎时让猛兽一枪毙命的重要性。之后，他总是担心老洋炮的火药装填得不足，一颗独弹不足以让野猪一枪毙命，再对他造成伤害。这次打野猪，王建国往老洋炮里装填的火药是以前打黑熊的量。当一只巨大的孤野猪向他冲来的时候，他果断地朝孤野猪开了枪。野猪被他一枪毙命了，老洋炮的炮管也炸裂了。当时，王建国吓得心惊肉跳，脑袋剧烈疼痛，就好像他的脑袋和老洋炮的炮管一起炸裂了似的。

王建国清楚，老洋炮裂膛不光是因为火药装得多，以前打黑熊的时候，老洋炮也没裂膛，主要还是因为老洋炮老了。老洋炮和人一样，也有老态龙钟的时候。

老洋炮枪管炸裂以后，王建国并没有把它藏在仓房。还剩了一点儿弹药，他怕火药受潮，想少装点儿火药，少装点儿铅砂，用老洋炮打打野兔、野鸡、榛鸡什么的，把弹药用光后，再把老洋炮放起来，结束打猎生涯。王建国去大雪覆盖的湿地打猎。一只野兔在他的前面飞奔，他一瘸一拐地在后面追赶。追赶了一会儿，他上气不接下气了，就停了下来。野兔看他停了下来，也停了下来，转过身来观察着他的动静。对老猎手王建国来说，这是猎杀野兔的最佳时机，他举起老洋炮，稳稳地瞄准了野兔。就在王建国扣动扳机的刹那，他把枪口朝上挑了一下，"咕咚"一声闷响，野兔被吓跑了，老洋炮炸膛了。老洋炮炮膛上炸飞的一块钢片从他的脸部飞过，划伤了他的右脸。火药爆炸，灼伤了他的右眼。之后，王建国的右眼看东西一直模糊。

老猎人都知道，猎枪包括洋炮非常邪性，有好多猎手都经历或者听说过这样的事情，猎枪或者洋炮走火、炸膛，炸伤猎手的眼睛。

王建国瞄准野兔准备射击的时候,突然不想猎杀野兔了。其实,他不想再猎杀野生动物的念头由来已久。刚分到土地的时候,他就想把老洋炮交给政府,又感觉老洋炮记载着王家几代人不屈不挠的抗争故事,应该传给后人,留作纪念,就留了下来。

第二天一早,王远强还想着把王鹰杰的鼻子打出血,然后带着他去张家赔礼道歉呢。太阳升得老高了,王鹰杰的东屋还没有动静。王远强推开屋门一看,大吃一惊。王鹰杰不见了。

王远强到镇里的学校去找王鹰杰,老师说王鹰杰没来上学。他在镇子里四处寻找、打听,也没有王鹰杰的踪迹和消息。他又回到村子,在周边寻找,也没有结果。万般无奈之下,王远强去了秦家。

秦青石对王远强远不如对送鱼的王鹰杰热情,冷冷淡淡地说:"鹰杰除了送鱼,从来不到我们家。再说了,他送鱼也不进屋。那么大的小子,怎么能在我们家呢?"

秦雨晴一晚上都在为王鹰杰担心,他打了张有全,不知道张家怎么收拾他呢。这都是她引起的。王远强又跑来说王鹰杰失踪了,她更是焦急万分!秦雨晴想起了几个地方,也许王鹰杰能去。那就是他经常去捞鱼、钓鱼的小稻壕和大稻壕,还有他们经常去玩耍的山上鬼子修筑的山洞和碉堡。秦雨晴不顾秦青石的反对,毅然带着王远强去这几个地方寻找王鹰杰,还是没有他的任何踪迹。

王鹰杰当晚夜不归宿,让王远强提心吊胆了一夜。他坐在院子里的破椅子上,旁边放着装满旱烟的烟笸箩,嘴里叼着烟袋,一锅接着一锅抽,连蚊子都不敢靠近他。后半夜了,王远强才回屋里和衣躺下,一夜没睡。赵若兰更是心急如焚,责骂、埋怨了王远强一夜。

第二天一早,赵若兰就催促王远强去寻找王鹰杰。

一向不求人的王远强求所有亲戚朋友,把附近的山林旷野找个遍,但还是没发现没有王鹰杰的踪影。

第二天晚上,王鹰杰还是杳无音信,这让王远强更加惶恐不安。他早已经把王鹰杰打人之事忘得一干二净,只盼望他平安无事地回来。如果王鹰杰平安无事地回来,他绝对不会再提王鹰杰打张有全的事,更不会把他的鼻子打出血了。

王远强发现放在仓房里的一张狍子皮、一个煤油灯,还有老猎刀不见了。王鹰杰一定是独自进山了!

三岔口村周边除了山峦就是湿地荒原,经常有虎狼出没,每天晚上都能听到野狼的嗥叫。即便是当年的王振山,以及王卫国和王建国,也不敢一个人晚上进山。也许王鹰杰跑到山上,跑到荒野里,被狼群吃掉了?王远强因为惴惴不安,多是往坏处琢磨,也许王鹰杰回不来了!

外面狂风暴雨,电闪雷鸣。王远强辗转反侧,又是一夜没睡。

第三天晚上,王鹰杰还是没回来。

王鹰杰活不见人,死不见尸。王远强确信王鹰杰一定在山野被狼群吃掉了……

那天,王鹰杰早早就起来了。他背着王建国狩猎时专用的牛皮背包,里面装着煤油灯、狍子皮、绳子、干粮、火柴等,腰间别着已经锈迹斑斑的老猎刀,应该带的东西都带了,准备得非常充分。王鹰杰把自己装扮得如同一个老猎人,虎虎生威。只是他进山不是去打猎,而是去寻找那个山洞。

王鹰杰计划在山洞里住三天三夜。不住满三天三夜,不下山回家。

王鹰杰悄悄地走出家门,披着霞光,向山里走去。路过秦家,他朝秦家院子里观望着,明明知道秦雨晴不会这么早起来,但他还是想看一眼。也许有朝一日,他会带着秦雨晴共闯世界,同走天涯,今天就算自己先蹚蹚路了。一定要活着回来！

如果有一支洋炮或者猎枪就好了，他要把洋炮或者猎枪里装填上同口径大号独弹。如果遇到野狼、野猪、黑熊等大型猎物，他一定要一枪毙命，亲身感受一下打猎的惊险。

王鹰杰走过一片荒原。荒原一片浩瀚，绿浪无边。他清楚，表面美丽的湿地其实里面危机四伏，除了沼泽可以让人陷进去不能自拔外，荒草丛中还有无数野狼、野猪、黑熊、毒蛇等猛兽充满杀气的眼睛。它们躲藏在草木幽深之处，随时可能对他发起进攻。王鹰杰孤身走进荒原，就如同一只跳进大海里的青蛙，虽然它的技术和体力足以让它游到对岸，但是来自大海的危险无处不在，它的生存能力远不如一条弱小的鱼，随时都有命丧海底的危险。

王鹰杰在荒原中看到了白天鹅、丹顶鹤、白鹭、东方白鹳、灰鹤等水鸟，还有几条毒蛇，并没有遇到野狼、野猪等大型猛兽。因为这是白天，野狼、东北虎等食肉动物都喜欢夜间觅食。如果是夜间，就更危险了。

进入山林里，王鹰杰提高了警惕性。他把老猎刀握在手上，随时准备和野兽搏斗。突然，有一只野兔从草丛中蹿出，在他面前跑过，把他吓了一跳。

到了中午，王鹰杰饿了，累了，坐在石头上休息，吃点儿苞米面干粮。这时，有一只狍子悄无声息地来到了他的旁边。他二爷猎杀最多的动物就是狍子，经常给他讲打狍子的故事，所以他对狍子并不陌生。狍子在距离他不远不近的地方好奇地观察着他，也许把他当成了山里的一种新动物。他想把一块干粮扔给狍子，让狍子和他一起吃饭。狍子被他吓得一愣，抬腿就跑，然而只跑了十几步就停住了，又慢慢地走了回来，继续向他观望。

王鹰杰想试探一下能否用老猎刀杀死一只狍子。他手握老猎刀突然冲向狍子，距离狍子只有四五步远的时候，狍子才快速跑掉了。怪不得他二爷说狍子忠厚老实，没有多少心眼儿，好打。对了，他还听二爷说过，狍子的好奇心很强，经常在猎手追逐它的过程中，好奇地停下脚步回头观望，才被猎手射杀。猎人都管狍子叫"傻狍子"。

王鹰杰第一次一人进山。深山和荒原一样，植物绿得让他激动，让他陶醉。山上令他眼花缭乱的各种树木、花草、石头，以及鸟叫，都让他感觉赏心悦目、新鲜神奇，也让他心生感慨。中学生本应该像鸟一样自由自在、无忧无虑地飞翔、歌唱，但因为有张大公那样的坏蛋，他才被逼进了深山。他的心里涌出一种隐隐的痛楚，然而转眼便烟消云散了。三岔口村是属于三岔口村民的，不是属于张大公一个人的。正如深山老林是属于梅花鹿、山兔、野鸡、苍鹰等所有动物的，而不是只属于霸道的黑熊、野狼的。如果张大公那样的败类还在三岔口村以权谋私、胡作非为，组织自然会管理他、惩罚他。王鹰杰是乐观的、阳光的，再说了，山外有山，天外有天，他也可以离开三岔口，独自闯天下。

血管里流淌着英雄的血液，还有扎实的拳脚功夫，这些让王鹰杰变得强大、自信和无畏。

王鹰杰翻过了一座山，天就暗下来了。植物的绿色变得幽暗，鸟的鸣叫声也渐渐稀少。

王鹰杰猛然意识到，不能再沉醉于夕阳下层林尽染的迷人风景了，必须在天黑之前找到山洞。如果天黑之后还没有找到山洞，他就得在树上过夜。那样，他就非常危险了，即使不会上树的狼群吃不了他，泛滥的蚊子也会吸干他身上的血。他不能像那只傻狍子，因为强烈的好奇心而耽误了寻找山洞，否则他就成为傻狍子了。

他加快了寻找山洞的脚步。

王鹰杰回忆着二爷讲述的故事,终于在天要黑下来的时候找到了山洞。

他先是观察了一下山洞的环境,把携带的东西放在山洞里,接着快速在山洞附近搜集了大量干柴干草,堆放在山洞里,用于取暖和烧烤食物等使用。然后从外面往山洞口搬运大石头,把山洞的前后洞口堵上一大半,只留一个小通风口,这样既能防止野狼等大型动物钻进来,又能让空气流通,确保他正常呼吸,正常活着。最后,他用干草为自己铺了一个睡觉的床铺,上面再铺上狍子皮。

王鹰杰刚一进入山洞的时候,还感觉冷清。山洞里面没有野兽住过的痕迹。山洞有两个洞口,也许野狼、野猪等动物认为这里不安全,所以这里才没有成为它们的巢穴。过去,在山上打猎的猎人经常来;现在,上山采摘山货的赶山人经常来,这里成为他们用来遮风避雨、休息吃饭的地方。山洞里面除了有一点儿人丢弃的东西外,并不脏乱。

王鹰杰在枯草上面铺上狍子皮,顿时感觉有一种家的温暖了。躺下休息之前,他还点亮煤油灯,在石壁上寻找了一遍,看看有没有毒蛇什么的。除了有几个蜈蚣,没有别的什么。

当王鹰杰用石头封闭了山洞,山洞的黑夜就降临了。过了一会儿,山洞外面才一片漆黑,深山里传来一阵阵野狼的嗥叫,阴森而恐怖。王鹰杰从小就听二爷打猎的故事,对深山密林中的一些事情并不陌生,尤其是对动物。他清楚,野狼嗥叫是为了呼唤同伙,准备以群狼战术对猎物发起攻击。开始,野狼的嗥叫声让他毛骨悚然,后来他就习以为常了。

第一天晚上,王鹰杰很晚都没有入睡。

他拿起一块青石,磨砺老猎刀。他磨砺老猎刀因为尘封而产生的锈迹。磨了一会儿,感觉锈迹消失了,已经呈现出往日的铿亮,就开始磨砺它的锋刃。来回磨几下,就用大手指肚试一下是否锋利。最后感觉大手指肚危险了,一不留神就会被老猎刀划开,他知道老猎刀已经磨成吹毛利刃,不用再磨了。

王鹰杰担心野狼钻进山洞,就把老猎刀放在身边,随时准备和钻进来的野狼搏斗。野狼最怕火光。他把火柴放在身边,时刻准备点燃煤油灯和火把,吓退野狼。

他担心毒蛇从石头缝隙中钻进来,像咬到秦雨晴的小腿一样咬到自己。他环顾一下四周,没有什么可以让毒蛇害怕的,就只能听天由命了。这个时候,他又想起秦雨晴。如果秦雨晴和他在一起多好。转念一想,并不好,无论深山还是山洞都很危险,不能让秦雨晴和他一起冒险。

王鹰杰不知不觉睡着了,一直睡到山洞口照射进来几缕阳光。

干粮很快就吃光了。王鹰杰必须找到食物,才能在深山老林里生存。深山里可以吃的东西很多,要解决吃的问题应该不难。

王鹰杰把老猎刀别在腰间,把封堵洞口的石头移开,钻了出去。他开始寻找食物。

他忘记带钢丝套了。如果带着捕猎的钢丝套,他就能轻而易举地捕捉到山兔,那他就不缺食物了。

初秋的深山,可以吃的野果不少。他很快就找到了熟透的山葡萄和山都柿。有了这两样野果,就可以保证他在山洞生活三天三夜,保证他活着回去了。他晚上住在山洞里,白天就到山林里采摘山葡萄和山都柿。

他突发奇想,想捕捉一只山兔,烤熟了吃。这才有野外生存的味道,这才是猎人生活必不可少的内容。于是,他到处寻找山兔,终于发现一只大山兔,在前面的树荫下觅食。他悄悄地接近大山兔。然而大山兔非常警觉,很快就感觉到了来自他的危险,飞快地逃走了。

他沿着大山兔逃走的方向继续寻找，又追上了它。这次，他变得和大山兔一样警觉，没有接近大山兔，而是守株待兔。他知道只要一走动，大山兔就有感觉。他躲藏在一棵大树后面，一动不动地守株待兔。等待了漫长的半个时辰，把一条毒蛇都等来了，大山兔也没过来。他苦挨到毒蛇从他的脚面爬过，硬是一动没动。

　　终于，大山兔朝王鹰杰这边移动过来了。大山兔已经近在咫尺了。他猛然跳起，如同一只苍鹰扑向大山兔。大山兔想要逃走，已经来不及了。大山兔哪里知道，王鹰杰的动作远比一个猎人要快，让它猝不及防。于是，大山兔对王鹰杰使出了它的绝招——兔子蹬鹰。这一招非常管用，多次让苍鹰中招。然而王鹰杰远比苍鹰沉重，这一绝招对他来说不奏效。大山兔又来了一招，好像这不是一招，应该是一个现象，那就是兔子急了咬人。它照着王鹰杰抓住它的身体的手就要咬去。他早有防备，另一只手抓住了它的脖子，嘴里还说道："为了我能活着，只能让你活不了了！"

　　王鹰杰把大山兔带回山洞外面。他找到一个避风的地方，用木棍搭起了一个支架，下面摆放着干柴，扒光了大山兔的皮毛，把它吊在支架上，然后点燃下面的干柴，开始烧烤大山兔。

　　大山兔的肉香会飘散到很远的地方。如果是黑天，会把成群的野狼招来，白天相对安全。

　　王鹰杰第一次烧烤大山兔，没有经验。外面已经要烤焦了，里面还没熟呢。他已经饿得前胸贴后背了，就迫不及待地用老猎刀割下大山兔的肉，开始狼吞虎咽了，吃起来就像吃秦雨晴为他带的野山芹馅大包子那么香。大山兔身体里面的肉露出了血丝，他接着烤，然后接着吃。最后，把一只大山兔吃得只剩下骨头了。王鹰杰甚至想把大山兔的骨头也吃掉，因为野生动物的骨头比家养动物的骨头坚硬，他咬不动，才不得不放弃。

王鹰杰从小就和二爷、父亲进山采摘野山芹、木耳、蘑菇、山葡萄、山都柿、黄花菜等山货，对这些山货了如指掌，完全能够分辨出哪些没有毒，可以吃，哪些有毒，不可以吃。

渴了，他就喝山溪的水。森林里的溪水清澈见底，有一种独特的甘甜，让人喝了还想喝。

第二天晚上，山洞外面风雨交加，电闪雷鸣。他仍然无法入睡。

有一些雨水从洞口的石头缝儿中流进山洞里。山洞里面地势低洼，积存了大量雨水。他想把雨水淘出山洞，又没有家伙事儿，只好把堵洞口的石头搬过来几块铺在地上，把干柴铺在石头上，再把狍子皮铺在干柴上。暴雨越下越大，已经没有可以继续垫高铺位的石头了，再垫，洞口就敞开了。就在雨水要淹没石头的时候，暴雨骤然停止了。如果暴雨不停，王鹰杰就要在雨水里站一夜或者坐一夜了。

王鹰杰和雨水搏斗了大半夜，已经筋疲力尽了。人在疲惫不堪的时候很容易入睡。也不知道睡了多长时间，他感觉狍子皮上都是水，衣服湿透了。猛然醒来一看，雨水浸湿了干柴，又浸湿了狍子皮，最后浸湿了他。他只好坐起来，不能再睡了。

天还没放亮，山洞外面一片漆黑。

王鹰杰已经无法睡觉，只能把地上的柴火集中起来，为自己堆积出一个座位。他感觉没睡够，想坐在干柴上再眯一会儿，挨到天亮。朦朦胧胧之中，突然感到有一个东西在他的身上爬行。他猛然伸手，抓住了那个东西，大吃一惊，原来是一条大毒蛇，远比咬秦雨晴的那条毒蛇要粗要长。大毒蛇回过头来就要咬他的手。他又用另一只手抓住了毒蛇的脖子。毒蛇想缠住他的手臂，身体用力扭曲。他两手用力拉着毒蛇，同时，抓住毒蛇脖子的手坚持用力，最后终于把毒蛇掐死了。

此刻，山洞里面十分晦暗，其实山洞外面早已经雨过天晴了。

王鹰杰拎着大毒蛇走出山洞。他在枯树上掰下一些干树枝，堆积起来，然后扒掉蛇皮，开始烧烤蛇肉。他又在附近采摘了一些野菜，和蛇肉一起吃，然后眯了一会儿。他醒来的时候太阳已经升到树顶，晌午了。

王鹰杰不想像黑熊一样，在山洞里冬眠。他把老猎刀别在腰间，想到山里走走，继续欣赏深山里的风景，再看看深山里的动物。

王鹰杰走到一个山坳，一条小溪和一个小湿地相通。湿地的边上有一个清澈的水面。除了他和几只白鹭，整个世界没有其他。湿地里的蒲草排列整齐，长得挺拔，绿得新鲜，和水里的鱼一样自由生长，无忧无虑。湿地的边上还生长着一片白桦林。白桦树在阳光的照射下，白得耀眼，显得一尘不染。碧绿的蒲草、雪白的白桦树映在水中，水面变成绿的和白的，显得更为清澈。清水里有一些小鱼在自由自在地游玩。此刻的他和鱼一样自由自在。一只苍鹰在他的头顶上盘旋，一会儿就俯冲了下去，估计是在捕捉草丛中的耗子或者山兔。

如果没有战争，没有像张大公那样的坏人，世界该多么美好！

王鹰杰看到远处草地上有三只乌鸦在轮番欺负一只珠颈斑鸠。一会儿，一只乌鸦去斑鸠的身上叨几口；一会儿，另一只乌鸦再到斑鸠的身上叨几口。斑鸠一直在挣扎着，也没看到它身上有伤，但它就是不肯飞走。也许斑鸠早已受伤，无力飞走了。乌鸦的体形比斑鸠庞大，嘴长而有力，毕竟不是猛禽，没有苍鹰的钩嘴，没有苍鹰的利爪，当然也没有苍鹰那么凶猛。

王鹰杰为斑鸠焦急，想冲过去解救那只可怜的斑鸠，可中间隔着一片复杂的水面，无法过去。

突然，也不知道从哪儿俯冲下来一只雀鹰，一下就用利爪摁住一只乌鸦。其他两只乌鸦立马不顾同伴的死活,舍弃斑鸠,各自逃走了。王鹰杰听说雀鹰是不敢轻易捕食乌鸦或喜鹊的,因为一只乌鸦或喜鹊遇到雀鹰的攻击,其他乌鸦或喜鹊就会团结起来,对雀鹰群起而攻之,保护同伙儿。雀鹰捕食一只乌鸦或喜鹊轻松自如,对付多只的围攻,就有些力不从心了。

雀鹰霸气地用利嘴撕咬着乌鸦。开始,撕咬下来的都是羽毛,不一会儿,撕咬下来的就是血肉了。其实雀鹰的体形没有苍鹰大,也没有乌鸦大,但它的强悍、威猛,弥补了身材较小的不足,轻而易举地战胜了乌鸦。刚才还欺负斑鸠的乌鸦,现在被雀鹰欺负得没有一点儿反抗的能力。只见它的翅膀在无力地拍打着雀鹰,阻止它撕咬自己,身体被雀鹰摁得一动不动,显得无助和绝望。

不知道什么原因,舍弃同伙逃走的两只乌鸦一直没有回来攻击雀鹰,解救同伙。

斑鸠虽然暂时得救了,但是它一直在挣扎,肯定是受伤了。也不知道它能不能活下来,再次飞上蓝天。

看到乌鸦欺负斑鸠,又看到雀鹰战胜乌鸦,王鹰杰很受触动。无论是动物世界,还是人类社会,弱肉强食,是普遍现象。弱小就要挨打,就要被欺负。因此,无论是动物还是人,要想不被欺负,就要让自己变得比对手强大!当然了,一些温顺的食草动物永远也打不过凶猛的食肉动物,个子不高的人却未必打不过个子高的人!只有让自己更强,才能不畏强暴,不可战胜。

平时,王鹰杰就将练习拳脚功夫视如吃饭喝水一样重要,每天最少练习两个时辰,无论刮风下雨,不管酷暑严寒,从来没有间断过。

王鹰杰开始在水边草地上练习拳脚功夫。踢腿出拳,闪转腾挪,招招式式,都能让人感觉出他的拳脚功夫已经自成体系,动作娴熟,一气呵成,功力深厚,气势如虹。

练习结束时，王鹰杰已经汗流浃背了。他想跳进清水中洗澡，也晾晒一下潮湿的衣服裤子。平时洗澡不容易，得走到杳无人迹的荒原深处，才能洗澡。当然，到了冬天，天气寒冷、水面结冰，洗澡就更不容易了。

王鹰杰把衣服裤子脱下，晾在蒲草上。他身材匀称，肌肉发达，充满阳刚之美。他赤身裸体跳进清水里，尽情地享受碧水、蓝天、绿草、白云构成的美妙的大自然，享受着只有他一个人的寂静世界，沐浴其身，洒濯其心。

当他把自己洗得干干净净，上岸要穿衣服的时候，陡然发现顺着腋下流淌的清水中，夹杂着血液。他仔细一看，两侧腋下有三个又扁又圆的黑褐色东西深深地钻进他的肉里，小腿内侧也有两个。一定是蚂蟥！王鹰杰大吃一惊，赶紧用鞋底拍打蚂蟥，费了好大功夫，蚂蟥才被他清除。王鹰杰多次听二爷和父亲讲过蚂蟥，在湿地的水里玩耍的时候，也看到过村里的孩子脚上被蚂蟥叮咬得鲜血淋漓。但是他从来没有被蚂蟥叮咬过。对他来说，清除蚂蟥不亚于和野狼的一场惊心动魄的较量。因为二爷和父亲曾经提醒他，蚂蟥的生命力非常顽强，即使钻进人的血管里，也能活着，而人会因为血管堵塞而死亡。

王鹰杰刚才还神清气爽，和蚂蟥搏斗之后，感觉身心疲惫。

他想返回山洞休息，突然感觉饥肠辘辘了，想吃点儿什么。整个小湿地中，除了他，还有天上的白鹭、水里的小鱼，别的什么也没有。白鹭、小鱼，他又抓不到，只能到山上采摘山葡萄、山都柿作为他的盛宴了。

刚走出不远，王鹰杰听到了一种水被撞击的声音，或者是小动物在水里挣扎的声音。顺着声音走去，他看到一条大鱼游进一个浅滩，为水草、淤泥所困，游不回去了。王鹰杰几步冲到大鱼跟前，把挣扎的大鱼抓在手里。这是一条大鲶鱼,有六七斤重。这回他有填饱肚子的美味佳肴了。

其实,人的生命和大鲶鱼的生命一样脆弱,一不留神,为外物所困,那么生命就危险了。因此,生活在这个复杂世界的人也应该复杂起来,尤其要强大起来,既不为外物所困,也不被自己的内心束缚。

回到山洞,王鹰杰在烧烤山兔、毒蛇的地方堆起干柴,准备烧烤大鲶鱼。鲶鱼比山兔好熟。烧烤了半个时辰,鲶鱼就熟透了。天暗下来了。他担心鲶鱼的香味会引来狼群,立马把鲶鱼带进山洞。

王鹰杰带着鲶鱼刚进入山洞,就听到外面传来野狼那令人心惊胆战的嗥叫声。他赶紧把山洞的洞口封好,然后坐下来吃烤鲶鱼。

一群野狼在山洞外面虎视眈眈,然后又到洞口跟前寻踪觅迹,想从石缝钻进山洞。过了一会儿,因为石头沉重,它们用嘴和爪无法移动,没有办法钻进山洞,才悻悻离开,去围猎其他猎物去了。

王鹰杰吃完烤鱼,坐了一会儿,感觉狼群已经离开,想再练习一下拳脚功夫。山洞里空间太小,他无法施展拳脚。只能坐着想事,任由意识随意流动。当然,他一定会想到秦雨晴……

王鹰杰忽然被一种声音惊醒。是前洞口的声音,有动物在移动封闭前洞口的石头。开始,王鹰杰以为狼群没走或者又回来了。很快,他感觉不是野狼,因为野狼没有这么大的力量,这一定是个大家伙。这个大家伙的力量非常大,不是黑熊,就是野猪。眼看一块大石头就要被大家伙掀动起来了,他万分焦急,心跳加快!

王鹰杰拔出老猎刀,准备和大家伙进行生死搏斗。他要像爷爷和二爷当年在山洞外杀死两个鬼子一样,杀死这个闯进山洞的大家伙!

正当大石头被挪动,要掉到地上的瞬间,王鹰杰大喊一声:"大家伙，你干什么？"

大家伙被吓了一大跳，抬腿就跑。大家伙的胆量也这么小啊！王鹰杰刚要松口气，大家伙又慢慢回来了。

危险再一次临近！

王鹰杰意识到了危险，再次把老猎刀握在手上。大家伙如果再挪走一块石头，它的脑袋就能钻进来了；再挪走两块石头，它整个身体就能钻进来了。如果大家伙钻进山洞，就凶多吉少了，因为山洞里面空间狭小，拳脚无法施展。大家伙借助庞大的身躯快速直接地冲进来，谁也抵挡不住，只能用老猎刀和它硬拼了。一定要在大家伙把脑袋伸进来的刹那，把老猎刀刺进它的大脖子，或者用大石头砸碎它的脑袋。想到这儿，王鹰杰拆东墙补西墙地把后洞口的两块大石头搬到了前洞口，准备砸碎大家伙的脑袋。

又一块石头被大家伙挪走了，洞口露出簸箕大的洞。随后，洞口传来大家伙"呼哧、呼哧"的喘息声，紧接着，一个黑乎乎的大嘴从洞外伸进洞内，嘴里喷着浓浓的腥臭味。

王鹰杰看不清大家伙是什么，但是从它喘息的声音和嘴里的气味，不难断定它是一只大黑熊！

大黑熊一边用大嘴拱着石头，一边用鼻子闻着山洞里面的气味。王鹰杰猛地将老猎刀刺向大黑熊略微张开的大嘴。然而，就在老猎刀要刺进大黑熊嘴里的瞬间，它突然低头拱石头。老猎刀一下刺偏了，刺在它的脑门上。大黑熊的骨头十分坚硬，老猎刀没有刺进它的脑袋，而是一下子滑落到洞外。

王鹰杰知道野狼害怕火光，也许大黑熊也怕火光。他接连划了十几根火柴，都没有划着。火柴有些潮湿。就在火柴要划光了的时候，终于划着了，他点燃了煤油灯。

王鹰杰划火柴的时候，一闪一闪的光亮让大黑熊一惊一惊的，但它没有逃窜。当煤油灯照射在大黑熊的脑袋上时，大黑熊的两只小眼睛闪烁着黑宝石一样的光芒。它停顿了一下，立马又开始旁若无人地挪动大石头。如果这块大石头被移开，大黑熊就会疯狂地冲进山洞！

大黑熊不像野狼那么害怕火光，只能怕大石头了。王鹰杰立马搬起大石头砸向大黑熊，第一块大石头虽然砸到了大黑熊，但是被旁边的石壁挡了一下，已经抵消了大半力量，滚落到了洞外。王鹰杰随之举起第二块大石头，砸向大黑熊的脑袋。有了第一块大石头的教训，大黑熊变得聪明了，脑袋机智地朝洞外一缩，但是没有躲过王鹰杰的一砸。大黑熊的鼻子顿时鲜血直流。大石头掉到洞外。

大黑熊被激怒了，简直是怒火冲天！

王鹰杰赶紧又从后洞口搬过来两块大石头，如果再打不跑黑熊，黑熊冲进前洞口，他就从后洞口逃跑。

大黑熊发怒的时候，蛮力大得惊人，仿佛能够推倒一座山，拍倒一棵树。它迅速将又一块大石头扒拉到旁边，然后伸进巨大的脑袋，就要挤进山洞。此刻，黑熊的嘴巴张开得比野猪还大，四颗獠牙简直比老猎刀还要锋利，瞬间就会把王鹰杰撕成碎片。

千钧一发之际，王鹰杰急中生智。他把煤油灯朝大黑熊的脑袋砸去。煤油灯的玻璃碎了，煤油浇在大黑熊的脑袋上，瞬间便熊熊燃烧起来。大黑熊被烧得疼痛难忍，咆哮着逃走了……

第六章　无畏的少年

天亮了，太阳出来了。

王鹰杰走出山洞，找到了老猎刀，狍子皮也不要了，撒丫子就往山下跑，就好像大黑熊带着大嘴巴上的熊熊火焰在后面追赶他似的。

少年王鹰杰独自在深山密林的险恶环境里生活了三天三夜，锻炼了野外生存能力，挑战了生命的极限。以后遇到任何艰难险阻，他都无所畏惧了。

真正的武林高手不仅能熟练地掌握武术招式，更具有超人的胆识和豪气。王鹰杰胆识过人、豪气冲天，这是他不可战胜的精神力量。从这一点上看，王鹰杰才是真正的武林高手，他父亲王远强不是。

王鹰杰进山寻找山洞，用了将近一天的时间；从山洞下山回家，只用了三个多小时的时间。

他跑进家门，仍然精神抖擞，毫无倦意。

王鹰杰回来了，就是王远强出壳的灵魂回来了。王远强简直欣喜若狂了！

王远强没有再提王鹰杰打张有全的事，以后也不会再提了。王远强只是懦弱，并不愚蠢，如果因为自己的懦弱而失去儿子，那就真是蠢到家了。

王远强一直守在王鹰杰身边，呆呆地看着他，几乎寸步不离，连烟袋也不敢抽了，好像他要是不看紧，一不留神，他的灵魂就会再次出壳。王远强对打猎毫无兴趣，但是他清楚，即使是熟悉山林的老猎人，在猛兽环伺、危机四伏的深山老林里待上三天三夜，也很难活着回来。王鹰杰竟然活着回来了，真是万幸啊！

赵若兰则在外屋地忙着为王鹰杰做饭，就好像王鹰杰几天没吃饭了，如果不尽快吃上她做的饭，就会饿死似的。

王鸿儒也想守着哥哥，只是他坐不住，一会儿出去，一会儿回来，还对哥哥说："遇到黑瞎子和狼群了吗？独自进山，太吓人了！以后再去，把我叫上。只是我不一定敢去。"

这件事也让王远强和赵若兰深深地意识到，王鹰杰翅膀硬了，自己能飞了，不能像对待刚出壳的小鸟一样对待他了。

王鹰杰没有对家人讲他离家进山这几天经历的惊险故事，怕家里人后怕，以后再也不让他一个人进山了。以后有机会，他一定要讲给秦雨晴听。

王鹰杰离家出走的这几天，秦雨晴简直失魂落魄，度日如年。她不想把阴云笼罩的心情挂在脸上，让爸妈看出她的内心世界，然而她爸妈看不到她脸上平时的明媚阳光，自然想到她在为王鹰杰牵肠挂肚，为王鹰杰提心吊胆。他们想安慰她，劝阻她，却不知道说什么，就什么都不说。

王鹰杰终于回来了，秦雨晴欣喜若狂！她赶紧催促母亲做野山芹馅大包子，然后和母亲一起，给王鹰杰送来了一盆他最爱吃的野山芹馅大包子。看到王鹰杰，秦雨晴想哭，泪水在眼睛里转悠好几圈，就是不敢溢出来。他平安无事，她才放心了。

王远强、赵若兰不提王鹰杰打人的事了，但别人不一定不提。

前几天，张有全像挖到百年野山参一样高兴地跑回来对张大公说，王远强要把王鹰杰的鼻子打出血，逼得王鹰杰离家出走了，现在活不见人,死不见尸。近来,张大公一直愁眉苦脸,听到这个消息,立马幸灾乐祸了起来。王鹰杰在深山老林里让野狼吃得尸骨无存,他才高兴呢!

张大公没想到,王鹰杰这个小兔崽子福大命大,孤身一人在猛兽出没的深山老林里苦熬三天三夜,竟然活着回来了。张大公大失所望!

张有全被打的事还没有完。

张大公看到王远强那边没信儿了,不提不念的,他从心里咽不下这口恶气:"胆敢欺负我的儿子,必须把他收拾得服服帖帖的,让他知道深浅!"

经过深思熟虑,张大公把他大儿子张有才、二儿子张有金叫来,轻声对他们说:"他妈的,王鹰杰比有全大一岁,以大欺小,咱们不能就这样不了了之了,这也太窝囊了。王鹰杰只不过是个乳臭未干的小兔崽子,会点儿花拳绣腿。你们俩比王鹰杰大四五岁,是身强力壮的大小伙子了,不能看着你们的弟弟让人家白白欺负吧。你们俩替我教训教训王鹰杰,为我和有全出出气,也让他妈的王鹰杰知道咱们老张家人不是好欺负的!"

张有才、张有金自信地说:"王鹰杰还是个兔崽子,再邪乎,能邪乎到哪儿去!明天我们就去中学会会他。我们俩收拾他,那不是小菜一碟?放心吧!"

张大公还叮嘱了一句:"下手掌握好分寸,别太重,把他鼻子打出血,鼻梁子打塌了,都没事,别出人命就行。也不能太轻了,太轻了,他不当回事。"

两个儿子轻松地答道:"好嘞。"

第二天,王鹰杰刚刚走出学校大门,张有才、张有金就把他截住了,如同张有全截住秦雨晴时一样霸道。但王鹰杰可不是秦雨晴。

张有才手里握着一把锋利的剔骨刀,一边在手里摆弄着剔骨刀,从左手换到右手,再从右手换到左手,一边慢条斯理地对王鹰杰说:"你小子比我弟弟大,竟然敢欺负我弟弟,把他的鼻子打出血了。我比你大,把你的鼻子打出血了,不算欺负你吧?"

王鹰杰硬气地说:"你要是能把我的鼻子打出血了,当然不算欺负我;我要是把你的鼻子打出血了,就更不算欺负你了。"

张有金一听王鹰杰的话,明显感觉他不服气,看来必须动手了。他一下子冲到张有金前面,什么也不说,挥起拳头打向王鹰杰的鼻子。

王鹰杰也不躲闪,快速出手抓住了张有金的拳头,猛然下压。张有金的手腕就像要断了一样疼痛难忍。王鹰杰又轻描淡写地把他的手腕向左一带,然后高抬右腿,直接砸在他的手肘处。他一下子就跪在了地上。

王鹰杰就是想和张有金玩玩,才用了两个简单的拳脚动作,如果想让他跪下,太简单了,只要一拳或一脚。张大公家的孩子,整天养尊处优,骨头软,远不如穷人家的孩子骨头硬。

张有才看不出眉眼高低,一看张有金被王鹰杰打得跪在地上,紧握剔骨刀,张牙舞爪就朝王鹰杰乱划滥刺而来。张有才知道王鹰杰会些功夫,但是他肤浅地坚信,再强壮的胳膊也敌不住锋利的剔骨刀。

王鹰杰一看,张有才竟然敢对他动剔骨刀,必须严厉教训,绝不能手软。他向左稍一侧身,迅速用右手抓住张有才握刀的右手,然后用左手重击张有才的肘关节,张有才握刀的右手立马松开,剔骨刀掉在地上。

王鹰杰捡起剔骨刀,用刀把儿一头照着张有才的屁股就连捅三刀,然后侧身一脚将张有才踢倒。张有才被王鹰杰捅了三刀,如同被宰的肥猪一般大叫起来。

张有金一看张有才被王鹰杰连捅三刀，大惊失色地喊道："杀人了，王鹰杰杀人了！"比瘦栓子喊叫得还要惨。

学校的老师、学生、上下课摇铃的师傅立马围拢了过来。一看，张有才哪儿也没受伤。流淌在地上的也不是他的血，而是他被吓出来的尿。

张有才一听说自己没有受伤，才从地上爬起来，浑身沾满尿液和泥土。他摸了摸屁股，没事，又让张有金看了看他的屁股，也没事。哥俩这才狼狈离开……

王鹰杰把张大公的三儿子张有全打了，又把为三儿子出气的大儿子张有才、二儿子张有金打了，这让张大公更加气急败坏。他千方百计找机会收拾王鹰杰，出这口让他喘不上气来的怒气。

有一天，张大公到县里找一个食品加工公司的老板，商谈销售苞米的事情。老板姓胡，他请张大公吃饭。胡吃海塞之后，胡老板又吹起牛来："钱款的事你大可放心，我胡某做事一向信守承诺，更不差钱。当然了，别人欠我的账，我也有办法轻松要回来。我有两个硬实的'茬子'，可以说是'社会人儿'，下手狠着呢，专门负责为我要账，相当好使。谁要是欠你的账，或者谁要是欺负了你，跟我说，我让他俩去，利利索索给你摆平。"

张大公开始不愿意听胡老板胡诌八扯，里面似乎带有威胁的味道，让他听着不舒服。但是听到胡老板后面的话，张大公心里为之一动，立马兴致盎然了起来："老弟，哥哥虽然大小是个官，有点儿身份，但是村子里也有害群之马，让哥哥不得安宁。有一个尿性的小子，会点儿花拳绣腿，竟然把我的三个儿子都打了，而且打得不轻，鼻青脸肿的，简直太气人了。老弟能不能让你手下好使的'茬子'，帮助哥哥收拾收拾那小子！"

胡老板清楚张大公是个不浇油就不润滑的人。他们公司每年收购粮食都有求于张大公，正好借助这件事情帮助张大公一把，给他浇浇油，以后的事情便会一路顺溜了。于是，胡老板讨好张大公说："你不方便收拾这小子，你就负责为我们公司提供质优价廉的食品加工原料，我替你收拾应该收拾的人，为你出气！"

张大公长得体胖，但是心不宽，他心胸狭窄，容不下一丝委屈。他想出气，又不想把事情闹大："那小子是我们三岔口村的，叫王鹰杰。他是个学生，但是骨头不软，相当邪乎。只要你们教训他一下，让他出点儿血，知道天高地厚，别再目中无人就行了。活儿干得利利索索的，千万别拖泥带水，更不能把人打残了，打死了！"

胡老板向张大公打包票："放心吧，教训人这事我们在行，我们平时催债要账、摆平纠纷什么的，都是靠的这一招儿，相当管用！"

中学二年级的王鹰杰，还在放暑假。他干了一天农活，铲地、施肥、拔草，忙碌了一天。他回家洗了脸，吃了一个苞米面大饼子，准备借着傍晚的余晖，到平时经常去的一片树林里练习拳脚功夫。

王鹰杰刚一出自家院门，就被胡老板派来的两个硬实的"茬子"截住了。这两个"茬子"一个叫蒋东子，一个叫赵炮子，都是地痞流氓。过去，他们依靠偷鸡摸狗、坑蒙拐骗、打架斗殴，在社会上鬼混，现在却一不留神，竟然混出个人模狗样了，基本没栽过跟头。

蒋东子长的像高头大马，腿长臂长，拎起菜刀来威风凛凛，令人望而生畏。他抡起菜刀来非常迅猛，极为狠辣，显得异常勇猛。他小时候学习过摔跤，长这么大从未遇到过摔跤的对手。他非常擅长奔跑，如果遇到邪乎的"硬手"，蹽杆子比谁都快。

赵炮子是个车轴汉子，个子不高，肌肉非常发达，强壮如牛，下巴极宽，嘴大得有些夸张，仿佛霸王犬一般，咬合力量极强。他小时候和别人家孩子打仗，打不过就咬。有一次竟然把一个比他大的孩子胳膊上的肉咬下来一块，接着把肉吐在地上，然后把嘴里的鲜血咽进肚子。从那以后，谁也不敢和他打仗了，生怕被他咬下肉来。

有一次胡老板的一笔200万的欠款要不回来，公司又资金紧张，胡老板实在没办法了，要找两个硬实的"茬子"，去吓唬吓唬欠账的人，把钱要回来。有朋友推荐了蒋东子和赵炮子。开始，胡老板并没有看好他们，欠账的公司经理手下有几百号人，不可能惧怕两个混混。但一时半会儿，他又找不到合适的人手，就抱着让他俩试试看的心理，对他俩说："听着，千万别整出人命来！出了人命，你们自己兜着，我绝不负责。就是要吓唬他，把欠我的200万要回来。如果200万要回来了，给你俩20万！"

蒋东子、赵炮子从来没有学过什么拳脚功夫，打仗就靠每人拎一把大号菜刀，遇见对手也不说话，一顿乱砍，下手狠辣。再邪乎的对手，一看到这样凶狠又不要命的"茬子"，都得落荒而逃，和这些不要命的垃圾人拼命不值得。欠账的经理刚刚走出家门，就被蒋东子、赵炮子截住了。他们俩不由分说，抡起两把大号菜刀就向经理的脑袋砍来。经理吓得抱头鼠窜。

过了一会儿，胡老板想给欠账的公司经理打电话，催一催还账的事儿。他还没开口，对方就开口了："欠你的200万马上打到你的账户里。都是朋友，欠你几个臭钱，用得着要我的命吗？"

胡老板看到蒋东子、赵炮子挺好使，以后有事就经常让他俩出面摆平。蒋东子、赵炮子误打误撞，竟然成了大名鼎鼎的江湖人物。一些人遇到难以摆平的事，都找他们俩出面摆平。

蒋东子、赵炮子的打法虽然是一句话不说，上来就是大号菜刀一顿乱抡，但是他们绝不是往死里砍，而是有分寸的，否则他们也活不到今天。教训王鹰杰，他们本来也想使用惯用的打法，不由分说，用大号菜刀一顿乱抡。但是看到王鹰杰只是个青涩的中学生，他们根本没有把他放在眼里，感觉用不着大号菜刀，几个大耳光，再加上几个点炮，就能轻松摆平。蒋东子一伸手，就要打王鹰杰一个大耳光，给他一个下马威。

王鹰杰一看到蒋东子、赵炮子，立马想到是张大公找人来收拾他了，一定来者不善。王鹰杰一伸手抓住蒋东子的手臂，并没有用力，仅仅左手向里一带，右脚侧身向外踢出。王鹰杰权当把他作为实战对象，练习一下拳脚功夫了。这一脚踢在蒋东子的软肋上，他疼得龇牙咧嘴地捂着肋骨，坐在了地上。

赵炮子一看刚才还张牙舞爪的蒋东子被王鹰杰一脚就踢得龇牙咧嘴了，立马想起张大公的三个儿子中有两个儿子比王鹰杰大，都被王鹰杰打得鼻青脸肿的。张大公的三个儿子绝不会是省油的灯，他们都被眼前这小子打成那个熊样儿，说明这小子非常尿性，绝不是等闲之辈，不下"狠茬子"，他不可能轻易服软。于是，赵炮子从腰间拔出锋利的大号菜刀，破马张飞地朝王鹰杰乱抡滥砍起来。这次是真表现出他的心狠手辣了。王鹰杰要是被赵炮子砍上，非死即伤。

王鹰杰并没有把赵炮子放在眼里。练过拳脚功夫的和没练过拳脚功夫的就是不一样。没练过拳脚功夫的，根基不牢，身体虚飘，出拳出脚力量不大，速度不快。即使赵炮子拿着大号菜刀乱抡滥砍，在拳脚功夫扎实、深厚的王鹰杰面前，也显得步伐凌乱，动作毫无章法，给王鹰杰留出的进攻机会比比皆是。这一看就是街头打群架的地痞流氓，而不是"专业选手"，更不是行侠仗义的江湖侠士。

赵炮子的菜刀照王鹰杰的脑袋砍下的瞬间，王鹰杰飞速摆动右腿，踢在赵炮子握刀的手腕上，菜刀立刻飞出五六米开外。王鹰杰的右脚还没落地，就势一个高弹腿，重重地踢在赵炮子那宽宽的下巴上。王鹰杰脚下留情，才没让赵炮子的下巴变得更宽。

王鹰杰本想给他们一个警告，让他们借坡下驴，就此收手。没想到他们俩不但没有善罢甘休,还对王鹰杰死缠烂打了起来。

赵炮子已经被王鹰杰踢得晕头转向了,摸了摸自己的下巴,感觉下巴还在,猛然朝王鹰杰冲去,想用他霸王犬一样的大嘴去咬王鹰杰的胳膊。看那种凶猛和疯狂的劲头,简直要咬断他的胳膊。王鹰杰腾空跃起,双脚齐出,借助赵炮子的冲力,一脚踢向他的肚子,一脚踢向他的下巴。赵炮子被王鹰杰重重地踢了一脚,不对,是两脚。他野猪一样笨重的身体重重地摔倒在地,全身如同散了的黄瓜架子,宽大的下巴被踢了一脚,就像被踢掉了一样没有知觉,肚子却抽筋拔骨般疼痛。

蒋东子已经站起来,看到赵炮子也被王鹰杰踢倒了,立马挥舞着大号菜刀,朝王鹰杰冲过来。王鹰杰也不躲闪,也是在蒋东子的菜刀就要砍下来的瞬间,左手用力向外一架,菜刀就掉在地上。蒋东子假装低头捡菜刀,却猛然来抱王鹰杰的双腿,想发挥他的摔跤优势,制伏王鹰杰。王鹰杰反应极快,用力抬腿,膝盖重重地撞击在蒋东子的鼻子上,他的鼻子立马鲜血喷涌。

蒋东子用一只手捂着鼻子,想用另一只手捡起菜刀,和赵炮子两把菜刀同时攻击王鹰杰。然而,他一看躺在地上的赵炮子,捂着肚子和下巴,疼得和他一样龇牙咧嘴,斗志立马烟消云散。于是,他不顾赵炮子在呻吟,扭头就跑,犹如野马一般……

其实,蒋东子、赵炮子在门口截住王鹰杰的时候,王远强就看见了。当王鹰杰用拳脚和蒋东子对打,和赵炮子的大号菜刀对峙的时候,王远强在院子里隔着障子惶恐不安地观望着,为王鹰杰担心着,几次想冲出去,上阵父子兵,和王鹰杰齐心协力对付两个心狠手辣的地痞。然而,王远强提心吊胆到最后,也没有勇气冲出来。

赵若兰看到王远强隔着障子偷看什么,以为是看别人家的热闹。她也好奇地朝外面窥视,这一看不打紧,她立马心急火燎起来。她催促王远强:"你还有心在这儿偷看自己家的热闹啊?两个拿着菜刀的流氓要砍鹰杰,鹰杰还是个孩子,肯定要吃亏。你快冲出去帮帮他啊!"

王远强不紧不慢地说:"我看两个流氓再不济,也是中国人,我不能轻易出手打中国人,拳脚无情,万一失手,别再出人命。如果是日本鬼子打鹰杰,我一定毫不留情地使出绝招,痛下杀手,帮助鹰杰!"

赵若兰看王远强只是在提心吊胆地观望,非常生气。当妈的看到儿子就要被两个歹徒打了,绝不会观望,即使豁出性命也要保护儿子。她跑到外屋地一手拎起烧火棍,一手握着菜刀,就冲了出去,要去帮助王鹰杰打流氓。当她冲到外面一看,两个流氓已经被王鹰杰打跑了。

王远强一看两个流氓被王鹰杰打跑了,也跟着赵若兰冲了出来。

王远强在王鹰杰身处险境的时候袖手旁观,让赵若兰对他非常失望。男人,尤其是练过功夫的男人,就应该有仗剑走天涯的胆识,孤身闯江湖的豪气。过去,她怀疑王远强的武术只能强身健体,不能防身克敌;这次,她坚信王远强的武术招式只是花拳绣腿,绝不是克敌制胜的真功夫。但是又一想,王鹰杰的拳脚功夫是王远强教的,一脉相承,王鹰杰可以有力地实战,王远强的武术招式也应该可以实战。归根结底,应该是王远强胆小、懦弱的性格桎梏了武术招式的发挥。或许,在王鹰杰真正命悬一线的关键时刻,王远强能够拎着烟袋虎虎生风地突然冲出来,形如捉兔之鹘,神如捕鼠之猫,出手发力保护王鹰杰,但也不一定。

蒋东子、赵炮子还没走进三岔口村,张大公就把全家人组织了起来,暗示全家准备看一场提振士气、大快人心的好戏。家里人问他什么好戏,他还故作神秘地说:"一会儿看到就知道了。提前告诉你们精彩的故事情节,尤其是精彩的故事结局,就没有悬念、没有戏了。赶紧准备些酒菜,看完好戏全家庆祝一下!"

全家人激动不已,等待着好戏开幕。

所以,从蒋东子、赵炮子耀武扬威地进村,到气势汹汹地向王鹰杰发起进攻,再到他们被王鹰杰打得狼狈不堪地逃出村子,张大公及其家人看得一清二楚,如同观看了一场紧张激烈的电影。不过,电影的结局,却让张家人闷闷不乐。张大公本想全家人在一起其乐融融地看一场解气的喜剧,没想到却以郁闷的悲剧结尾。一桌子好菜,全家人都没了胃口,难以下咽。

这件事之后,张大公再也不敢找人使用武力教训王鹰杰了,他深深地意识到王鹰杰是个强悍的硬汉,不是胆小幼稚的一般孩子,不是能为武力所屈服的。再说了,王鹰杰的拳脚功夫绝不是花拳绣腿,太厉害了,谁又能让他屈服呢?再使用武力,就容易出人命了!

但是,张大公既不是忍气吞声的人,也不是宽容大度的人。他不会改变收拾王鹰杰,为儿子、为自己出气的想法,只是改变了方式。他要用手中的权力报复王鹰杰。

张大公假公济私,处处刁难王家。

上级提出发展农村多种经济,王家打算在自家菜园子里挖一个养鱼池,养鱼卖钱。张大公不同意,说鱼池渗水危及秦家的房子。

秦雨晴耐心地说服父亲,王家挖养鱼池对秦家的房子没有任何影响,并说王家养鱼池里的鱼长大了,他就可以随时钓,随便吃,他这才同意王家在自家园子里挖养鱼池。秦家都说王家挖养鱼池不会危及他家房子了,张大公还是坚决不同意。

上级提出可以因地制宜,适当扩大自留地、饲料地。张大公借此机会,重新调整自留地,把肥沃、位置好的地块儿都留给了自己和亲属,甚至把一些别人不知道的地块儿据为己有,而把最贫瘠、偏远的地块儿分给王家。

王远强总是忍气吞声,敢怒不敢言。王鹰杰要去找张大公说理,讨回公道。王远强坚决不让他去:"人家有权有势,嘴比咱们大,咱们说不过人家!"

因为家里的自留地少,又贫瘠,粮食收得不多,加上赵若兰身体不好,经常吃药,家里生活越来越困难。王鹰杰为了给家里减轻负担,高中二年级就想辍学,到牡丹江或哈尔滨打工赚钱养家。王远强不反对,赵若兰坚决反对。王鹰杰只好坚持上学。

王鹰杰看到张大公家的地因为土质肥沃,加上有钱买化肥农药而没受虫灾,长得枝繁叶茂,丰收在望;而他们王家的地因为土质贫瘠,加上没钱买化肥农药而受了虫灾,庄稼杆秃叶光,丰收无望,可能颗粒无收。张大公对他们王家百般刁难,公报私仇,才导致了他们王家出现今天的局面。想到这些,王鹰杰义愤填膺,真想自己也狠一把,用重拳打他个惨不忍睹,让他不敢再欺负老实人!

有一天,张大公家的三头黄牛闯到王鹰杰家的苞米地里,横行霸道地祸害刚刚结苞米的苞米杆子。本来王家的苞米长势就不好,遭到张家黄牛的残酷践踏,简直如同秋天罢园的苞米地一样凄凉,真要颗粒无收了。王鹰杰怒不可遏,拎起一根木棒就想劈头盖脸地痛打张大公家的黄牛。他把木棒举得老高,灵机一动,又轻轻地放了下来。接着,王鹰杰强拉硬赶,把三头黄牛撵进张大公家绿浪滚滚的苞米地里,然后仿佛打赢了一场比赛一样,面带胜利的微笑,蹦蹦跳跳地回了家。

王远强坐在院子里一个就要散架的破椅子上,手里握着大号烟袋,用力吸着旱烟。他旁边的一个更加破旧的椅子上放着一个装着旱烟的烟笸箩。他看到王鹰杰连蹦带跳地回来了,脸上还带着近些天少有的微笑,就问他笑什么。

王鹰杰掩饰不住内心的愉悦，面带微笑地说："笑可笑的事！"

王远强心里纳闷儿，最近家里接连发生让人焦心的事，哪有什么可笑的事呀？他伸头朝院子外面张望，什么也没看到。就瞪了王鹰杰一眼，然后在障子上磕掉了烟袋锅里的烟灰，又坐在破椅子上打盹儿。

张大公故意把黄牛放到了王家的苞米地里，黄牛却跑到了自家的苞米地里。黄牛践踏着他家的苞米地，比黄牛践踏他狭窄的心田还让他心疼。他立马喊出张有才、张有全，和他一起驱赶黄牛，然而为时已晚。黄牛已经把他家的苞米地糟蹋得一片狼藉，苞米地比被蝗虫洗劫了还要凄惨。是自己家的黄牛祸害了自己家的苞米地，张大公有火没处发，只能自认倒霉。

王远强猜测这是王鹰杰干的，严厉地斥责了他，然后又点着烟袋锅，看着张大公家被黄牛践踏的苞米地，脸上也带着微笑，就像王鹰杰蹦蹦跳跳回家时脸上带着胜利微笑一样。

张大公虽然没什么文化，但是对于个人的事情，他非常精明。开始，他还以为是自己要害王家却害了自己家呢，要撒气，只能对自己家的黄牛撒气。后来，他越琢磨越不对劲儿，黄牛已经养五年了，就像认识自己家的庄稼似的，从来不祸害自己家的庄稼，怎么能平白无故地从王家苞米地里跑到自己家苞米地里，祸害起自己家的庄稼呢？一定是有人故意祸害他们家。这人是谁呢？是和他家发生过冲突，结下仇怨，又对他不服气的人，那一定是王鹰杰！估计是王鹰杰看到张家的黄牛祸害他们家庄稼了，就气愤地把张家的黄牛赶到张家的庄稼地里。然而，张大公没有证据，无法找王鹰杰算账，也无法给王鹰杰治罪。

张大公还是想方设法报复王家，报复王鹰杰。他听说王鹰杰和秦雨晴青梅竹马、小无猜；张有全和秦雨晴也是青梅竹马，但张有全是一厢情愿。张大公绞尽脑汁想要拆散王鹰杰和秦雨晴，成全张有全和秦雨晴。他想找一个能说会道的媒婆去说服秦青石夫妇。对三岔口村的媒婆，他都不放心，专门到三岔口镇，请来了著名的于媒婆到秦家为张家当说客。于媒婆凭借三寸不烂之舌，把张家说成锦衣玉食、堆金积玉的东宁大户；把张有全说才貌双全、玉树临风的青年才俊。如果秦雨晴跟了张有全，那么秦雨晴就会成为穿金戴银、珠围翠绕的豪门贵妇。于媒婆说得唾沫横飞、天花乱坠。

秦青石被巧舌如簧的于媒婆说得怦然心动、喜不自胜。他本来就是个贪财之人，如果和有钱有势的张家结为秦晋之好，秦雨晴可以幸福，他也可以借光。秦青石知道秦雨晴只对王鹰杰情有独钟，但是他一直不认可。他让秦雨晴离王鹰杰远一点儿。

秦雨晴的母亲也被于媒婆说得怦然心动、喜上眉梢。当妈的都希望自己的孩子丰衣足食、生活美满。她知道秦雨晴喜欢王鹰杰，但是，王家毕竟是普通的农户，还有些贫困。王鹰杰的拳脚功夫再深不可测，即使打遍天下无敌手，也不会给王家带来财富，更不会给秦雨晴带来幸福。张家是大户人家，生活富足，可以让秦雨晴衣食无忧、生活幸福。但是，秦雨晴情窦初开，应该等到中学毕业之后再考虑婚姻大事。

秦雨晴则对于媒婆天花乱坠、千篇一律的媒妁之言极为反感，不为所动。她心里只有王鹰杰，即使张有全真的学富五车、貌似潘安，也无法改变她对王鹰杰的一往情深，何况张有全才疏学浅、獐头鼠目呢。平时秦雨晴就像一只胆小的鸽子，今天却像一只胆大的雀鹰，从里屋冲出来就把于媒婆赶出了家门，恰似勇敢的雀鹰驱赶一只叽叽喳喳的老麻雀。

王鹰杰练习拳脚功夫更加废寝忘食。他不放弃任何闲暇时间，一有空儿就开始练习。他绝不像他父亲那样对拳谱生搬硬套，而是努力创新，积极改进，取武术动作之精华，求进攻招式之贯通。他一心追求一种出拳出脚的本能反应，努力做到用最快的速度、最大的力量出拳出脚，而且努力发挥意念的强大作用，即心到拳到，心到脚到，让对手没有时间防守，没有力量防住。

王鹰杰在打沙袋的时候，他的重拳就像不是打在沙袋、大树上，而是打在张大公那类人身上。如果张大公再欺负王家，他就要对张大公施以重拳，打他个下半辈子离不开拐杖，也算为三岔口的村民除害了。

赵若兰对王远强非常失望，不仅对他的懦弱失望，也对他的功夫怀疑。其实，王远强的武术动作来自三本拳谱，他和赵若兰的婚姻也结缘于三本拳谱……

第七章　三本拳谱

王远强出生于1942年春天。

王远强这个名字是父亲王卫国为他起的，一定是希望他志向远大、身心强健，像先辈英雄们一样保卫和建设富强国家。王远强出生的时候，王卫国已经参加东北抗日联军，转战于崇山峻岭之中，很少回家，即使回家，年幼的王远强也不会有什么印象。王远强3岁的时候，王卫国就牺牲了。所以，王远强几乎没有受到过父亲的影响，也没有受到过父亲的教育。他们相貌非常相似，应该是强大的遗传基因使然。

李佩英被国民党飞机投下的炸弹炸死的时候，王远强才4岁。

开始，是王远强的姥姥把他接了过去，抚养他。王建国回到三岔口村后，就把王远强接了回来，一直拉扯他长大成人。

王建国为了抚养王远强，什么活儿都干过，种地、种人参、捞鱼、打猎、"跑崴子"，以及采摘山货，到镇上卖点儿钱，贴补家用。

王远强长到五六岁的时候，本来天真烂漫、无忧无虑的年龄，应该快快乐乐地玩耍，健健康康地生活，他却整天待在屋子里不愿意出门，也不愿意说话，就好像幼小的心灵装满沉重的东西似的。王建国还发现，王远强并没有人如其名，性格内向，胆子极小，院子里的耗子、园子里的虫子，他都害怕。他从来不像村里别人家的孩子那样，到旷野、山坡、湿地中找鸟窝、掏鸟蛋、抓泥鳅什么的。他也不和村里的孩子一起村里村外疯玩疯跑，甚至连王建国带他进山采摘山货，他都不愿意去。王建国总以为王远强懂事晚，说话也晚，比别的孩子成长得慢。其实，王远强是一个懂事很早的孩子，只是他把心灵之门关闭得紧紧的，不让别人走进他的内心世界。

王建国给王远强讲他当年和王卫国打野猪、打黑熊、打鬼子的故事，希望他能像他们一样具有男子汉的性格、王家人的血性。听了父亲和二叔参加抗联打鬼子的故事，尤其是父亲最后被鬼子残害的事之后，王远强不仅没有变得和父亲、二叔一样坚韧不拔和英勇无畏，反而变得更沉默寡言、心事重重了。

王建国认为，从小就经历战争的硝烟，对王远强幼小的心灵造成极大的伤害。尤其是过早失去父母之爱，让他变得胆怯懦弱、内向狭隘，缺乏他的先辈的英雄豪气。

的确，战争会给每一个亲身经历的人留下心理阴影，尤其是孩子。王远强的心理阴影很严重，即使是和平年代的明媚阳光，也没有完全驱散这片阴影。这需要漫长的时间。

王建国想教王远强学打猎，让他到深山和荒原里经受风吹雨打，锻炼身体，磨炼意志。王远强态度非常坚决："打猎是野蛮的生存方式，我宁可饿死，也绝不猎杀野生动物。"王建国想把抗联队伍里学到的一些搏斗功夫教给王远强，希望他的身体壮起来，胆量大起来。但王远强对练习搏斗功夫毫无兴趣。王建国不厌其烦地教他的时候，他万般无奈地跟着比画比画，也是心不在焉、有气无力的；不教他的时候，他从来不积极主动地练习，宁可长时间坐在院子里发呆。

1949年10月1日，中华人民共和国成立的日子，王建国结婚成家了。媳妇是邻村周家的四女儿周四儿。

1950年10月，抗美援朝战争爆发。为了"抗美援朝，保家卫国"，东宁县346人参加中国人民志愿军赴朝参战，还组成了781人的担架队和战勤工作队，开赴朝鲜前线。王建国积极报名参加赴朝担架队，但因为腿脚不利索，被拒绝。

王建国只好闷闷不乐地回了家。当他看到王远强，又看到媳妇挺着大肚子，就要生产了，他又展颜了。虽然自己腿脚不利索，不能去朝鲜前线了，但可以把全部精力用于抚养王远强和自己的儿子，把他们培养成保家卫国的英雄。

1950年冬天，王建国的大儿子出生了。按照祖宗定的规矩，王家的后代，同一辈分人名中间一字应该相同。王建国儿子这一代王远强最大，所以儿子名字的中间字必须是远字。他希望儿子有远大志向，长大努力建设国家，所以给大儿子起名王远志。

1952年秋天，王建国的二儿子出生了。王建国为他起名王远铭，希望他能够铭记历史，珍惜来之不易的美好生活。创造更美好的未来。

王建国对王远强非常好，胜似自己的亲儿子。每次王远强和他儿子斗嘴，虽然王远强比他儿子大好多，他都骂儿子而不骂王远强。家里每次做好吃的，他都多给王远强一些，宁可自己少吃，甚至一口不吃。他从来不让王远强干脏活儿、累活儿、重活儿，宁可自己都干了。当然了，王远强也不是一个没有感恩之心的人，总是抢着干活儿。王建国下地干活儿，一瘸一拐地在前面走，跟在后面的总是王远强。王远强话依然很少，经常是一路上不说一句话，偶尔还学着二叔一瘸一拐地走路。王建国发现了，竟然气笑了。

王卫国和李佩英都是英年早逝，王远强没有享受到父母的多少关心爱护，王建国极力给他更多的关心和爱护，以弥补他缺失的父母之爱。

王建国对儿子，包括对王远强，可以说是照顾得无微不至，然而在抽烟袋上，他就不顾一切了。王建国抽烟袋的瘾极大，无论晒烟还是烤烟,他来者不拒。他身边总是摆着一个装满旱烟的烟笸箩,整天叼着个烟袋,烟袋杆上还挂着一个装满旱烟的烟口袋。早年地主抽的烟袋,烟袋嘴是绿玉做的,长长的烟袋杆是楠竹做的,烟袋锅是黄铜做的。王建国的烟袋是自己用桦木做的,抽一段时间,木头就被烟熏火燎得变形了,开始燎嘴了,就得再做一个。

旱烟就是著名的关东烟,辛辣、浓烈、劲足。

其实,前些年王建国不是没找媳妇,也不是找不到媳妇,村里人给他介绍了几个,都被他浓烈的旱烟熏跑了,人家受不了。他就不想再找了。对他来说,抽烟袋,比找媳妇重要。

周四儿和他有缘,抽烟袋的水平略逊于他,没有被那浓烈的旱烟熏跑,他们才终成眷属。刚结婚那阵子,周四儿看到王建国的烟笸箩破旧得漏烟末了,就用废纸糊了一个更大的烟笸箩,然后他俩对着抽。

王远强是在王建国的烟袋的熏陶下顽强成长的。

周四儿怀上孩子之后,突然感觉抽烟袋不舒服,总想呕吐,自己就不想再碰烟袋了,也闻不了王建国抽烟袋那令人窒息的气味。她多次劝王建国戒烟,他就是戒不了,只是尽量不在屋里抽了。

王远志、王远铭出生之后,周四儿闻到旱烟味就头晕、恶心,简直对旱烟味深恶痛绝。因此,她经常对王建国发火,甚至多次从他手里抢下烟袋,用炕沿把火磕灭。王建国也不发火,每次都默默地走出屋子,点着火继续抽。

冬天,王建国无法在外面抽烟袋了,改到外屋地抽。烟袋那辛辣的味道无孔不入,东西屋也能深受其害。周四儿为了远离烟袋味,搬到了东屋,和王远志、王远铭一起住。王建国和王远强在西屋住。

一个寒冷的冬天,大雪如同棉花被套,劈头盖脸地蒙住了三岔口村,呼啸的狂风又蛮横地把棉花被套蹂躏得支离破碎。

王家的粮食袋子早已见底，家里人天天依靠看不见几个米粒的米汤维持生命。往年的这个季节，王建国总是带着冰佥子和绞笠子，到湿地凿冰窟窿捕鱼，到镇上卖点儿钱点买儿米。大雪覆盖湿地，加上冒烟儿泡天气，让凿冰窟窿捕鱼变得艰难。王建国为家里无米下锅而忧心忡忡。他为了留住家里不多的热量，节约柴火，将门窗紧闭，和王远强早早就躺在炕上。他一袋接一袋地抽着烟袋，差一点儿把王远强熏得喘不过气。旱烟浓烈得几乎要炸开陈旧简陋的茅草房子。王远强被熏得脑袋昏昏沉沉，最后竟然昏过去，什么都不知道了。

王建国开始还以为王远强睡着了，扒拉着他，让他脱了衣服盖上被再睡。但无论他怎么扒拉，王远强还是一动不动。王建国像被烟袋锅烫了手似的一下子站到地上，不知所措了起来。他连棉袄的纽扣都没系，狗皮帽子也没戴，拖拉着坚硬的牛皮乌拉，就冲到寒风凛冽的屋外，挨家敲门，到处找人。开始还叼着烟袋，后来干脆把烟袋扔在雪窠里，一瘸一拐地奔跑了起来。

这时，周四儿跟出来了："你瞎敲滥找啥呀？麻溜儿去找崔大夫，让他给看看！"

三岔口村有一个半拉大夫，既给人把脉看病，又给牲口听诊看病。给人看病就是头疼脑热吃去痛片，大病杂症送县医院。他姓崔，村里人都管他叫崔大夫。崔大夫正在家里点灯熬油地对比着两本医书，研究如何给人做阑尾炎手术，如何劁猪呢。听说王远强昏倒了，崔大夫放下手里的医书，就和王建国一路小跑，来到王建国家。他一看，王远强脉搏紊乱，既像睡着了，又像昏过去了，不像是感冒发热，不能吃他的"灵丹妙药"去痛片。他琢磨来琢磨去，把给人治病的方法、给牲口治病的方法都考虑到了，也想不出用什么方法来治疗。

最后，正当崔大夫要说把王远强送到县医院的时候，猛然被屋里的浓烟呛得一阵咳嗽，他才恍然大悟。王远强一定是被王建国烟袋的浓烟熏迷糊了。于是，崔大夫打开房门，让外面的寒风吹散屋里的浓烟，接着拿起水缸里的水瓢，舀了半瓢凉水，劈头盖脸就给王远强浇上了。这招儿还真挺管用。只见王远强猛然一激灵，先是眼皮微动，然后睁开了险些永远闭上的眼睛，恰如在走进地狱之门的刹那，又扭头走了回来。

崔大夫这回有吹的了，立马由满脸无奈，变得踌躇满志，俨然一个医术高明的大夫。王远强的疑难杂症被他手到病除了，他忘乎所以地连话都懒得说了，趾高气扬地抬起刚刚高贵起来的腿，就要离开王家。王建国要给他仅有的一点儿钱，表达自己的感激之情。崔大夫连头都没抬，也没有停止高贵的脚步，就好像对王建国说："凭我老崔手到病除、起死回生的高明医术，怎么能看上你那几个钱！"

王远强的"病"没有大碍了，王建国高兴；崔大夫没有收他的钱，他同样高兴。他急忙把钱塞进腰里。对于王建国这样刚强、正义、有担当的硬汉来说，穷可以独善其身，达可以兼济天下。只是因为生活太贫困了，他在金钱的使用上无法慷慨大方，甚至"长见笑于大方之家"。

这件事后，王建国三天没抽烟袋。他多次到院外雪窠里找他的烟袋，却无影无踪了。旱烟瘾上来，他烦躁心慌、脾气火爆、抓耳挠腮、没着没落，甚至用嘴嚼着蛤蟆头烟叶，聊以自慰。

过了四天，王建国实在熬不住了，到邻居家借了一个用过的桦木烟袋，回家翻箱倒柜地找旱烟笸箩，却找不着了，他暴跳如雷。

出事的当天晚上，周四儿就把王建国的旱烟笸箩藏了起来，看到他心急火燎地找旱烟笸箩，怕他急出病来，就给他拿了出来。

王建国一如既往地抽上了烟袋，但是他再也不当着王远强的面抽了，害怕再熏坏了王远强。周四儿唠叨着让他戒烟，他反唇相讥，但也反躬自省。经过这件事，他也意识到自己抽旱烟太甚，对他自己身体的影响，他可以不当回事儿；对他家人身体的影响，他不能不当回事。虽然他又开始抽烟袋了，但是抽烟袋的次数少了，烟袋锅里旱烟的分量少了。

过了些日子，王建国发现，烟袋抽得少了，旱烟却比以前下去得快了，一笸箩旱烟几天就没有了，真是奇怪了。难道有喜欢吃旱烟末的耗子？有一天，王建国终于逮住了偷吃旱烟末的耗子。原来王远强开始偷着抽起了旱烟，他用的烟袋正是王建国扔到雪窠里那个。

这些天，王建国一直为抽烟袋差点要了王远强的命而深感自责，没想到王远强竟然抽起了烟袋。他伸手就打了王远强一巴掌，王远强跑开了。

王远强长这么大，第一次挨二叔的巴掌。

王远强还在偷偷摸摸地抽着烟袋。在王建国没日没夜的熏陶之下，他已经上瘾了。王建国管了他一段时间，简直是苦口婆心。王远强什么话都不说，想抽的时候照抽不误。王建国不再管他抽烟袋了，管也管不了。

王远强到了上学的年龄。王建国对他是否上学，表现得不够积极，不够明朗。王远强如果愿意上学，他支持；如果不愿意上学，他也不反对。

王建国对王远强的生活关心有余，对他的人生教育不足。这和他自身的文化素质有关系，当然，也和他对王远强的了解有关系。王远强胆子小，话少，心眼不少，沉默起来让人心慌，固执起来令人绝望。他的内心世界仿佛挡着一条厚厚的棉被，照不进阳光，别人也看不到里面的风景。王远强的路得由他自己选择，别人为他选择，一点儿都行不通。秉性固执的人如果认真地固执起来，四头野猪套上车都拉不回来。

本来,王远强看到别人家孩子都上学了,也有上学的念头,但感觉二叔对他上学的态度不够积极,他也就不积极了。

王远强10岁的时候,王建国才突然提出让他上学,学点儿文化知识,以后有用。王远强也不反对,然而他已经超过了上学的年龄,漫不经心地上了半年,就兴致寥寥了。他感觉自己的脑袋不够用,费劲巴拉地学习,也赶不上别人,就说什么也不去上学了,想在家种地养猪。王建国清楚,王远强不想干的事,要是强迫他干,他也干不好,就不再让他上学了。一有时间,王建国就让周四儿教王远强认认字、算算数,以后好能写写信,算算账什么的。王远强学的时候总是三心二意。

平静的日子,总是过得飞快。一转眼,王远强已经15岁了。

有一天,王建国和王远强去三岔口镇卖山货和鱼。王建国经常到镇里卖山货,有些直接送到饭店了。他们把一些蘑菇、木耳、山野菜送给饭店。四条鲤鱼在王建国的吆喝下,也很快卖出去了。还剩两条鲇鱼,王建国对王远强说:"我去买点儿豆油、豆饼和盐,直接背回去。你吆喝一会儿,把鲇鱼卖了,就自己回去吧!"

王远强跟着二叔到镇上卖山货的时候不多,不好意思吆喝,拴马桩似的往那儿一站,过了一个时辰,两条鲇鱼才被两个外地口音的人买走。

王远强正要离开,猛然看到两个外地口音的人拎走了两条鲇鱼,却忘了拎走放在地上的破兜子。他足足等待了一个时辰,两个外地口音的人也没有回来。他实在不能再等了,再等天就要黑了。他打开破兜子一看,里面有三本比破兜子还要破的线装书。他翻了一下,三本线装书里面有文字,有图画。图画上画的都是人伸胳膊踢腿的一些动作,好像是过去习武之人使用的武术拳谱。王远强琢磨,如果两个外地口音的人丢掉的是好东西，早就回来认领了；也许人家不愿意要了，随手扔在大街上。他又环顾了一下四周，还是没有人来认领，就想把这破兜子放在原地，一看天上乌云密布，就要下雨了，只好把破兜子带回了家。

回到家里，王远强很快就把三本拳谱忘记了。好长时间以后，他突然想起了三本拳谱。他到仓房找到那个破兜子，把拳谱拿出来翻看。因为尘封在仓房里，拳谱已经受潮，这一翻看不打紧，王远强竟然沉迷于武术招式中不能自拔了。

从此，王远强经常一天不出门，专心致志地研究和练习拳谱中的武术动作，简直如饥似渴。看不懂的，他冥思苦想，经常彻夜难眠。他也不向身边的二叔请教，也许他根本没看上二叔的搏斗功夫，甚至早已把跟他学习的那一招半式搏斗功夫忘在脑后了。

王远强从练习拳谱中的武术动作的第一天起，就不想让村里人知道，甚至不想让家里人知道。他的练习是悄无声息的，他总是在夜深人静的时候到院子里练习，有时也到人迹罕至的野外练习。开始，连王建国都不知道王远强在练习拳谱上的武术动作。

有一天半夜，王建国隐约听到院子里有动静，以为是黄鼠狼进院子偷吃母鸡来了。现在正是母鸡下蛋的时候，如果母鸡被黄鼠狼咬死了，全家人就没有鸡蛋吃，没有鸡蛋卖了。王建国悄悄地披上外衣，拎着没有装填弹药的老洋炮就出来了。一看院子里有一个鬼影，在缓慢地模仿着人的动作；又像是一个人，在有意装神弄鬼。王建国把老洋炮对着那影子大喊一声："是谁在我家装神弄鬼？"

对方被王建国吓了一大跳，差一点儿跳起来："二叔，是我呀，我是远强。"

王建国听出是王远强的声音，这才松了一口气："黑灯瞎火的，你溜到院子里干啥呀？我还以为是黄鼠狼要偷吃母鸡呢，出来看到一个人不人、鬼不鬼的影子，吓得我差点儿灵魂出壳。"

王远强也不说干啥。

王建国更加好奇："我就纳闷儿了，你三更半夜在院子里装神弄鬼，到底想干什么？"王远强只好敷衍他两句："我没干什么，睡不着，出来活动活动。"

王建国感觉王远强没说真话，他也问不出来真话了，就进屋睡觉去了。其实，他哪能睡

得着。他越想越不对劲儿，当初他教王远强搏斗功夫的时候，王远强晚上就忘掉一半，第二天就忘得干干净净了，从来不会在夜里练习。王远强到底在比画什么呢？

当天晚上，王建国趴窗户看了七八次，也没看到王远强的身影。然而，第二天，王建国刚刚熄灯，就看见王远强鬼鬼祟祟地从屋里出来，开始"装神弄鬼"了。连续三天，都是这样，王建国才意识到王远强在练习一种武术。什么武术，他也说不明白。王建国心里高兴，教王远强搏斗功夫的时候，他不感兴趣。这会儿自己起早贪黑练习上武术动作了，他的身体会壮起来，胆量会大起来。这是好事！从此，王建国假装不知道王远强在练习武术动作，只是经常半夜三更趴在窗台上偷窥。

两年多时间，王远强练习武术拳谱的动作简直到了痴迷和忘我的境界，他几乎把自己封闭起来，甚至不问家事，不问世事，真可谓"不知有汉，无论魏晋"。

他把三本拳谱里的武术动作基本都学会了。他的身体明显比以前壮了，可胆量还是没有大起来，还是胆小怕事的性格。

王远强学习武术拳谱的初衷既简单，又显得有些幼稚，他觉得可以凭借这些功夫保卫国家。他寻思，万一再有侵略者，他好有本事打击侵略者。学好武术，也能保护自己和家人不受坏人欺负。

有些事情总是欲盖弥彰。王远强不想让村里人知道他得到三本拳谱，并在练习其中的武术动作，他练习武术的消息却不翼而飞。三岔口村的人没有不知道王远强练习武术的，简直是家喻户晓了。全村谁都知道王远强天天沉醉于拳谱，时时痴迷于习武。

王远强17岁的时候，已经长成大小伙子了。他的个子比父亲王卫国矮，一米六八，但是身体比父亲强壮，也许这和他练习武术有关系。他皮肤微黑，五官一般，眼睛不大，单眼皮，长相没有父亲英俊，普通得不能再普通了。他勤劳朴实，为人忠厚，做事执着，只是缺少父亲的血性和强悍。

王远强长大了，到了应该结婚成家的年龄。王建国和周四儿召集亲戚朋友，一起动手，和泥砌坯，抹墙苫房，为王远强新建了一幢泥草房。然后就开始张罗为他介绍姑娘，好让他早日娶妻生子，传宗接代。王远强有后了，王建国就可以告慰哥哥嫂子的在天之灵了。

帮着建房子的亲朋都恭维王远强："远强把几本拳谱研究明白了，武术练好了，成为武林高手，咱们三岔口村就有一个武功超强的保护神了，以后咱们村来胡子、来坏人，咱都不怕了！"

一个人的名气如果过早地传出去了，特别是当他的能力还不能与之匹配的时候，那么这个人往往会千方百计改变自己，提高自己，让自己的能力配得上名气。王远强只想不为人知地偷偷研究武术拳谱，练习武术，学会一些武术功夫。但是，亲朋们都知道他学习武术，还把他看成武林高手了，他就不能让亲朋失望，真想当一个名副其实的武林高手了。

王远志、王远铭上小学之后，王建国希望王远强教会他们武术功夫，好防身健体。王远强也劝他们学习武术："万一再有异族侵略咱们国家，咱们好有本事打他们，不会武术只能挨打！"

王远志、王远铭对学习武术毫无兴趣，他们认为现在是和平年代,再说武术是冷兵器时代的产物,现在即使发生战争,也不需要进行肉搏了。建设我们的国家必须依靠文化知识和科学技术,他们还劝王远强放弃练习武术,多学习文化知识。

人各有志,既然王远志、王远铭不愿意学习武术,王建国也不勉强他们。

王远志、王远铭酷爱学习,心无旁骛地上学,整天书不离手。晚上,他们也点灯熬油地看书学习。他们对学习文化知识的痴迷绝不亚于王远强对学习武术的痴迷。但是,王远志、王远铭很少干活儿,尤其是王远铭,从来没有在辘轳井里打过水,连辘轳井把儿都没摇过。家里的活儿都由王建国和王远强来干。王建国也不支使王远志、王远铭干活,他从心里喜欢他们学习,也用行动支持他们学习,学习好了,以后有出息。他又不想让王远强多干活儿,想让他有更多的时间练习武术。所以,他千方百计地多干活儿,好让他们三个都没有活儿干。当然,王远强不是王远志、王远铭,他既把王建国当作亲爹,又对他多一份感恩之心。是二叔把他养大,他非常孝敬二叔,心疼二叔,不想让他每天干活儿,过于劳累,想让他休息。于是,王远强每天都和二叔抢着干活儿。

王远强搬进自己的新房后,更加废寝忘食地苦练武术的一招一式,对其他事情一律心不在焉。他常常几天不走出家门,闭关修炼一般,甚至破天荒地不种地、不养猪了,这让王建国担心起来。他担心王远强练习得如醉如痴,过于投入,走火入魔。于是,他就劝王远强:"我琢磨着,远志、远铭说得对呀,现在是和平年代,不再打仗了,武术那玩意儿会点儿就行。别听村里那些人胡说,什么武林高手啊,这都练傻了,别再练了!"

王远强对王建国的话置若罔闻。

王建国最后想出个办法,就是为王远强介绍对象,有家有媳妇了，他就不能这样痴迷于练武了。然而，村里著名的媒婆为他介绍七八个姑娘，有本村的，有邻村的，有的姑娘他连看都不看，有的他看了一眼就说不行。

邻村的赵若兰，静若幽兰，清纯似水，温柔贤淑，心细手巧。听了媒婆的介绍，王建国认为她是出类拔萃的姑娘，端庄贤惠，朴实能干，和老实巴交的王远强非常般配，是天造地设的一对。他还生怕人家姑娘看不上王远强呢。没想到王远强连看都不同意看人家。王建国感到非常失望，甚至媒婆都感到非常可惜，感叹王远强没有娶赵若兰的命。最后，王建国再找谁给王远强介绍，谁都不介绍了；给谁家的姑娘介绍，一听说是王远强，谁家的姑娘都不同意见他了。

王远强做事坚韧执着，学习武术锲而不舍。经过六年的勤学苦练，他把三本拳谱上的武术动作都学得滚瓜烂熟了。

王远志、王远铭也长大了。他们俩聪明绝顶、记忆超群，看书几乎过目不忘，学习成绩拔尖。他们已经长到一米七五，比王建国、王远强都高。哥俩长得很像，只是王远志的眼睛较小，王远铭的眼睛较大。他们虽然聪明机智，博闻强记，但是性格中也缺少王建国那种胆识、血性。

1967年夏天，25岁的王远强突然对王建国说，他要结婚了。

王建国的喜悦溢于言表，迫不及待地问女方是哪个村的，谁家的姑娘。王远强的脸就像刚刚练习完武术招式一样，红彤彤的，还流着汗水，支支吾吾地说道："是邻村赵家的，叫赵若兰。"

王远强一听赵若兰的名字，立马喜上眉梢。王建国至今还在为王远强不同意和赵姑娘见面而为他惋惜呢。现在，他竟然说要和赵若兰结婚了，王建国感到出人意料，同时喜出望外。

原来，赵若兰两年前到三岔口村走亲戚，偶然看到王远强在院子里练习武术。她出于好奇，隔着障子看着王远强练习武术招式，王远强动作娴熟，虎虎生风，在没有对手的情况下显得锐不可当。再来三岔口村走亲戚的时候，赵若兰又好奇地来到王家，隔着障子偷看王远强练习武术。王远强聚精会神，专注得旁若无人，仿佛整个世界只有他一个人，让赵若兰感觉他非常有意思。以后，赵若兰每次到三岔口村走亲戚，必要看王远强练习武术。一来二去，赵若兰几天不看王远强练习武术，心里就空落落的。于是，赵若兰想方设法走亲戚，开始频繁地走亲戚，就是想看王远强练习武术。就这样，赵若兰不由自主地爱上了王远强。

这个时候，赵若兰还不知道这个小伙子就是那个连看都不同意看她的王远强。如果她一开始就知道了，也许就不会偷看他练习武术了，而是离他远远的，也就不会爱上他了。

当赵若兰知道他就是王远强的时候，她已经离不开他了。

其实，当赵若兰第五次偷窥王远强练习武术的时候，王远强就看到她偷窥了。王远强本想把赵若兰撵走，又一想，她只是个姑娘，即使把他的武术动作偷学了去，也无关紧要，就宽容了她的偷窥。这一宽容，竟然成全了自己的婚姻。这就是缘分。

爱的开始，也许谁也说不清楚。也许在赵若兰还没有爱上王远强的时候，王远强就已经爱上了赵若兰。王远强宽容了赵若兰的偷窥，并开始期待她的偷窥，每天按时出来，心无旁骛地练习武术动作，其实是准备好了让赵若兰偷窥。对了，这个时候的王远强已经不能说是心无旁骛了。如果她在偷窥，他练拳就格外专心致志；如果没有她偷窥，他练拳就有些心不在焉。两个心灵就隔着一张薄如蚕翼的纸。爱情就是如此神秘，有时姗姗来迟，有时又突如其来。赵若兰在悄无声息中把自己的心送给了王远强，王远强也在不知不觉中把自己的心送给了赵若兰。

有一次，赵若兰10天没来偷窥王远强练习武术。王远强一边魂不守舍地比画着，一边心神不宁地留意着障子外面的动静，忍不住在心里猜测。也许她生病住进了医院，也许她被坏人欺负了，也许她家人不让她出来了，也许她就要嫁人了……这无数个"也许"把王远强折磨得失魂落魄、心力交瘁。如果她再来，一定要向她敞开自己封闭已久的心扉，即使遭到的是冷若冰霜的拒绝，他也心甘情愿。

过了半个月，赵若兰终于出现了。王远强刚要冲出院子，她却自己进来了，手里拎个兜子，里面装着新做的男人的衣服。他们俩心照不宣地拥抱在一起。爱情的冲动可以让胆小怕事的男人变得胆大妄为，让冷若冰霜的女人变得激情似火。王远强用他强壮的手臂把娇小的赵若兰抱进里屋……

赵若兰是邻村出名的淑女，比王远强小两岁。她的性格传统得不能再传统了，仿佛生活在封建社会，平时除了到园子里摘菜，基本足不出户。她没上过学，她的爹妈读过私塾，对她进行了封闭的家庭教育。她是一个崇尚英雄豪杰的传统女子，第一次偷看王远强练武，就感觉他是一个武功高强、行侠仗义的侠士，是个龙骧虎步、顶天立地的好汉。虽然王远强身材一般、长相一般，但是武术功夫不一般，当时这样的男人凤毛麟角。赵若兰才对他产生了爱慕之情。

感情具有排他性，在这个时候体现得尤其充分，别人介绍的小伙子再好，赵若兰也不会认为他好。她的心里已经被王远强占据得满满的了，无论媒人介绍谁，她都不屑一顾。

王远强对王建国说他要结婚后的次周，他就和赵若兰结婚了。

王远强和赵若兰绝不是一见倾心，而是经过偶然的"邻女窥墙"，感情与日俱增，最后才琴瑟合鸣。两年时间，一个偷窥，一个应和，这就是他们说长不长、说短不短的特殊恋爱过程。

赵若兰和王远强结婚之后，赵若兰才发现王远强喜欢抽烟袋。她管这种旱烟袋叫烟袋锅。烟袋锅的辣味刺鼻，比手卷的旱烟还要辣，令人喘不上气来，甚至窒息。所以，赵若兰最反感抽烟袋锅的男人。两年前，她第一次到三岔口村走亲戚，就是因为她爸爸抽烟袋锅，抽得家里乌烟瘴气，熏得她昏头涨脑，无法忍受，让他到院子里去抽，他还对她大喊大叫。她才躲到了三岔口村的亲戚家。赵若兰因为到亲戚家躲避烟熏，才偶然地偷窥了王远强练武，最后他们喜结连理，真是阴差阳错的一桩婚姻啊！

赵若兰偷窥王远强练武的时候，如果看到他抽烟袋锅，她一定会转身离去，再也不会回来了。王远强恰恰就是在练武的时候不抽烟袋锅。然而结婚之后，赵若兰看到了王远强抽烟袋锅，她就做不到转身离去了。女人都是这样，婚姻把女人关进家庭的笼子里，不是万不得已，女人是不会轻易走出这个笼子的。

如果结婚之前，赵若兰要求王远强戒烟，他能戒；结婚之后再让王远强戒烟，他肯定是戒不了了。王远强得知赵若兰不喜欢抽烟袋锅的男人，受不了烟袋锅的烟熏火燎，就不在屋子里抽烟袋锅了，即使外面冰天雪地，他也要到外面去抽。这一点，让赵若兰感到心满意足，最起码王远强要比她父亲好一些。赵若兰知道，一个女人不能用自己的意志去改变自己的男人，他能尽力而为就可以了。

在赵若兰眼里，王远强武术功底深厚，有一身过硬的功夫，也有一身正气，低调谦和，从来不显山不露水，也从不恃强凌弱。但是，当她知道王远强从来没有使用过他烂熟于心的武术招式，也就是从来没有和对手进行过实战，她就觉得这与她心目中的英雄豪杰相去甚远。赵若兰感觉王远强练拳习武发挥了强身健体的作用，却没有发挥维护正义的作用。不过，赵若兰也想明白了，现在是新社会，太平了，和过去不一样了，早已不是那种路见不平，拔刀相助的时代了。王远强深藏不露是好事，不会自恃武功高强而与人争强，更不会自命拳脚无敌而与人为敌。

当然，赵若兰从一而终的传统观念根深蒂固，即使王远强不是她心目中顶天立地的英雄豪杰，即使王远强内心懦弱、胆小怕事，她也不会离开王远强，更何况王远强对她倍加呵护呢。

媒婆的话有时言过其实，有时闪烁其词，但是说赵若兰温柔贤淑、心细手巧是恰如其分的。她从来没和老实巴交的王远强红过脸，他说什么，她听什么。别人家的婆娘不会做的，她会做；别人家的婆娘会做的，她做得更好。除了做饭、纺线、做大酱、纳鞋底、喂猪，甚至是欻嘎拉哈，她都比别人家的婆娘、姑娘做得好。

王鹰杰、王鸿儒出生后，赵若兰是三岔口村出类拔萃的好媳妇、好妈妈，得到了进一步的验证。

第八章　偷猎的林局长

1977年，国家恢复高考。

王远志、王远铭发奋读书，刻苦复习，凭着扎实的文化课功底，分别考入东北林业大学和东北农业大学。

在王建国的心里，老洋炮弥足珍贵。王远志、王远铭就要到哈尔滨上大学了，王建国想把老洋炮当作王家的传家之宝，擦了又擦，送给大儿子王远志："咱家没有什么值钱的玩意儿，只有这支老洋炮，前辈们用它打过野狼、打过毛子、打过鬼子，有些纪念意义。我把老洋炮送给你，不是让你把它带到学校去，而是让你把它作为咱们王家的传家宝，好好留着，等以后你有儿子了，传下去。"

王远志接过老洋炮，漫不经心地看了看，又还给了父亲："这支老洋炮是前膛装填弹药的滑膛枪，已经老态龙钟了。现在的猎枪都是上下两管，使用后膛装填带黄铜弹壳的子弹，比老洋炮先进、方便得多。再说现在国家提倡保护野生动物，不允许打猎了，谁还能再使用老洋炮打猎啊！对了，我记得老洋炮已经炸膛了。老洋炮，从它的名字就不难看出，已经落后得和古老的冷兵器旗鼓相当了，尤其还是炸膛的老洋炮。即使是西周青铜器，出现裂纹也不完美了，何况一支没有什么文物价值的老洋炮呢。我不想要，你还是送给远铭吧！"

王建国看王远志不要，就递给了王远铭。王远铭随手接过老洋炮，连看都没看，就还给了王建国，比哥哥还坚决地拒绝了："不要不要。老洋炮太老，而且都炸膛了，啥好玩意儿啊，给这个给那个的。老洋炮既不能当粮食吃，也不能当锄头用，送那破玩意儿干啥？送个祖传的字画、瓷器什么的，给子孙后代传下去，也有收藏价值。这支老洋炮早就寿终正寝了，毫无保留价值。你还是自己留着欣赏和追忆吧！如果有咱们山东老家祖传的西周青铜器、元代青花瓷什么的，出现裂纹的也行，老大不要，我要。青铜器、青花瓷即使碎裂了，也是珍贵的文物，有研究价值，也有经济价值。炸膛的老洋炮就一文不值了。"

　　在王远志、王远铭小的时候，王建国就给他们讲过有关老洋炮的故事，他们听得有些心不在焉，他就不愿意给他们讲了。王建国是个沉默寡言的人，除了讲起老洋炮来滔滔不绝，平时经常一上午不说一句话。他虽然是战斗英雄，自己的故事却从来不对外人讲，即使是参加抗联打鬼子的故事，在勋山后山万人沟死里逃生的故事，以及加入东北民主联军剿匪的故事，也只是向组织汇报的时候，对李佩英和长大后的王鹰杰介绍王卫国的英雄事迹的时候，才捎带介绍点儿自己的经历。村子里的老人听说过王建国是个英雄，年轻人谁也不知道他是个英雄，只知道他是老王头儿。

　　王建国投身于革命、英勇抗击日寇的可歌可泣的经历，和老洋炮一样，被尘封于岁月的仓房里。

　　1978年12月，十一届三中全会确定中国开始实行对内改革、对外开放的政策。

　　1981年，王远志、王远铭大学毕业。他们的毕业分配去向都挺好，王远志被分配到东阳林业局，王远铭被分配到省农业研究院工作。

　　王远志大学毕业后，本来可以留在省里主管林业的政府机关或者专门研究林业的科研单位,他却主动提出要回到东宁工作,希望为家乡建设出一份力。

张有才也挺有才,1981年,从一所中专学校毕业,他学的是会计专业,也被分配到东阳林业局。

三岔口村的土地和东阳林业局管辖的林场是连着的,过去经常产生林地纠纷。张大公当村长后,三岔口村和东阳林业局相处得非常和睦。张大公和东阳林业局局长林横的个人关系极为融洽。

王远志希望到基层林场工作,当一名林业技术员,发挥他的专长,在科学育林、科学造林方面有所建树,脚踏实地,为家乡建设出力。

张大公则希望儿子张有才留在机关,最好是当林局长的秘书。他认为领导的秘书前景一片光明,顺风顺水,提拔得飞快。他就专门去了一趟林局长的家,为张有才能当上秘书做做工作。

东阳林业局已经有10多年没有分配来大学毕业生了。王远志被分配到林业局工作,林业局非常重视。林业局领导班子经过集体研究,决定对王远志重点培养,合理使用。林局长最后拍板:"王远志刚刚走出高校大门,没有基层工作经验,应该先到基层林场锻炼个一年半载的,然后再考虑重点培养。"

于是,王远志因为刚毕业,没有基层工作经验,被分配到基层林场工作。这正合他的心意,他带着如愿以偿的喜悦,立马去林场报到。

张有才也是刚毕业,也没有基层工作经验,却留在了局里,当上了林局长的秘书。

过了几天,林局长到海参崴洽谈木材加工项目,苏联一个经营林业机械的商人送给林局长一支苏联产双管猎枪,还带着200发子弹。从海参崴回来,林局长一直把猎枪和子弹放在吉普车的后备厢里。

有一天，林局长想试验猎枪，带着张有才到湿地打野鸭子。之后，又到荒原打野鸡、野兔。当然了，如果遇到丹顶鹤、东方白鹳、白天鹅什么的，林局长也丝毫不会顾忌，更不会害怕浪费子弹。

林局长爱上了打猎。

过了一个多月，林局长让张有才陪他到山里打狍子。张有才本着为领导负责的态度，提醒林局长："现在国家提出保护野生动物，禁止打猎。在湿地、荒原小打小闹，打打野鸭、野鸡、野兔得了，别到山里打大型动物了。林业局局长本身就负有保护野生动物的责任，咱们不能带头打野生动物啊！"

林局长不悦地说："思想境界挺高嘛！这样的思想境界应该到基层生产一线去，才能更好地发挥作用。"

在张大公的培养下，张有才具有两副人格面具：在领导面前是只狍子，在群众面前是只野狼。他感觉自己一不留神说过了，领导不高兴了，立马由胆小的狍子变成傻狍子了。让林局长不高兴，那么后果一定很严重，张有才连忙说："我没有别的意思，只是怕对您造成不必要的影响。您说什么时候去打狍子，就什么时候去打狍子。我什么都听您的，一定安排好！"

林局长还是心气不顺："我是林业局的局长。咱们局管理的山林范围大了去了，野生动物老鼻子了。不让别人打是对的，打的人多了，野生动物也许会被打光；只有我一个人打，即使天天打，一年半载能打多少啊？野生动物皮实，比咱们人的繁殖能力都强。当然了，我保护稀有动物的意识还是很强的，遇到东北虎、东北豹、黑瞎子，我麻溜儿离得远远的，不可能打。"

一人得志，鸡犬升天。张有才是专横跋扈的张大公的儿子，养成了和他爹一样的性格，总是以自我为中心。现在他当了林局长的秘书，和以前不一样了，得摆正自己的位置，不能想说什么就说什么了。他心里清楚，林局长是不敢打东北虎、东北豹、黑瞎子等猛兽，如果敢打，他还能不打啊！

对于张有才来说，林局长的每一句话都是圣旨，他必须绝对服从。在林局长面前不能过于聪明，也不能过于愚钝，得恰到好处地表现出自己有才。这些当秘书之道都是张大公教他的。于是，张有才善意地提醒林局长："我小时候听村子里的猎人讲过，进山打猎一定要准备几颗打大型猎物的专用枪弹，就是侵切力大的独弹。枪砂只能打野鸡、野兔等小型猎物，打不了狍子、野猪等大型猎物，否则遇到猛兽很危险。"

林局长不以为然地"嗯"了一声。其实，他也不是不以为然，而是他没有打大型猎物的大号独弹。苏联商人给他的枪装的都是打小型猎物的铸铁霰弹。小型猎物已经打腻了，他只想打大型猎物，哪怕猎杀几只狍子也行。没打过猛兽的人都对自己的猎枪的性能抱有幻想。林局长也是如此。他总以为自己的猎枪是苏联产的，射程远，威力大，大猛兽也不在话下。

第二天，林局长带着张有才进山打猎。吉普车开到山下就没有能开的路了，只好停在山下。林局长和张有才步行上山。

张有才个子不矮，过去在家里吃得肥头大耳的，但是他不适应中专学校的集体生活，尤其吃不惯大食堂的大锅饭菜，如今瘦得就像湿地里不合群的灰鹤。他背着林局长打猎用的巨大而沉重的背包，里面装着猎枪、子弹、水壶、面包、饼干、白酒、手电、猎刀等，有四五十斤重。才走了不到一公里，他就大汗淋漓了。

一进入山林，林局长就喊张有才停下。林局长把石头一样沉重的背包接过来，解开，把里面的猎枪和猎枪子弹带拿出来，同时还把猎刀递给了张有才，言外之意是：万一我出现危险，你得拿着猎

113

刀冲上去救我。

张有才心领神会地表态："看我的吧，为了领导的安全，关键时刻我一定会挺身而出的！"

猎枪子弹带是为携带猎枪子弹而特制的帆布腰带，就是在宽阔的帆布腰带上缝制了一个挨一个的袋状弹位，把子弹插在弹位里，把腰带系在腰上，便于携带，也便于取弹。

林局长如同一个老猎手，熟练地把猎枪子弹带扎在腰上，把两颗子弹装填进猎枪的弹膛里，然后手握猎枪，开始寻找猎物。

张有才则把猎刀别在腰间，把背包背上，俨然一条随时准备冲上去，又时刻准备逃跑的猎犬，小心翼翼地紧跟在林局长的身后。

他们在密林里寻找了一个小时，看到了几只山兔，没有看到一只狍子。又走了约300米，感觉前面似乎有动静，他们赶紧藏到树后。林局长认为是狍子发出的声响，举枪瞄准有声响的地方，等待狍子出现。突然，从树林里冲出来一只大野猪，它径直朝林局长扑了过来。

大野猪距离林局长10多米远的时候，林局长朝大野猪打了一枪，几十粒铸铁枪砂击中了大野猪的脑袋。近期，林局长打猎频繁，已然经验丰富，枪法精准，如果猎枪里面装填的是打大型猎物的大号独弹，大野猪的脑盖就被掀开了。只见大野猪满脸鲜血，攻击能力却丝毫没有减弱，更加疯狂地向林局长冲来。林局长表现得相当沉着、冷静。当大野猪距离他不到10米远的时候，他的猎枪又响了，打中了大野猪的前腿。大野猪一头栽倒在地，然而它滚了两圈后又站了起来，一瘸一拐地继续扑向林局长。

林局长还没来得及为猎枪退弹壳装子弹，大野猪就疯了一般冲了上来。它气得大喘粗气，狂暴异常，恨不得用锋利的獠牙把林局长刺成蜂窝，啃成猪食。这个时候，林局长就做不到沉着冷静了，惊慌失措地一边对张有才比画着什么,一边飞快地朝张有才跑去。

大野猪即使一瘸一拐,也比惊慌失措的人跑得快。

张有才已经被眼前的情景惊吓得魂不附体了,不知道林局长向他比画什么,甚至根本没看见。林局长看张有才已经呆若木鸡了,就不再比画,而是把烧火棍一样的猎枪朝他扔去。猎枪的双管差一点儿打在张有才惨白的脸上,张有才这才意识到林局长是让他拿着猎刀冲上去解救他。他手忙脚乱地在身上寻找着猎刀,猛然意识到猎刀不知道什么时候已经握在手上。张有才紧握猎刀,想充当一下无所畏惧的英雄,舍生忘死地去救林局长,以后他就是林局长的救命恩人。他还没来得及冲向大野猪,大野猪竟撇下林局长,转身朝他冲来。张有才什么都不顾了,扔下猎刀,抱着脑袋朝山下狼狈逃窜……

大野猪一看张有才跑得飞快,又朝跑得慢的老家伙林局长扑来。小鲜肉吃不上,吃点儿老腊肉也挺有嚼头。此刻的林局长手无重量,心无胆量,身无力量,两条腿比两根潮湿的木桩还要沉重。大野猪已经近在咫尺了,瞬间就会把它那比虎牙还长的獠牙刺进林局长的后腰。

就听"咕咚"一声沉闷的枪响,只见大野猪在地上一个翻滚,屁股撞在林局长的屁股上。林局长被大野猪撞得趴在地上。地上正好有一块石头,硌在他的肚子上。顿时,他的胃肠翻江倒海。

大野猪被大号独弹打中了脖子,鲜血喷涌而出,然而它竟然又顽强地站了起来,摇摇晃晃地用它的獠牙猛地朝林局长的肋骨刺去。

就在这万分危急的时刻,只见一个黑影闪过来,双脚齐踹,踹中大野猪的身体。大野猪轰然倒地,死去了。

这关键的一枪,是王建国打的。危急时刻踹倒大野猪的是王鹰杰。王建国打了大野猪第一枪之后,就想朝大野猪补枪,让它彻底失去攻击能力,但又担心误伤林局长。当大野猪摇摇晃晃地用它的獠牙朝林局长刺去的时候,王建国还是想朝大野猪补枪,还是担心误伤林局长。正在王建国为难之际,没想到王鹰杰冲了上去。

林局长转危为安了!

王建国使用的不是老洋炮,而是猎枪。老洋炮早已经寿终正寝,不能使用,王建国也不再打猎了。

上海、浙江的三个知识青年要返城。张大公让王远强拿着村里的猎枪去山里打个狍子、野猪什么的,为返城的知青饯行。过去,三岔口镇有二十多个知青,其中一些家里有门路的早就离开了三岔口镇,返城了;也有一些人在恢复高考后,考上了大学,离开了三岔口镇;剩下的五名知青家里没有门路,自己又没有足够的才学,既没有返城,也没有考上自己理想的大学,他们有一种被抛弃的失落和郁闷。

张大公明明知道王远强不会打猎,甚至连猎枪都没碰过,还硬是给了他这个让他进退两难的活儿,这绝不是故意刁难王远强那么简单。因为张大公清楚王远强的性格,胆小怕事、唯唯诺诺,给他这个活儿,他不能不接,接了这个活儿,他也不可能自己进入深山去打猎。王鹰杰是个孝子,不可能让父亲为难,一定抢着进山打猎。王鹰杰进入深山打狍子、野猪,就不会像躲藏在山洞里待三天三夜那么幸运了,极有可能遇到黑熊或狼群。即使没遇到黑熊或狼群,遇到孤野猪也够呛了。打猎的人都知道,攻击人最凶猛的是"一猪二熊三老虎"。阴险的张大公为王鹰杰设下这个局,绝不是灵机一动,而是经过了深思熟虑。这不是普通的借刀杀人,而是巧妙的借兽杀人,可以说杀人于无形,不留任何痕迹。

接到这个活儿之后,王远强长吁短叹了一夜,头发都快愁白了,也没有想出一个摆脱尴尬局面的好办法。

赵若兰对他说:"屁大的事,你就愁成这样了?解决这事没难度,你就对张大公说,你不会打猎,爱谁去谁去,反正你不去。张大公再横再硬,还能把你生拉硬拽到山里去啊?"

王远强迂腐又可笑地说:"让我去打猎,是看得起我,他怎么没让你去呢?既然让我去,我也不好不去,怎么能拒绝人家呢?"

赵若兰气愤地说:"王老鹫,你还以为张大公是看得起你,才让你去打猎啊?你这脑袋八成小时候被二叔的旱烟熏坏了,我看也就是傻狍子的智力,也许还不如傻狍子呢。张大公老奸巨猾,你老实巴交,你的心机和张大公相比,差得不止十里八里,简直差到西伯利亚去了。他把你卖了,你还得替他数钱呢!"

王远强无奈地说:"那你说怎么办,你够聪明,主意也多,你给我出个主意,我听你的!"

赵若兰刚要说话,王鹰杰进屋了。他面带微笑,就好像张大公不让王远强进山打猎了似的:"你们说的是张大公让我爹打猎的事吧?这事简单,不用发愁。我爹不愿意进山打猎,唉声叹气的,有我啊。我替我爹进山打狍子、打野猪去!"

王远强、赵若兰异口同声地说:"你怎么能进山打大猎物?"他们知道王鹰杰喜欢打猎,但是他没有打过猎,更没有打过狍子、野猪等大猎物。

王鹰杰不能让不会使用猎枪,更没有打猎经历的父亲去深山密林里打狍子、野猪:"虽然我没有打过猎,但是我从小受二爷的影响,对打猎并不陌生,我还进入过深山密林,打狍子、野猪应该比我爹有些经验。"

王远强、赵若兰说什么也不让他去。

王鹰杰明明知道这是张大公为他设置的一个圈套,但他偏要往里钻。明知山有虎,偏向虎山行,王鹰杰就是这种性格。他坚决要独自进山打狍子、野猪,然后安然无事地回来,让张大公大失所望。

王建国听说了这件事，知道张大公不安好心，就自告奋勇地提出替王远强去打猎，除了保护王远强，也是保护王鹰杰。

王远强和赵若兰认为王建国已经56岁，腿脚又不利索，到荒原打个野鸡、野鸭也许还行，进深山老林打狍子、野猪肯定不行。所以，他们坚决反对王建国去打猎。王建国极力坚持要去。

王鹰杰清楚二爷主动提出代替父亲进山打猎，是为了保护父亲，更是为了保护他。他很受感动，但是他坚决反对二爷进山打猎。二爷虽然是老猎手，有经验，但毕竟年纪大了，行走不便，进入深山打大猎物太危险。王建国硬要去，王远强、赵若兰阻止不了，王鹰杰更阻止不了。于是，王鹰杰提出和他一起去，做他的帮手。王建国说什么也不同意他去，说他还小。

无论王远强、赵若兰，还是王鹰杰，都拗不过王建国，只好同意他代替王远强冒险进山打猎了。

王鹰杰担心王建国一个人进山太危险，就悄悄地跟在他的后面，暗中保护他。

王建国进入山里比林局长、张有才还要早。他寻找了一个时辰，也没有遇到狍子和野猪，正在继续寻找，突然听到前面不远有枪声，他一瘸一拐地跑过去，正巧赶上孤野猪扑向林局长。

王建国救了林局长之后问他："师傅，你是哪个单位的？跑掉的那小子是你儿子啊？"

林局长回答道："我是东阳林业局的。扔下我抱头鼠窜的那小子不是我儿子。我哪能有那样胆小如鼠、不顾亲爹死活的儿子啊！"

王建国本来平时沉默寡言，一听说对方是东阳林业局的，立马能说会道起来："哦，你是东阳林业局的啊？你是哪个科室的？我儿子也在你们林业局的下属林场，是刚毕业的大学生。"

林局长不敢说自己是局长，刚才的狼狈相太丢人了，只能敷衍王建国："我是林业局收发室的，闲来无事，想出来打个野鸡、野兔什么的，改善一下生活，没想到遇见了大野猪。感谢你救了我！"

大野猪有500来斤，王建国和王鹰杰不可能背走一头整猪。王建国从地上捡起张有才扔下的猎刀，让王鹰杰帮他割下一个后鞧，让他背回去："你看收发室不容易，也挣不了几个钱，背回去一个后鞧，够你们全家吃上一阵子了。"

林局长说什么也不要。王建国哪里知道，人家林大局长家里山珍野味应有尽有，哪能稀罕一个野猪后鞧呢？再说了，即使稀罕，也得由张有才背回去。张有才跑得无影无踪了，没人给他背，他是不可能自己背的。

王鹰杰用猎刀割下大野猪的两个后鞧，有近百斤，把两个后鞧背回了村子。大野猪肉成就了为返城知青饯行的盛宴，或多或少缓解了他们最后返城的失落。

张大公却被大野猪的两个后鞧砸得大失所望。苦心设计的陷害王鹰杰的圈套，轻而易举就让王建国和王鹰杰毁了，他既无奈、失落，又郁闷、痛恨，真想直接拿起猎枪干掉王鹰杰！

越有钱的人敛财的欲望往往越强。张大公听王建国一说，感觉那么大个大野猪只带回两个后鞧，大部分丢弃在山上怪可惜的。国家不允许打猎，以后再打到这么大的野猪不容易了。天冷，肉不会腐坏。取回家来，全家人可以吃上一冬。于是，第二天早晨天一亮，张大公就派张有金和张有金的表哥张有富骑着两辆摩托车，带着四个麻袋、两把杀猪刀、一把砍柴斧子进入深山，要把那大部分野猪肉取回来。张大公本想让王建国带路，但又不想把取回来的野猪肉分给他，就根据他提供的大野猪的大概位置，让张有金、张有富两个人去。张有金、张有富把摩托车放在山下，背着四条麻袋上山。无论张有金，还是张有富，都生于有钱人家，从小娇生惯养，从来

119

没有进入过环境复杂、险象环生的深山,更没有用猎枪漫山遍野地追踪捕杀过猎物。他们刚一钻进深林就迷路了,辨别不出东西南北。

他们俩手里紧紧握着杀猪刀,随时准备和野狼、野猪拼命,也随时准备逃跑。天快黑了,张有金、张有富终于找到了大野猪的位置。然而,眼前的凄惨景象让他俩胆战心惊。五六只野狼在撕咬着大野猪支离破碎的内脏,满地都是大野猪的血液,肉和骨头已经荡然无存,估计已经被野狼吃进肚子了。

张有金、张有富刚要快速离开,猛然听到野狼那瘆人的嗥叫,也许野狼发现了他们,那么,群狼就会把他们当作大野猪一样吃掉。他们被吓得屁滚尿流,连滚带爬地跑下了山。如果他们在下山的时候迷了路,那么只有死路一条了……

如果张大公让王建国带路进山,就不会发生这样的事情了。王建国清楚,狼群绝不会让大野猪肉留到明天,一夜间就会吃得只剩下骨头,而不会留下一块肉。

回到家,张有金、张有富当着张大公的面,一边哭着,一边诉说着他们在山上的惊险遭遇:"哎呀妈呀,吓死我俩了,差一点儿就回不来了!一到山里,我们也看不清哪儿是哪儿,立马就迷路了,费劲巴拉地找到了大野猪,眼睁睁地看见大野猪被狼群吃得连内脏都不剩了。10多只野狼发现了我们,向我们张牙舞爪地冲来,我们飞快地跑下山,才甩掉狼群的追赶。太吓人了!"

开始,张大公一直为张有金、张有富的深山历险感到后怕和后悔,以后即使有老虎肉,也不会再让孩子们去冒险了。后来,他感觉不对劲儿,就提出了疑问:"不对呀,你们看清楚了狼群吃得连内脏都不剩了?没看到骨头架子?"

张有金、张有富肯定地说:"没有骨头架子,地上只有一摊血。人都喜欢啃骨头,也许野狼也愿意啃骨头。大野猪的骨头都被它们吃光了。"

张大公见多识广、老谋深算，看事情远比张有金、张有富深刻："这不可能。大野猪是野生动物，骨头远比家猪硬，野狼最起码咬不动大野猪的大腿骨。所以，野狼是不可能把大野猪的骨头吃光的。大野猪的整个骨头架子都不见了，只有一个解释，那就是在狼群发现大野猪之前，大野猪肉已经被人取走了。狼群吃的只是大野猪的肺子等内脏。"

张有金、张有富异口同声地问道："大野猪被人提前取走了？那能是谁呢？"

张大公解释说："打猎的人都知道，打到大型猎物要先取出它的内脏，防止'捂膛'导致整个猎物腐烂。一定有人比你们提前去取大野猪肉了。他把大野猪的肚子剖开，取出没用的内脏扔掉，然后把大野猪分割，带走了。这个人应该是个猎手。"

张大公在心里排查着村里能去取大野猪肉的猎手，甚至怀疑王建国和王鹰杰把大野猪的两个后鞧背回来后，又返回山里，把剩下的大野猪肉取了回来。不对呀，晚上他看到过王建国和王鹰杰，他们没有时间进山，即使他们把剩下的大野猪肉取回来，他也能知道。他排除了王建国和王鹰杰进山的可能性。

张大公绞尽脑汁，也猜不到这个猎手是谁。他怀疑了所有的人，就是没有怀疑林局长。其实，取走大野猪肉的，正是林局长。

回到家里，林局长还在为此事后怕，也一直在责骂张有才。他老伴儿问他是怎么回事。他讲述了打大野猪遇险，张有才撇下他的全过程。

老伴儿似乎对林局长遇险不以为然，而对大野猪颇有兴趣："老林，你傻呀？现在不让打猎了，野生动物都珍贵了。那么大个野猪你不要了，把它送给野狼了，多可惜呀！你麻溜儿想办法把它拉回来，直接卖给东宁开野味酒馆的，肯定能大赚一笔！"

林局长感觉老伴儿说得有道理。当时，王建国让他背回来大野猪的一个后鞧的时候，他坚决不要，是因为顾及脸面，在别人面前，脸面比大后鞧重要。当然了，他也没有力量背回来一个大后鞧。王建国、王鹰杰已经把两个大后鞧拿走了，不可能再回来拿剩下的大野猪肉了，那么，就没有人去拿大野猪肉了。让野狼吃掉就可惜了，还不如像老伴儿说的，拉回来卖给东宁的野味酒馆，能大赚一笔不说，还能让平时吃不到野猪肉的人品尝到野猪肉。想到这儿，林局长当晚就安排给他开车多年的老司机开着吉普车，拉着他的弟弟和当过猎手的亲家，一起进山去取剩下的大野猪肉。

吉普车前后轮驱动，越野性能好，加上老司机轻车熟路，一直开到距离大野猪不太远的半山腰。找到大野猪之后，亲家游刃有余地把大野猪肉分割成六大块。他们丢弃了大野猪的肺子等内脏，把所有的骨头、肉都拉了回来。除了家里留些自己吃外，都卖给了东宁的野味酒馆，赚了800多元钱……

这个时候，王鹰杰背着大野猪沉重的大后鞧，王建国拖着自己行动不便的腿，还没回到村子里呢。

张有才在大野猪冲过来的关键时刻，撇下林局长，自己撒丫子逃命，林局长感慨又气愤地对人事科长说："张有才这小子人品太差，太不讲政治了。在生死考验面前，不顾领导的安危，自己跑了，缺乏秘书的担当，这不和叛徒一个样吗？我对张有才的人品不了解，人事科也对他不了解啊？怎么能让这样的人给我当秘书呢？他这样的人，如果大敌当前，用不着老虎凳、辣椒水，就得主动把我出卖了，我都不知道自己是怎么死的。麻溜儿把他换了吧！"

本来是张大公和林局长暗箱操作，张有才当上这个秘书，张有才出事了，林局长就把责任推到了人事科。人事科的科长心里明镜似的，就是不敢反驳，因为林局长非常专横霸道，谁都怕他。

　　林局长是不可能再用张有才当秘书了。他想在局机关干部中选择一个政治上过硬、业务能力超强、文化素质较高的年轻人，尤其能够在大是大非面前，在生死攸关的时刻，能够挺身而出、敢于担当的年轻人给他当秘书。人事科把局机关所有年轻干部的人事档案交给林局长审定。林局长扒拉过来扒拉过去，没有一个符合他的口味、标准，让他心满意足。

　　打猎的惊险遭遇，让林局长一直心有余悸。他经常做噩梦，梦见那个凶神恶煞的大野猪露出狰狞的獠牙向他冲来。每次做梦，他都会被大野猪惊出一身冷汗，都会想起在关键时刻救了他的老命的王建国和王鹰杰。

　　这天，林局长又被噩梦惊醒。他猛然想起王建国说的他儿子就在这个林场，还是个大学生，他确定无疑是王远志。他兴奋不已。王建国救了他的命，他还没报答王建国的救命之恩。正好他还没有选到合适的秘书，可以让王远志当他的秘书，既是重用大学生，又是报答王建国的救命之恩，两全其美，何乐而不为呢？可以让张有才去林场锻炼，什么时候把人品锻炼得高尚了，胆量锻炼得够大了，什么时候再回林业局。这样，张有才去了林场。

　　王远志出人意料地当上了林局长的秘书，但他并没有喜出望外，反而感到失落郁闷。他不知道给领导当秘书会对他的人生产生怎样的影响，是通向地狱之门，还是通向天堂之路。领导决定的事情，他又不能反对。

　　张大公机关算尽，非但没有让王鹰杰命丧猛兽之口，反而险些让自己的儿子、侄子遭到狼群的围攻，命丧狼群之口。他花了大把银子，才让张有才当上了林局长的秘书，才风光了几天就下来了，阴差阳错地让王建国的儿子王远志当上了林局长的秘书。他也对张有才哀其不幸，怒其不争。张大公简直是王八掉进灶坑——憋气又窝火。他更加憎恨王鹰杰，这一切归根结底都是王鹰杰造成的。但是，有了这次套别人不成，反套了自己的教训，张大公以后不敢轻易祸害别人了，他担心再次自食恶果。

刚刚当上林局长的秘书的时候，王远志做事战战兢兢、谨小慎微，生怕事情没做好，让林局长不高兴。但他精明干练、思维敏捷、情商极高，善于领会林局长的意图，积极为林局长出谋划策，加上文化素质高，懂得的事情多，很快就得到了林局长的赏识和器重，和林局长处得像哥们儿一样亲近。

一年以后，王远志深深地感悟到，林局长的秘书绝不是一般人能干得了的。除了要具有深厚的知识积累、较高的理论水平、较强的文字能力，还要善于领会林局长的意图，要时刻和林局长的思想保持一致。有时甚至得站在林局长的高度，帮助他围绕大局、突出重点、运筹帷幄、纵横捭阖，谋划部署全局的工作。这样，王远志也成了谁也不会等闲视之的半个林局长了。

在工作的时候，王远志把全部精力都用在为林局长服务上。林局长的事业就是他的事业，林局长的想法就是他的想法，林局长的爱好就是他的爱好……王远志已经成为长袖善舞、八面玲珑、游刃有余、驾轻就熟的局长秘书了。

当然，王远志也经常陪同林局长去深山密林、荒原湿地中狩猎。他还通过林局长的关系，帮助林局长备足了打野猪、黑熊时使用的大号独弹。

陪同林局长打猎，王远志却从来不打猎。业余时间，王远志从未放弃学习，不断丰富自己，提高自己。他持之以恒地坚持学习国家经济，尤其是林业经济方面的大政方针，不断提高自己的理论水平、人格修养和业务能力。他没有放弃追求为家乡建设出力的梦想，所以才不断进取,主动作为。他多次在林业局的改革发展的重大事项上,为林业局的领导班子出谋划策。他提出减少原木采伐,从苏联进口木材;减少原木销售,开展木材精深加工;发展林下经济,推广木耳、蘑菇栽培,提高经济效益,等等,为东阳林业局的改革发展发挥了积极作用,受到领导和同志们的好评。

林局长在深山密林里打猎的过程中,没有再次遭遇大野猪或大黑熊突然攻击的险情。如果遇到那样的险情,还不知道王远志能不能和张有才一样,撇下他,抱着脑袋自己逃了。

应该不能,因为王远志是王建国的儿子……

第九章　猎人情结

　　早年的三岔口，狩猎、捕鱼和种田一样，是重要的生产方式。

　　王鹰杰小时候，王建国经常给他讲述先辈们打猎的故事，在他的心灵深处滋生了一种浓郁的猎手情结，他崇拜猎人的勇敢顽强、血性强悍。王鹰杰小时候就渴望长大后当一个猎手。他长大了，国家不让打猎了，猎手当不成了，但他渴望体验一下狩猎的经历。

　　王鹰杰小时候，就想和二爷学打猎，然而老洋炮已经炸膛，二爷也已经不再打猎了。王鹰杰没有机会和二爷学习打猎。对了，偷着跟二爷进山打野猪那次，偏偏赶上林局长遇险，让他错失向二爷学习打猎的良机。否则，那是一次绝好的机会。

　　有一天，王远志陪同林局长参加林业局一个公务活动的宴会。他本来不胜酒力，为了当一个让领导满意的秘书，自告奋勇地替林局长喝了三杯白酒，喝多了。他跟跟跄跄地回到了家。正好王鹰杰在他家。

　　王建国埋怨王远志："没那么大酒量还乱逞能，喝得五迷三道的，走路都直打晃儿，别说遇到野狼啊，村外的野狗都能把你吃了！"

　　王远志都口齿不清了，还在逞能："我喝、喝啤酒不行，喝白酒海量，再喝三杯，我也头脑清醒，行走自如，人模狗样。遇到野狼、野狗，我、我也不怕。我陪林局长打猎的时候遇到过野狼。我们林局长吓得把猎枪都端反了,哈哈哈,枪口朝、朝后了。我都没有把猎枪端反,当然了,我、我没有猎枪。"

王鹰杰一听说打猎,立马兴致勃勃地问:"你们林局长还喜欢打猎啊?你也打过吗?"

说到了打猎,王远志比王鹰杰还要兴致勃勃:"我们林局长喜欢打、打猎,有一把上下双管猎枪,苏联产的什么鹰、鹰牌。比咱们老王家的传家宝洋炮,对了,炸、炸膛的老洋炮先进多了。他总是把猎枪放在吉普车的后备厢里,一有时间就、就进山打猎,过过打猎的瘾。我、我没打过猎,只是经常陪同林局长进山打猎。咱们是家里人,这事千、千万别对外人说啊!"

王鹰杰问:"现在国家不是提出保护野生动物,不让打猎了吗?你们怎么还能打猎?"

酒精的作用,让平时循规蹈矩、有板有眼的王远志也口无遮拦起来:"是、是不让打猎了,但我们林局长是东阳林业局的局、局长,就是管山林、管野生动物的,在打猎这方面还有些'特权',除了东北虎、东北豹,他、他什么都敢打!"

王鹰杰一听说他们局长什么都敢打,来劲儿了:"既然你们林局长什么都敢打,你是林局长的秘书,你不用什么都敢打,敢打点儿野猪、狍子就行。你带我去打猎呗,我就想体验一下打猎的过程。"

每个人都有虚荣心和渴望被承认的心理。王远志平时城府深、成熟稳健,其实他毕竟是普通的年轻人,也有很强的虚荣心。王鹰杰求他,他不好意思拒绝,就好像拒绝了王鹰杰,就说明他这个当领导秘书的没有办事能力、协调能力似的。于是,王远志满口答应下来:"没问题,领导的秘、秘书就是半个领导。我平时不轻易说话,一说话还、还挺好使。我答应带你进山打猎,明天就落实。这也是对我的协调能力的检、检验。"

王鹰杰满心欢喜，想象着打猎的惊险情景，盼望着实现打猎的梦想。

王远志的酒劲儿过去了，又恢复了严于律己、谨言慎行的秘书状态。他为昨天的酒后失态、胡言乱语，感到非常后悔，尤其对满口答应带王鹰杰去打猎，更是追悔莫及。但是，大话说出去了，如同顺陡坡滚下山的一根圆木，没办法再收回来了，只能践行诺言，带王鹰杰去打猎。但是不能带王鹰杰到山里打野猪、狍子，到湿地里打几只野鸭子应付一下得了。王远志硬着头皮向林局长说明情况，借用猎枪。林局长把猎枪当成心爱的宝贝，是不能轻易借给别人的，但是一想王远志和他亲密无间、形影不离的关系，又不能不借给他。

林局长让他的司机和王远志到吉普车后备厢拿猎枪的时候，还叮嘱他："现在国家加强了对野生动物的保护，禁止打猎了。万一你们遇到了东北虎，你是打还是不打？打吧，是猎杀珍稀野生动物；不打吧，东北虎会吃了你们。我看，你们就别进山打猎了，领他到湿地打几只野鸭子，比画比画，体验一下就行了。注意，猎枪容易走火伤人！千万别进山，千万别出事！"

去打猎之前，王远志先是教王鹰杰使用猎枪。其实，他也没有用过猎枪，只是看林局长使用猎枪的时候，自己用心记下了，以免林局长让他替他打猎或者装填子弹，他因为不会而尴尬。王鹰杰看到过二爷摆弄老洋炮，尤其是炸膛后的老洋炮，却对猎枪十分陌生。他悟性极高，很快就学会了使用猎枪。王远志对王鹰杰反复强调："猎枪子弹里装的是细小的铅砂。记住，只能打野鸭子，遇到别的什么动物都不要打！"

王鹰杰感觉纳闷儿："山里什么动物都有，就是没有野鸭子。你带我进山打猎，又什么动物都不让我打，只能打野鸭子。那就是什么动物也打不了了？"

王远志这才对王鹰杰明说:"咱俩都没有使用过猎枪,更没有打过大型猎物,没有经验,不像我们林局长。万一遇到野狼、野猪,尤其是遇到东北虎,太危险了。所以,咱们不能进山打野猪、狍子了,只能去湿地打野鸭子。湿地的野鸭子多,你可以多打几只。"

王鹰杰不甘心:"不是说好了进山打猎,打野猪、狍子吗?怎么又改成到湿地打猎,打野鸭子了?昨天说好了的事,今天就变了?只打过野鸭子的猎手,不能叫猎手。咱们还是进山打吧,既然只有一次,一定要打到极致。遇到野狼、野猪什么的,一枪毙命,或者经过殊死拼搏,最后战胜它们,那多刺激多带劲呀!打一只狍子也行啊。到湿地里光打野鸭子有啥意思啊!"

王远志坚持说:"国家保护野生动物及其生存环境,禁止任何单位和个人非法猎捕或者破坏。猎杀野生动物是犯法的。"

王鹰杰不服气地说:"那你们林局长为什么经常猎杀野生动物,而且什么动物都敢打,都能打?林业局局长打野生动物不犯法,咱们打野生动物就犯法了?有这个理儿吗?"

王远志只能叹息一声:"唉!"还想说什么,又觉得说什么都不妥。

王鹰杰幽默地说:"一个小小的芝麻官,就可以一手遮天了,这山都成他的天下了?赶上张大公了,把三岔口村当成他们家了。要是当领导的都这样,那咱们国家还不让他们给分了呀?哼,我就不信那邪!"

王远志惊讶地说:"小嗑儿挺硬啊!你不信邪就没有邪了?你不信邪有啥用啊?和你说实话吧,我当这个秘书当得挺憋屈挺郁闷。领导交办的好多事情,我不愿意面对又不得不面对,有些事情不想做又不能不做。领导的好多做法本来不对,我也不敢说不对,看不惯也得强迫自己看。还不能说什么,说什么,秘书就当不成了。比如说他打猎这件事,本来是不应该的,和保护野生动物的政策背道而驰。但我不但不能阻止,还得陪同。你说我心里能愉快吗?"

王鹰杰气愤地说:"我也听明白了,你们林局长和张大公一个德行,一样霸道,都不是什么好饼。要是知道林局长和张大公一样自私贪婪,只想着自己,不想着百姓,就应该让野猪把他吃掉,不应该救他,也不应该管他借猎枪!"接着又说,"不借白不借。我的思想境界不比他高尚,他能打猎,我也能打猎。既然咱们用的是他的猎枪,咱们就和他一样,理直气壮地进山,一手遮天地打猎,而且想打啥就打啥得了。"

王远志微笑着看了王鹰杰一眼:"你不光拳脚厉害,语言也厉害,和出拳出脚一样有分量。打是一定要打,既然我答应你了,就一定兑现。陪林局长打无数次了,不差陪你这一次。只是不能进山去打,进山的不确定因素太多,太冒险。"

王鹰杰说:"要打就淋漓尽致地体验一下打猎的经历,过足打猎的瘾;轻描淡写地打几只野鸭子,不过瘾。冒险算什么?前怕狼后怕虎的,还不如在自己家院子里用弹弓打几只房檐上的家雀!"

王远志有些不耐烦了:"你要是去打猎,就得完全听我的,你没有选择。要打猎就只能去湿地打,不能进山打,万一遇到野狼,尤其遇到孤野猪,你要是有个三长两短,我负不起这个责任。"

王鹰杰自信又无畏地说:"野猪有什么可怕的?我爹为了锻炼我的胆量,我10岁时他就让我用杀猪刀杀过猪。现在我都16岁了。为了进山打猎,我把老猎刀带来了,如果遇到野猪,我不用猎枪,就用老猎刀杀了它,让你见识见识我的王氏拳脚功夫!"

王远志批评他:"别吹了,小孩子不知道天高地厚,以为有点儿拳脚功夫就天下无敌了?你的拳脚功夫也许打人行,在山里就施展不开了,打孤野猪就更不行了。我爹没告诉你吗?那我告诉你吧,野猪不同于家猪,尤其是孤野猪,比老虎、黑瞎子都凶猛。老虎和黑瞎子如果不是饿急了，是不会主动攻击人的，在山里遇到人，会远远避开。孤野猪就不同了，它一见到人，就会毫不犹豫地主动攻击。孤野猪皮糙肉厚，力气极大，老猎人都不敢轻易猎杀孤野猪。"

王鹰杰无奈地说："我拗不过你。你是大秘书，你借的猎枪，你嘴大。这次我听你的，就去湿地打野鸭子，以后有机会再进山打孤野猪，打大家伙。"

王远志如释重负地说："这次答应带你打猎，我都后悔了，没有下次了。我不能带你做违法的事。"

王鹰杰诡辩道："你们林局长经常做这事，都没人追究，咱们就做这么一回半回的，情有可原，也不会有人追究。"

王远志提醒他："以后你再也不要提我们林局长打猎的事了。咱们是一家人，我什么话都不避讳，这话要是被别人听到了，尤其让上级知道我们林局长打猎，就是大事了，甚至能危及他的官位。如果真出事了，我这个当秘书的就太对不起林局长了，我也没法干下去了！" 王鹰杰回答说："知道了。你们林局长打猎的事和咱俩打猎的事，我不会对任何人说，一定诚实守信、守口如瓶！"

第二天早晨，王远志和王鹰杰早早就出发了。猎枪一直由王鹰杰背着。

张大公有个习惯，除了冬天，他每天早晨都起来得特别早，在自家园子里松松土、除除草，摘点儿柿子、茄子、豆角、辣椒什么的。今天，张大公又很早就起来了，正在园子里悠闲地为黄瓜秧松土、除草，猛然看见王远志、王鹰杰从他们家园子旁边经过，还带着猎枪。他估计王远志和王鹰杰一定是去湿地打猎。

自从张有才从林局长的秘书岗位上下来，到基层林场工作，王远志取而代之后，张大公除了对王鹰杰恨之入骨之外，也对王远志恨之入骨了。他自私而狭隘，不考虑张有才被拿下来的过程，只考虑王远志取而代之的结果。张大公琢磨，现在国家保护野生动物，禁止打猎了。如果王远志、王鹰杰硬是顶风上，偷着去打猎，他就可以到有关部门告发王远志、王鹰杰违反国家有关规定，猎杀珍稀野生动物。那么，王远志就不可能再当林局长的秘书，而张有才就有可能从基层林场回来，继续当林局长的秘书了。王鹰杰也会被劳动教养个十天半月的。想到这儿，张大公欣喜若狂、激动不已："他妈的，这回一定要抓住王远志和王鹰杰偷猎的物证！"

于是，王远志和王鹰杰还没有走到打猎的湿地，张大公就开始在村口急不可耐地等待他们回来了。他等待的不是王远志他们打落的飞禽，而是儿子张有才前途和命运的鸿鹄降临……

快到三岔口湿地的时候，王远志对王鹰杰说："春天正是候鸟迁徙的季节，大批候鸟从南方飞到咱们这边的一些河流、湖泊、湿地休憩，捕食小鱼、小虾补充营养；20天左右继续北飞，一直飞到西伯利亚的河流、湖泊、湿地过夏。秋天，这些候鸟再从西伯利亚飞回咱们这边，还是在河流、湖泊、湿地补充营养，恢复体力；然后继续南飞，一直飞到南方过冬。三岔口湿地是候鸟迁徙的一个中继站，每年春秋季节都有大量候鸟在这里觅食。当然，也有一些候鸟适应了咱们这边的生态环境，选择在这里过夏天，不再迁徙到西伯利亚。现在，三岔口湿地的白天鹅、丹顶鹤、东方白鹳、白鹭、苍鹭、白枕鹤等大型候鸟很多，属于珍稀动物，千万不能打，只能打几只野鸭子。其实，候鸟补充营养、恢复体力的时候不应该在湿地打猎。枪声会惊吓到候鸟，有可能导致它们过早地北飞，或者以后不再飞来三岔口湿地了。"

王远志说的这些话，让王鹰杰感觉踟蹰了。他若有所思地停了下来："从我记事儿的时候起，每年春天和秋天我都能看到成群结队的候鸟飞来三岔口湿地。有时早晨太阳刚刚露头，大雁从草丛中浩浩荡荡地起飞,我都能听到它们扇动翅膀的声音。那声音很大,就好像成千上万个翅膀合成一个大翅膀,从水面上腾空而起。估计当年开发三岔口的先辈,甚至更久以前在三岔口生活的祖辈,都能看到三岔口湿地群鸟齐飞的壮观场面。如果像你说的那样,枪声会惊吓到候鸟,有可能导致它们过早地北飞,或者秋天不再飞来三岔口湿地了,那咱们还是回去吧,不打猎了。咱们不能让候鸟过早地北飞,也不能让它们不再来三岔口湿地了!"说到这儿,王鹰杰把猎枪递给了王远志。

王远志说:"这样吧,现在大型候鸟都集中在三条河的河口处,野鸭子都集中在芦苇荡里面。我知道一个芦苇荡里的水面,那里只有野鸭子,没有白天鹅、丹顶鹤等其他大型飞禽。咱们可以到那儿去打野鸭子。"

他们走了不远,就看到东宁特有的迷人的山光水色。芦苇荡荡漾着绿浪,湿地水映照着蓝天。水面上密布着自由自在的野鸭子,如同天上的繁星。距离太远,他们无法靠近,猎枪也无法打到。

他们附近的芦苇丛中突然出现了两个大野鸭子,领着一群小野鸭子,在水面上一字排开,缓慢地游泳。王鹰杰从王远志手里接过猎枪,刚要举起猎枪瞄准这群野鸭子,又把猎枪放了下来。王鹰杰记得二爷对他说过:"打猎,有打猎的道。"王建国从来不打小野鸭子,也不打领着一群小野鸭子在水面嬉戏的大野鸭子。因为大野鸭子总是贴身保护着刚能游泳的小野鸭子,时刻防备着鹰、蛇等凶残的天敌,也防备着比鹰、蛇更凶残的无良猎人。如果鸭群受到了猎人的袭击,大野鸭子会钻入深水中,以鱼一样的速度游到猎人的身后,来和猎人周旋,吸引猎人的目光和枪口,就像父母保护自己的孩子一样。大野鸭子最后的结局总是慷慨悲壮的。领着小野鸭子的大野鸭子有着人类母亲的情怀,所以王建国他们这些有良知的老猎人不忍心伤害它们，从不猎杀它们。一些无良猎人专门猎杀带小野鸭子的大野鸭子，因为猎杀它们的机会多，容易成功。如果没有小野鸭子，大野鸭子是不容易被猎人猎杀的，猎人离它们很远，它们就会知晓并飞走，或者钻入水中，在水下快速地游进芦苇深处。小野鸭子则不知所措，它们没有生活经验，不知道世界险恶，以为世上没有敌人，没有危险，只有母爱，还不知道自己刚刚开始的生命随时都有可能结束。

这时，又有一群野鸭子出现在芦苇深处。王鹰杰迅速举起猎枪，瞄准了野鸭子。他已经看出那又是两只大野鸭子领着一群小野鸭子，是一个家庭。王鹰杰瞄了好长时间，又把猎枪放了下来。真是"君子引而不发，跃如也"，也许他只是想体验一下狩猎的感觉。

王远志介绍道："野鸭子可以全年孵化，没有明显的繁殖季节。一般来说，还要继续北飞的候鸟是不会在中途产卵孵化的，它们到了过夏的目的地才能产卵孵化。能够在三岔口湿地产卵孵化的野鸭子，就不会继续北飞了，而是在这儿安家度夏了。"

王鹰杰听了王远志的这番话，若有所思地停住了前行的脚步。王远志不愧为学习林业的大学生，上不上大学就是不一样。他懂得的知识太多了，尤其是一些关于野生动物的知识。王鹰杰不能不考虑，现在已经和先辈生活的时代不同了，人们都有了土地，就不能像过去那样依靠打猎这种原始的生产方式生活了，更不能把打猎作为娱乐消遣的方式。他也不能再把打猎作为一种梦想去渴望、追求了。既然这些野鸭子已经在三岔口湿地安家繁育，就不应该破坏它们安静祥和的生活。

王鹰杰又把猎枪递给了王远志："在我眼里，动物和人一样，不应该分成珍稀或者不珍稀的三六九等。每一种动物有每一种动物的独特生活、独特生命，都应该保护。我不打野鸭子了，回去吧。"

王远志说:"既然来了,就不要空手回去,怎么也得打一只两只呀。"

这时,蓝天上飞过来一群野鸭子。它们整齐地排列出一个"人"字,有50多只。

王远志一边把猎枪递给王鹰杰,一边对他说:"这些野鸭子是在湿地路过的,应该是要飞到西伯利亚去的,不是在咱们三岔口湿地安家的。你赶紧打一只。别留下遗憾!"

王鹰杰一想,这群野鸭子马上就是外国的了,就顺手从王远志手里接过猎枪,抬手就朝天空打了一枪。

没想到这一枪竟然真打下来一只野鸭子,野鸭子扑棱扑棱掉到芦苇深处的水里。他们看不见,也捡不到。

王鹰杰听二爷讲过,猎枪和老洋炮一样,打出去的铅砂形成一个圆形扇面,杀伤面积大,容易击中飞翔的鸟类或者跑动的动物。

刚才被王鹰杰打下来的野鸭子也许只是被几粒铅砂击中了翅膀,他并没有打中要害,因为野鸭子掉落的地方芦苇在明显地晃动,还伴有击打水面的声音。野鸭子还没有死,还在水中挣扎。突然天空俯冲下来一只苍鹰,它直接扑向那只挣扎的野鸭子。

王远志从王鹰杰手里接过猎枪。王鹰杰以为他要打野鸭子,没想到他朝苍鹰打了一枪。苍鹰和那只野鸭子一样,一下子掉落在芦苇深处。

王鹰杰立马脱掉布鞋和裤子,噼里啪啦地冲进水里,如同抢救溺水的人一样,去抢救苍鹰。他找到了王远志打掉的苍鹰和他打掉的野鸭子,小心翼翼地拿到岸边。他想救活它们,然后放飞。然而,苍鹰和野鸭子都已经死了。

在人类的猎枪面前,无论是不堪一击的野鸭子,还是所向无敌的苍鹰,都脆弱得如同一根芦苇。因此,保护动物的关键应该是人。

王鹰杰的性格不可能影响到苍鹰的性格，但苍鹰的性格一定影响到了王鹰杰的性格。在所有猛兽猛禽中，王鹰杰最喜欢苍鹰。他的性格中有着苍鹰的无畏、勇猛和霸气。他非常生气地指责王远志："苍鹰是保护动物，也是我最喜欢的动物，你为什么要向苍鹰开枪？猎杀苍鹰是偷猎珍稀野生动物，是犯罪行为！"

王远志理直气壮地反驳他："现在除了麻雀，几乎什么动物都在保护范围内。你打死野鸭子，不也是在偷猎吗？在大自然中，苍鹰和野鸭子一样。为什么你打野鸭子不是偷猎，不是犯罪，我打苍鹰就是偷猎，就是犯罪了？再说了，苍鹰去扑食那只没有死亡的野鸭子。我是为了保护野鸭子，才在情急之下开枪的。有时候人的举动是出于一种本能，就是一种非条件反射、无意识行为。我看出来了，你打那只野鸭子，不也是一种无意识行为吗？"

王鹰杰真说不清楚自己为什么要向那群野鸭子开枪，但是他还在极力为自己打野鸭子的行为辩解，来谴责王远志打苍鹰的行为："野鸭子繁殖快，数量多，打一只不见少；苍鹰珍贵稀少，不能打！"

王远志有些烦躁了，一不留神，自己又掉入那种酒喝多了嘴没有把门的状态："不就是打只苍鹰吗？鸡毛蒜皮的小事。和你说实话吧，在这一亩三分地，我毕竟是林局长的秘书，说话真的挺好使。有我在，苍鹰和野鸭子一样，你想打啥就打啥，不想打啥就不打啥。担心那么多干啥？如果你前怕狼后怕虎的，以后什么都不要再打了。过几天，我们林局长进山打猎，我和他说说，把你也带上，让你体验一下！我说话算数，既然向你承诺了，就一定兑现！"

王远志本以为王鹰杰会喜出望外地接受，没想到他出人意料地拒绝了："我不会再和你打猎了，更不会和你进山打野猪和狍子什么的了。"接着，他又补充了一句，声音更小，但很有力，"我怕你再打苍鹰！"

王远志像被别人揭了伤疤一样跳了起来："你拿一次当百次呀？不会再有下一次了！说实在的，我没有鹰的勇敢、鹰的强悍，但是我也喜欢鹰！打这只鹰，我也后悔。保护野生动物必须从每一个人做起。"

王鹰杰说："别唱高调了，一般人没有猎枪，不可能偷猎。既然国家提出保护野生动物，禁止打猎了，咱们就应该积极响应国家的号召。咱们的思想境界怎么也不能跟林局长、张大公那样低吧。说实在的，保护野生动物得从你做起。"

此时的王鹰杰和来之前的王鹰杰判若两人。王远志莫名其妙，尤其他说的最后这句话，让王远志很惊讶："什么，保护动物从我做起？你不做呀？"

王鹰杰坚决地说："我保证放弃打猎梦想。人生最不缺少的就是梦想。我又何必追求一个以牺牲野生动物的生命为代价的梦想呢？放弃打猎，保护野生动物得从你和你们局长做起……"

王鹰杰的话还没说完，王远志就接过来说："我听明白了。你的意思是让我影响我们林局长，让他放弃打猎，保护野生动物？我自己不打猎，我一定做到；让我们林局长也不打猎了，我一定做不到。"

王鹰杰找到了一个依山傍水的地方，把苍鹰和野鸭子埋葬了，并为它们堆起了两个坟冢，怕以后找不到，还在坟冢前做了标记——立了两块简易的墓碑。如果能够刻字，王鹰杰一定会在墓碑上分别刻字：苍鹰之冢、野鸭子之冢。

张大公在村口转悠了大半天，王鹰杰、王远志终于回来了。

张大公就像一个警察要人赃俱获地抓捕到两个小偷一样激动不已。如果他们猎杀了几只野鸭子，那么，张有才当秘书的希望就像野鸭子那么大；最好他们能猎杀几只丹顶鹤、白天鹅什么的，那么张有才当秘书的希望就像丹顶鹤、白天鹅那么大。然而,王鹰杰、王远志走到跟前,他才看清楚,他们身上除了猎枪,连一只麻雀都没有。

张大公由大喜过望,猛然变成大失所望。他郁闷得心脏都快要堵塞了……

张大公还是不甘心:"他妈的,我就不信拿不下来小崽子王远志!"张大公给省里的林业主管部门写信,举报王远志偷猎野生动物。开始,他把林横、王鹰杰、王建国的名字也写上去了,想一块儿收拾。后来,他感觉不应该把林横也举报了,万一林横被处分了,张有才给谁当秘书去啊?有大的投入,却没有大的产出,损失的是张大公。也没有证据证明林横偷猎。再说了,林横树大根深,哪能因为一封不敢署名的举报信而被扳倒呢,鲁智深倒拔垂杨柳还行。尤其是张有才从秘书的岗位上下来不久,就有人举报林横偷猎,那么张有才最容易被怀疑。王鹰杰不过是个小崽子,即使主管部门追究起来,他也没犯什么法律,没意义。王建国不过是一个一瘸一拐的老家伙,是在他张大公的指使下才猎杀大野猪的。如果追查下去,就会查到他的头上来,不能为自己掘墓。所以,张大公把林横和王鹰杰、王建国的名字从举报信上删了下去。

省里的林业主管部门接到张大公的举报信后,批转东阳林业局调查处理。

林局长清楚王远志没有偷猎野生动物的行为,也许举报信是冲他林横来的。他和张大公一样粗野地骂了一句:"他妈的,真是狗带嚼子——胡勒!"随手把举报信扔进垃圾桶,但立马感觉不妥,又把举报信从垃圾桶里取出,批给王远志酌情处理。

王远志本来就是个办事认真的人,举报信举报的是他本人,他除了无意中打死一只苍鹰之外,没有其他偷猎野生动物的行为,他就不知道应该如何认真了。最后，王远志写了一封检讨书，深入剖析、深刻反思自己的偷猎野生动物行为造成的危害，除了他打掉一只苍鹰外，几乎把林局长真正偷猎的行为都写在检讨书里了。

林局长看了王远志的检讨，感觉他的文笔相当不错，就连一些除了他们俩，谁也不知道的打猎细节都形象生动地描写出来了。于是，他对王远志大发雷霆："让你酌情处理，你就把它扔到垃圾桶得了，还写了个上纲上线地深刻剖析偷猎行为的检讨。你是为自己写的检讨，还是替我写的检讨啊？"

王远志麻溜儿把张大公的举报信和他的检讨书一起撕得粉碎，扔进了垃圾桶……

第十章　打工去

20世纪80年代，中国在改革开放的同时，加大了城市化步伐，经济快速发展，城市楼房建设如火如荼。三岔口村一些到城市打工的农民回来说："现在城里到处都在建楼房，尤其是哈尔滨，老鼻子活儿了。"

三岔口村人多地少，加上王鹰杰家粮食减产，只收获了够家里吃的粮食，没有商品粮可卖，致使他家生活困难。张大公想方设法刁难王家，王鹰杰的满腔怒火只能宣泄在沙袋上，他有一种虎落平阳被犬欺、英雄无用武之地的郁闷。

王鹰杰一直渴望换一个生活环境，好男儿就应该行走江湖、独闯天下。

1986年，王鹰杰高中毕业。他迫不及待地要和村里的三个年轻人到哈尔滨打工。他知道，哈尔滨是黑龙江省的省会，是黑龙江省最大的城市。他长这么大，只去过牡丹江，没去过别的城市，更没有去过哈尔滨。

王建国感觉王鹰杰特别喜欢听前辈打猎的故事，崇拜英雄，崇拜猎人。好东西得送给懂得好东西、把好东西当回事的人。王鹰杰要去哈尔滨打工了。王建国又把老洋炮从仓房中找了出来，擦去上面的灰尘，想送给王鹰杰，希望他传承。

王建国担心王鹰杰像王远志、王远铭似的,也不要老洋炮。现在的年轻人都不喜欢老物件,都喜欢新玩意儿了。让他意想不到的是,王鹰杰竟然对破旧的老洋炮爱不释手,如获至宝。

男人,包括男孩子,都是喜欢武器的,即使是已经不能使用的武器,因为男人骨子里就有或多或少的尚武精神。

王鹰杰手握老洋炮,翻来覆去地看了又看,擦了又擦。老洋炮身上凝结着三岔口沧桑的历史,这用眼睛是看不出来的;老洋炮身上落满三岔口岁月的风尘,这是用抹布擦拭不掉的。也许王鹰杰清楚,珍藏老洋炮,就是珍藏三岔口,以至于东宁的历史。

多年来,王建国没着没落的牵挂总算落了地,如同一只没有地方降落的老苍鹰,长时间在天空飞翔,在已经无力扇动翅膀的时候,终于看到了一个可以降落的地方,于是平稳降落。他感到了如释重负的轻松和如愿以偿的欣慰!时代不同了,人们已经远离山河破碎的纷飞战火,远离饥寒交迫的艰辛生活,远离生离死别的人生苦难,过上了平安祥和、恬静幸福的生活,不都是丰衣足食,但也基本上衣食无忧。王建国让王鹰杰继承老洋炮,绝不是让王鹰杰带着老洋炮重走先辈们"闯关东""跑崴子""打毛子""打鬼子"的老路,而是希望王鹰杰继承和弘扬先辈们英勇无畏、不屈不挠、保家卫国的民族精神。时代发展了,有些东西可以丢弃,但是无论什么时代,民族精神都不能丢弃!

王鹰杰就要暂时离开家乡,离开秦雨晴,到遥远的哈尔滨打工了。他想送给秦雨晴一个礼物,冥思苦想了几乎一夜,也没有想好要送给她什么。除了有点儿拳脚功夫,他真没有什么好东西可以送给秦雨晴。就要去火车站了,他才想起家里有几十个狍子嘎拉哈。

狍子嘎拉哈是狍子后腿膝盖部位、腿骨和胫骨交接处的一块独立的骨头,接近长方形。王家几代猎人,积攒了很多狍子嘎拉哈,除了送人和丢失的，还有几十个。王鹰杰从祖传的几十个狍子嘎拉哈中精心挑选了十个最精致的，送给了秦雨晴。

秦雨晴如获至宝。她也要和王鹰杰到哈尔滨打工。王鹰杰对她说："对我来说，哈尔滨是一个陌生的世界。我先去探探路，有了落脚的地方，你再去。"

秦雨晴送给王鹰杰一张纸，上面有她书写的一首词，是宋代才女李清照的《点绛唇·闺思》："寂寞深闺，柔肠一寸愁千缕。惜春春去，几点催花雨。倚遍阑干，只是无情绪。人何处，连天衰草，望断归来路。"

王鹰杰不懂唐诗宋词。此刻，他后悔上学的时候没有像秦雨晴那样多背诵几首唐诗宋词。但是，他能够用心品味出温柔可爱的秦雨晴那秀丽的字迹中蕴含的对他依依惜别之情……

刚到哈尔滨，王鹰杰先去了一趟松花江，然后走了一趟中央大街。

王鹰杰听先辈们讲过哈尔滨。1898年，中东铁路动工之前，哈尔滨还是个松花江畔的小渔村。哈尔滨是因修建中东铁路而兴起的一座大都市。中央大街开始叫中国大街，后改为中央大街。

三岔口和大都市哈尔滨就是不一样。三岔口到处平房林立，哈尔滨遍地高楼大厦；三岔口道路上车如溪水，哈尔滨道路上车似江河；三岔口街道上行人寥若晨星，哈尔滨大街上行人接踵摩肩。

他们在距离中央大街不远的一片高层住宅的建筑工地上当力工，卸沙子、装水泥、搬红砖、运钢材，每天满面尘灰烟火色，两鬓苍苍十指黑。王鹰杰每天干的活儿都比别人多，干得也比别人快。他明明知道即便如此，工钱也不会比别人多。这不是因为他想为其他工人减轻负担，为城市建设多做贡献，而是因为他想利用干活儿的机会，锻炼身体，提高功力。

王鹰杰每天早晨和晚上都坚持练习拳脚功夫，无论多么疲劳，都不间断。

第一个月，包工头给他们发了工资，200元。第二个月没发，第三个月没发，一直干了七个多月，包工头也没再给他们发工资。

王鹰杰他们的包工头姓周，谁也不知道他叫什么，都管他叫周包工。他们找周包工，周包工苦着脸说："开发商不给工钱，我也没有办法。"

王鹰杰他们天天催周包工，周包工说他天天催开发商，就是要不回来工钱。

王鹰杰在电视上看到新闻媒体为农民讨工钱、讨公道的新闻。他们找到了电视台，《新闻在线》栏目干预了，为他们讨工钱、讨公道，开发商才把工钱给了周包工。周包工通知王鹰杰他们明天找他领半年的工钱。明天就能领到半年多的工钱了，王鹰杰和工友们兴奋不已，夜不能寐！睡不着觉就不睡觉了，他们把兜里仅有的钱都掏了出来，到街上的大排档大吃大喝了一顿。他们所谓的大吃大喝也无非是点了几个毛菜，要了几大碗特价鲜啤酒。他们好长时间没有吃顿饱饭了，也好长时间没有这么高兴了。这一夜他们酒足饭饱，兴高采烈！

他们迫不及待地去找周包工，要领半年多的工资的时候，周包工却不见了。他们找遍工地的旮旯胡同，就差没挖耗子洞了。也许周包工真的像耗子似的钻进了耗子洞，才无影无踪了。

周包工钻进耗子洞了，王鹰杰和工友们心急如焚、郁闷至极。工友们抽着自己用废报纸卷的劣质旱烟，快烧到手指了，都舍不得把那仅有的一点儿烟蒂扔掉；有些人过去根本不抽烟，甚至对抽烟的人深恶痛绝，但因为愁苦难耐，也开始抽烟了。只有王鹰杰一人不抽烟。工棚里整天弥漫着劣质旱烟火辣辣的气味，让王鹰杰喘不上气来。白天没事，他可以到工棚外面避烟；晚上睡觉，他就无处可避了。为了清火消愁，王鹰杰也学会了抽烟。其实，靠烟清火火愈大，借酒浇愁愁更浓。

王鹰杰突然意识到一个严重的问题、一个令人心寒的问题，那就是周包工已经带着大家的血汗钱跑路了，必须马上报案。

王鹰杰和工友们到派出所报案。经派出所调查了解，周包工真的把四十多个农民工半年多的血汗钱卷跑了！派出所告诉他们再等等，派出所正在通缉周包工，尽快把他捉拿归案，把他们的血汗钱追回来。

王鹰杰和工友们辛辛苦苦、没日没夜地劳作了七个多月，只拿到一个月的工钱，其他六个多月竟然一无所获，白干了。这让王鹰杰气愤至极，周包工也太黑了，比周扒皮还黑！如果他遇到周包工，一定一拳把他的鼻子夷为平地！

工友们在工棚里依靠互相救济，又焦急地等待了十天，还是没有传来找到周包工的消息。王鹰杰在走投无路的情况下，难以开口也得开口，向秦雨晴借了200元钱。秦雨晴给他汇了500元钱。这是秦雨晴所有的积蓄。

周包工活不见人，死不见尸，工友们还得活下去啊。王鹰杰他们都认为不能再等了。他们有的要回家乡，即使种地也不想在这个让他们伤心的城市打工了；有的因为没挣到钱，连路费都没有，想回老家都无法回去，只能在哈尔滨另外找活儿干；有的要离开哈尔滨，到没有周包工的城市继续打工。

自己主宰不了自己的命运、自己的人生，就只能是命运的栽子、人生的弱者。王鹰杰清楚，骗子随处可见，即使到外地打工，也难免再次遇到骗子。只有成为能够主宰自己命运的强者，才能让骗子没有骗的机会。

秦雨晴汇给王鹰杰的500元钱，一部分用于和工友吃饭。人必活着，一切才有所附丽；其余一部分钱给工友当作路费。王鹰杰的兜里只有100多元钱了。

王鹰杰不想再干建筑工地的力工活儿了，他担心和周包工一样的包工头再把他们的血汗钱卷跑了。他只干那些工钱被卷跑的概率小的活儿。一些出租车公司招聘夜间跟车的，其实就是夜班出租车司机的保镖。王鹰杰应聘到一家出租车公司当夜班出租车跟车的。

这份工作非常适合王鹰杰干。他不用帮助出租车司机开车或者观察路况。没有乘客的时候，他可以睡觉；有乘客的时候，如果是妇女、老人、孩子，没什么危险，他也可以睡觉。这份工作不影响休息，白天还可以再干一份工作。

王鹰杰没有忘记寻找周包工，想为自己，也为工友们讨回工钱。

有一天晚上，王鹰杰跟的出租车路过一个很大的建筑工地，他又想起了周包工。突然，他看见前面的出租车上下来的人非常眼熟，正是周包工。

王鹰杰跟的出租车上正好没有乘客。他让司机停下车等他一会儿，他去追赶周包工。

周包工径直走进建筑工地。一见到农民工，他就像在王鹰杰他们干活儿的工地上一样，指手画脚地说着什么。王鹰杰明白了，怪不得周包工总是不在他们工地，原来他还在别的工地当包工头。这回可找到他了！王鹰杰一定要抓住周包工，把工友们的辛苦钱要回来。他给报案的派出所打电话，让他们来抓捕周包工。派出所民警让他先盯着，他们尽快赶到。王鹰杰盯了周包工20多分钟，民警还没赶到，他十分焦急。

又过了10多分钟，周包工走进一个活动板房，估计是他的办公室。转眼间，他背了个鼓鼓的背包，又出来了。王鹰杰猛然意识到一个严重问题，周包工也许同时包了几个工地的活儿，就是为了骗取农民工的工钱。现在，周包工带着装有这个工地农民工的工钱的背包，正要逃走。他绝不能让周包工逍遥法外，一定要把他骗走的工友们半年多的工钱要回来，同时阻止他骗走这个工地的农民工的工钱的罪恶勾当。王鹰杰冲了上去。周包工还没有反应过来是怎么回事儿，就被王鹰杰制伏了。

王鹰杰在等待民警的到来。

周包工出人意料地大喊起来："救命啊，歹徒抢钱了！来人哪！"

他这一喊不打紧，那些不明真相的农民工冲了出来，有30多个，立马把王鹰杰和周包工包围了起来。王鹰杰一边死死地抓着周包工，一边解释："我和你们一样，也是农民工。周包工骗了我们半年多的工钱。40多个农民工连饭都吃不上了！"

农民工们也不听王鹰杰解释，看到他抓着周包工，不由分说，挥拳就打他。

王鹰杰还在向他们解释："周包工是个骗子，他正带着你们的血汗钱要逃走！"

一个农民工说道："我看你是骗子，我们这里根本就没有姓周的。打你个抢劫的歹徒！"

农民工的拳头雨点般落在王鹰杰的身上。王鹰杰抓着周包工的手一直没有松开，他一心想把他骗走工友的钱要回来，如果这次让他跑了，也许就再也抓不到他了。

打王鹰杰的不是坏人，而是不明真相、自以为见义勇为的农民工兄弟。王鹰杰既不能出手，也不能出脚；向他们说明情况，他们也听不明白。农民工们打在王鹰杰身上的拳头越来越重，他还是不松手。有一个农民工竟然举起一根木棒，重重地砸在王鹰杰的头上。王鹰杰昏了过去。

因为塞车，民警晚到了一步。周包工在农民工善意的保护下像耗子一样溜走了。

王鹰杰被送进了医院。

这个工地的农民工们很快发现，包工头儿的背包里装的是他们这个工地上共60多人这四个月的血汗钱，而他却在他们的帮助下逃跑了。这些农民工，尤其是刚才动手打王鹰杰的那个，如同吃了黄连拌苦胆，痛悔不已，叫苦连天。他们纷纷自责，没文化太可怕，没有明辨是非的能力更可怕。王鹰杰帮助他们阻止包工头儿的罪恶行径，他们还错把王鹰杰当成了坏人，放走了真正的坏人。他们太傻了，简直被包工头儿卖了，还替他数钱呢……

王鹰杰第二天就上班了。

有一天傍晚，王鹰杰看到街上有两伙年轻人打架，有三四个人拎着木棒、铁锹等"武器"，向另一群人冲去。

王鹰杰发现道边有一个老太太，正站在两伙人中间不知所措。他让司机停下车，立即冲向老太太，想保护老太太不受伤害。他刚把老太太扶到比较安全的地方，这个地方马上就不安全了。一个手握铁锹的年轻人追赶着一个赤手空拳的年轻人。被追者竟然朝老太太这个方向跑来，躲在她的身后，将她当作盾牌，来保护他自己。眼看追赶者不管不顾地挥舞着铁锹，朝躲在老太太身后的年轻人砍了下来。老太太的处境非常危险。关键时刻，王鹰杰突然出腿，把铁锹踢飞。追赶者顿时感觉他绝非一般人，不是武功高手，就是便衣警察，转身跑了。

王鹰杰回过身来才知道，在追赶者的铁锹朝老太太砍去的瞬间，老太太被惊吓得倒在了地上，手臂骨折。她的儿子和儿媳正好赶来。被追者怕承担责任，趁乱溜走了。老太太一口咬定她是被王鹰杰撞倒的。她的儿子、儿媳抓住王鹰杰，要去派出所，让他赔偿医疗费。

王鹰杰解释说:"老人不是我撞倒的,是被惊吓才倒在地上的。先把老人送医院,然后再说谁的责任。"

老太太的儿子、儿媳只相信老太太的话,在附近的电话亭打电话报了警。他们出言不逊地辱骂王鹰杰,说他不敢担当,品质败坏,给农民工丢脸。他们不顾老太太的伤情,坚持让王鹰杰先拿钱,才肯送老人去医院。

王鹰杰为了让老太太尽快得到治疗,索性把自己省吃俭用攒了三个月,正要寄给秦雨晴和家里的600元钱掏出来给了他们,息事宁人。

老太太的儿子、儿媳得寸进尺地喊道:"这点钱儿不够我们一周消费的,怎么够给老人治病?伤筋动骨100天,她住100天医院得花多少钱?知道你们农民工穷,但穷人也得讲人性,讲品德,不能撞坏了人一走了之。你就是卖房子卖地,也得赔偿老人的医疗费!"那态度,就好像好不容易找到了来钱道儿,抓住王鹰杰不放,就能让他们发家致富似的。

王鹰杰明明是见义勇为,在保护老太太,却被老太太和家属讹上了,他有理也说不清楚了:"我是保护老太太,街上肯定有人看见。如果这些钱还不够,我也没办法了,等警察来吧。"

老太太的儿子、儿媳还是对王鹰杰紧抓不放:"没钱你就要放挺儿了,死猪不怕开水烫啊?再说了,不是你撞的,你掏什么钱?这也证明了是你撞的,都说农民工忠厚老实,你就别耍无赖了!"

这时,有人站出来说了句公道话:"绝不是他撞的老太太,我看得清清楚楚,他是在保护老太太。"

老太太的儿子、儿媳坚持说:"即使他是救人,动机是好的,但是效果不好,救人把人撞伤了也得赔偿。"

又有人站出来为王鹰杰辩护:"他是见义勇为,在保护老太太,你们应该感谢和补偿人家,凭什么让人家赔偿?应该赔偿的人已经跑了,就是刚才那个用老太太做挡箭牌的年轻人。"

老太太的儿子、儿媳说:"我们听明白了。你是主观上要做好事,客观上却做了坏事。如果你不保护老太太,老太太未必会受伤。你虽然是见义勇为,但你也有责任。既然这样,我们也是通情达理的,也不让你赔偿太多了,就把你那600元作为补偿吧。你们农民工赚点儿辛苦钱也不容易,老太太住院的费用我们自己拿吧。"

老太太一口咬定是被王鹰杰撞倒的,让王鹰杰感觉她挺可恨。但他是善良的,看到她痛苦的样子,还是希望尽快把她送到医院去,就把600元钱给了她的儿子、儿媳。

群众纷纷指责老太太的儿子、儿媳,不应该要一个好心的农民工的血汗钱……说实话,哈尔滨还是好人多。

出租车已经把受伤的老太太和她的儿子、儿媳拉走了,派出所警察才来。

过了几天,警察找到了王鹰杰:"我们经过走访调查取证,确定前几天的事你没有任何责任,而且你是见义勇为。你保护老太太不受伤害,老太太和家属应该感谢你,不应该收你的600元钱。他们表示要向你道歉、道谢,并把你的600元钱退还给你。"

王鹰杰大度地说:"钱就不要了。真相大白,比啥都重要。"

老太太的家属一直没有给王鹰杰道歉,也没有退回那600元钱。

出租车公司不让王鹰杰干了,说他太能管闲事,耽误事。

发生这件事之后,王鹰杰感觉在这个车如流、人似海的大都市里自己很孤寂。他真羡慕都市里的那些麻雀,它们能够自由自在地飞翔。他看到都市里的麻雀,就像看到村子里的麻雀一样亲切。看来在陌生的大都市里,只有他熟悉的麻雀陪伴着他……

王鹰杰又到一个大酒店当上了保安,每天清闲自在,但是赚的钱很少。

有一天，他突然看到一个熟悉的身影。那人一进酒店大堂，不到服务总台，而是直奔电梯。确实是周包工。

王鹰杰分析，周包工直奔电梯，说明他不是第一天来酒店，或者是到酒店会熟人。他上的是21楼，不可能马上下来。这次一定要抓到他，讨回工友们的血汗钱。于是，他让其他保安给他报案的派出所打电话，然后自己守在电梯门口。

过了20多分钟，警察赶到了。他们先是查阅住店人员登记簿，没有找到姓周的。王鹰杰联想到上次抓到周包工的时候，一个民工说过的一句话："我们这里根本就没有姓周的。"说明周包工的身份证是假的。如果他在多个建筑工地诈骗，就不可能光明正大地使用真实的身份证。

派出所警察和酒店经理联系，求得酒店的支持，然后到21楼逐个房间搜查。周包工正在和两个从事不良职业的女人进行交易，被警察逮个正着。

经过审讯，周包工交代了他在五个建筑工地承包工程，诈骗了300多个农民工的近20万元血汗钱的犯罪事实。有些钱已经被他挥霍了，警方只追回了10万元钱，退还给了农民工。他大爷，是建委的领导。

王鹰杰每天走在车水马龙的大街上，都要观察他熟悉的麻雀，看到麻雀，他感觉亲切和踏实。今天，突然有一只喜鹊从他的头上飞过。他有一种喜从天降的感觉。

果然，秦雨晴突然来哈尔滨找王鹰杰了。这让王鹰杰喜出望外……

张有全一直暗恋秦雨晴。他身体成熟得很早，人格却成熟得很晚。上小学四年级的时候，他就千方百计地接近秦雨晴。秦雨晴不理他，他就想方设法和秦雨晴打架，欺负她，这是青春期小男孩的典型特征。这一切，王鹰杰都知道，只是开始他还不知道这是因为张有全喜欢秦雨晴，后来才朦朦胧胧地感觉到了，才开始暗中保护秦雨晴。这个时候，王鹰杰才朦朦胧胧地感觉出自己也喜欢秦雨晴，谁欺负她，他就收拾谁。于是，上中学一年级的时候，终于有一天，王鹰杰打了张有全。

王鹰杰一到城里打工，就没有人像保镖一样忠诚地保护着秦雨晴了。张有全开始明目张胆地向秦雨晴发起感情攻势。第一轮冲锋就受到重挫。他送给秦雨晴一个摩托罗拉数字传呼机，秦雨晴坚决不要。他又开始发动第二轮攻击，采用迂回战术，给秦雨晴的父亲秦青石送东西，想先拿下她父亲，然后他们里应外合拿下秦雨晴。

秦青石是个胆小怕事，又喜欢贪小便宜的人。当秦雨晴还是少女的时候，他就对她的终身大事有所考虑。他希望秦雨晴嫁一个有钱有势的人家，这样她可以衣食无忧，生活幸福。他不求借势升官，只求借势生财。所以，张有全先是给秦青石送去两只鸡。富家公子给自己送礼，秦青石感到受宠若惊。盛情难却，他半推半就地收下了。过了几天，张有全又给秦青石送去两只羊，秦青石本想拒绝，但是上次没有拒绝，这次就不好拒绝了，只能心怀忐忑地收下了。又过了几天，张有全给秦青石送去半头猪，他不再忐忑，心安理得地收下了。

张有全第一次给秦青石送去两只鸡是试探，如果秦青石坚决拒收，他下次就不敢硬送了；如果秦青石拒绝得不坚决或者并不拒绝，下次他就会送去两只羊……这样，再让秦青石办什么事，他都不会拒绝了。这不，张有全三番五次地给秦青石送礼，人家说什么，秦青石就得答应什么了，这就叫吃人嘴软。

当张大公托于媒婆到秦家为张有全说媒的时候，秦青石犹豫了一下，接着就满口答应了。

秦雨晴得知父亲收了张家的两只鸡、两只羊和半头猪，非让父亲给张有全送回去不可，否则她就离家出走，到哈尔滨找王鹰杰去。

秦青石已经收下张有全的礼物，两只鸡吃进肚子了，并答应把秦雨晴嫁给张有全，没有办法再给人家退回去了，也没有办法拒绝这门婚事了。否则，得罪了张大公，秦家以后就不会有好日子过了。

别的事情秦雨晴可以听从父母之命，但是在婚姻问题上，她执着得要命。如果父亲不把张有全的东西退回去，她立马去找王鹰杰。此时，秦雨晴还不知道父亲已经把她许配给了张有全。

万般无奈之下，秦青石把张有全送的两只羊、半头猪低价卖给了镇上开饭店的同学，自己又添了些钱，给张有全退了回去。秦雨晴这才坦然了。没想到张有全变本加厉地对她软磨硬泡、穷追不舍，让她疲惫不堪。

当秦雨晴意识到问题的严重性时，事情已经发展到难以收拾的地步。

张有全为了得到秦雨晴，趁热打铁，又送给秦青石三千元彩礼。秦青石开始说着不要不要，后来也要了。这件事彻底暴露了秦青石爱财如命的本性。为了钱，他可以牺牲女儿的幸福。他收到的钱，如同他吃进肚子的两只鸡，不可能再退回去了。

秦雨晴得知父亲收了张有全三千元彩礼，逼着他退还给张家，可他坚决不退还。她想自己还给张有全三千元，但又没有那么多钱。秦雨晴这只温柔的小兔顷刻变成狂怒的老虎。她怒斥父亲："你不征求我的意见就收下张有全的钱，这是对我不尊重，你这是把我卖给了张家。要嫁你嫁，反正我就是死，也不会嫁给张有全！除了王鹰杰，我谁都不嫁！"

此刻，进退两难的秦青石，只能选择进了："不嫁也得嫁。收了人家的钱，不可能退回去了！我和你妈把你养大，你就算牺牲自己的幸福，顾全秦家全家的幸福，报答我和你妈的养育之恩，也得嫁给张有全。再说了，嫁给张有全也不是牺牲你的幸福，而是让你进入能给你一生幸福的大户人家。这是别人家姑娘求之不得的好事！"

秦雨晴对父亲彻底绝望了。傍晚，她在妈妈的帮助下，偷偷离家，坐火车来到了哈尔滨⋯⋯

秦雨晴不可能再回去了。王鹰杰也认为她不能再回去了。他们在道里区租了一个一屋一厨的旧房子，收拾得干干净净，并购买了生活必需品，搬了进去，简简单单地结婚安家了。

他们的爱是纯真的。有人先结婚后恋爱，但他们绝不是后恋爱，他们的爱情从小就开始了，"郎骑竹马来，绕床弄青梅"。

秦雨晴来哈尔滨后，王鹰杰才知道，张大公已调到三岔口镇，当上副镇长了。张有金、张有全都借助父亲之力，跟着到镇里工作了。张有金在镇财政所工作，当上了副所长；张有全在水管站工作，当上了副站长。村里人都说，张大公假公济私、以权谋私，还有人为他撑着保护伞。他侄子张有富接他的班，当上了三岔口村村长。

王鹰杰感慨地对秦雨晴说："这是一人得道，鸡犬升天。人家的孩子可以到镇上工作，当官，咱们没有硬实的靠山，没有人为咱们说话，只能到城里打工了。"接着，他逗秦雨晴，"要不你回去给张大公当儿媳得了，可以整天吃香喝辣，免得跟我四海为家，吃苦受罪。"

秦雨晴温柔地说："即使四海为家，即使吃苦受罪，我也愿意嫁给你，有什么办法？谁让我喜欢上了你这个只会做不会说的人了呢！嫁鸡随鸡，嫁狗随狗，这就是我的命！"

秦雨晴最反感男人抽烟，也闻不了一点儿烟味。她劝王鹰杰不要再抽烟了，抽烟有害健康。王鹰杰立马戒烟，不再抽了。只要是秦雨晴不喜欢的事，他一定不做。

王鹰杰为秦雨晴找到一份工作——到一个传呼台当传呼小姐。开始，秦雨晴不想去。王鹰杰劝她："你先干着，我会努力多赚钱，以后让你当女老板。"

有了王鹰杰的鼓励，也有了生活的希望，秦雨晴高高兴兴地去传呼台工作了。

秦雨晴在工作的同时仍不忘学习，考上了黑龙江大学夜大中文专业。除了唐诗宋词之外，又喜欢上了拜伦、雪莱、泰戈尔、三毛、舒婷的诗文，还经常自己写诗。一不留神，秦雨晴成了文学青年，有两首诗竟然在报上发表了，她的笔名叫塞北晴雨——

雪的思念
把缤纷的现实世界
简化成一种色彩。
皓洁如我的清丽，
冷峻似你的阳刚。
被雪封的思念，
更容易萌生纯真的思想。
带去三岔口野山芹馅大包子，
把"跑崴子"的故事留给历史。
天空因无云而枯燥，
心灵因有你而湛蓝。
当冬天的雪在呵护中苏醒，
瑚布图河水将更深沉……

第十一章　闯荡泰国

王鹰杰和秦雨晴的生活虽然平淡，却充满爱情的温馨和幸福，充满对未来的向往和追求。对于拳脚功夫高手王鹰杰来说，多少对手都无所谓；对于王鹰杰的爱情来说，有秦雨晴一人携手天涯、相伴终生就足够了。

是男人，就要义不容辞地挑起家庭的重担。王鹰杰担负的责任比一个人时沉重了。他一心一意想多赚些钱，好让秦雨晴幸福，让未来的孩子幸福。他感觉在城里干活儿，有劲儿使不上，赚的钱太少了。人必须将自己的优势发挥到极致，才能在追求人生理想的道路上走得更远，才更有希望成功。

王鹰杰也在极力寻找机会，渴望和高手过招，检验一下王氏拳脚功夫的实战能力。武林藏龙卧虎、高手云集，不真刀真枪地较量，就不能深刻感悟到山外有山、天外有天。费时十年，功力精进，没有实战，只能是纸上谈兵，无法超越自己，更无法战胜别人。一个猎手如果只猎杀懦弱的山兔、野鸡，就算不上杰出的猎手；必须与凶猛的野狼、黑熊、孤野猪搏杀，才算杰出的猎手。同样，如果只是打败一些只会打架斗殴的地痞流氓，就称不上功夫高手；如果能够战胜功夫高手，才是名副其实的功夫高手。

有一天，王鹰杰和秦雨晴看了一场电影，电影表现的是拳手在泰国打黑拳的故事。一旦成为拳王，一场比赛打赢了，就可以赚得盆满钵满，少则几万，多则几十万。王鹰杰决定到泰国去，和高手过招，检验自己的实战能力。

王鹰杰清楚，他选择的这条路荆棘丛生，危险重重。但没有危险的人生是不存在的，也没有永远的顺风顺水，如果有，那也是一种平淡的人生。

王鹰杰怕秦雨晴反对，也不想让她担惊受怕，就没有告诉她实情，只说早已和几个工友商定，一起去泰国旅游。如果泰国风光美、服务好，下次一定带她一起去。秦雨晴总是相信王鹰杰的话。她认为王鹰杰出来几年了，都是在哈尔滨转悠，也应该看看外面的世界，长长见识。

没到泰国之前，王鹰杰还为不知道如何找到他想找的地方而担忧。没想到，他还没到泰国，就已经轻松找到了。他一问女导游，女导游立马热情地对他说："这样的地方很多。如果你想观看比赛，尽管找我。"

只要找对了路，再难的事情也会迎刃而解。

王鹰杰直言不讳地说："我不光是观看比赛，还想参加比赛。"

女导游打量了一下王鹰杰，惊讶得眼睛瞪得如同两个问号："什么？你要参加比赛？也许你学过武术，但是泰拳和中国武术不一样，特别狠毒，招招致命。以前有中国武术高手来参加比赛，有些人被打伤打残了，获胜的不多。我看你还是观看一下比赛得了，别打了！"

王鹰杰坚定不移地说："一定要打。我这次来的目的就是参加比赛，这是我的愿望。"

看王鹰杰很坚持，女导游相信他一定有过人的实力，就对他说："我知道好多打拳的地方。如果你坚持要打，我一定把你送到一个著名的泰拳比赛馆，完成你的心愿。但是出事可别怨我呀！"

女导游带王鹰杰来到泰国东部一家著名的拳馆。所谓著名，不一定是它的规模有多么宏大，比赛场面有多么壮观，而是参加比赛的拳手实力很强，出场费很高；观看比赛的大多是世界各地有钱的游客，有些甚至是专门来赌拳的，赌注很大。

王鹰杰先是看了两场比赛，加上女导游的介绍，他有了初步的了解。他感觉这就是生死搏斗。拳手们每一次出拳都想击倒对手，甚至是往死里打击对手。泰拳和王鹰杰的王氏拳脚功夫有相同之处，就是拳手不按什么固定套路、招式出拳出脚，而是根据实战经验自由发挥；不同之处是泰拳充分发挥手肘和膝盖的作用，拳手们进攻迅疾，出招狠辣。

王鹰杰也有点儿胆怯，毕竟他是一个人远离祖国，远离家乡，远离亲人，在这异国他乡无依无靠。而且过去他对此知之甚少，只是看了相关的电影和两场比赛，才知道世界上还有这样一种拳法，还有这样一种比赛形式。然而，胆怯和退避不是他的性格。既然来了，就一定要参与一下，力争成为胜者。

第一次来泰国，王鹰杰打了两场比赛。

第一场比赛，王鹰杰的对手是一个40多岁的老泰拳选手。对方从小就练习泰拳，功夫深厚，经验丰富。他以此为职业，多次当过拳王。

王氏拳脚功夫和所有中国武术一样，出拳是五指攥成拳头，打出去如同一块石头、一根木桩，速度很快，力道很大。但是戴上拳击手套的拳头就不是拳头了，拳头是不能攥紧的，而是一个钩手，打出去的拳头变成了一个沙袋，速度变慢，力道大减。王鹰杰对拳击和对泰拳一样陌生，从来没有戴过拳击手套，猛然戴上，感觉极不适应。

这场比赛是在和拳击比赛大致一样的拳台上进行的。王鹰杰对比赛的有关情况，以及泰拳招式特点不完全熟悉，对拳击手套也不适应，对老泰拳选手凌厉的攻势防守不严，进攻不力，缺乏自信。他脸上挨了几拳，被打得鼻青脸肿，败给了对手。

第二场比赛，王鹰杰的对手是一个叫"狙击手"的年轻的泰拳老手。别看"狙击手"只有24岁，但他已有11年的从业经历。他出拳出脚速度极快，尤其擅长攻击对手的裆部，先后有五个对手被他打成重伤。据说五年前，"狙击手"被一个叫"东部劲风"的泰拳高手踢得断子绝孙。他身体上的伤痊愈了，心理上的伤却永远无法痊愈。在以后的比赛中，他出拳出脚变得更加凶狠，尤其擅长运用他让人防不胜防的䐆阴脚、出神入化的膝盖，专门疯狂地攻击对手的裆部，以发泄他内心的愤懑，让别人遭受和他一样的痛苦。他的膝盖攻击对手裆部又准又狠，让对手防不胜防，因此绰号"狙击手"。

王鹰杰和"狙击手"的比赛开始后，王鹰杰也挺被动，几次险些被"狙击手"击中要害部位。多亏他反应敏捷，迅速应对，才化险为夷。后来，王鹰杰在心里不再把"狙击手"当作泰拳高手，消除了因为陌生而过于拘谨、恐惧的心理。他积极防守，尤其注重裆部的防御；主动进攻，注重寻找对手的破绽。最后，"狙击手"屡次攻击王鹰杰的裆部没有命中，突然变换招式，一个高踢脚，猛踢王鹰杰的头部。王鹰杰依靠自己准确的判断，突然倒地出脚，踢断了"狙击手"的小腿。王鹰杰取得他在异国的首场胜利，坚定了必胜的信心。

通过别人介绍和亲身比赛，王鹰杰才清楚，泰拳是一个历史悠久、特色鲜明的拳种，拳脚肘膝有机结合、灵活运用，杀伤力大。泰国人自诩泰拳"五百年无敌"，是杀伤力最大的普及型格斗技术。泰拳号称"八条腿的运动"，就是说泰拳除了运用凶狠的拳法脚法之外，还把凶狠的膝法和肘法，以及异常刚猛的腿法，发挥到极致。

第二次来泰国，王鹰杰在女导游的引导之下，在一个老华侨家租了临时住的房子。老华侨在泰国住了60年，对泰国的各方面了如指掌。他看出王鹰杰武功深厚，只是对泰拳了解肤浅，就更加具体地向王鹰杰介绍了泰拳的动作要领，提醒他打拳时要注意些什么。王鹰杰受益匪浅。次日，王鹰杰就打败了一个在当地比较有名的泰拳高手，得到两万元的出场费。

这个时候，王鹰杰才知道，女导游之所以熟悉并热衷于此，是因为她也是比赛的重要参与者。每次比赛，只要她为比赛场馆拉来游客，组织者都要给她一笔不菲的回扣。如果女导游能够推荐中国武术高手参加比赛，她的回扣就更多。

王鹰杰每天最少进行两场比赛，开始时赢少输多，后来赢多输少。

一周之后，王鹰杰又参加了一场比赛，对手叫"东部劲风"。听到"东部劲风"的名字，他立马想起，就是这个"东部劲风"让"狙击手"身心都受了重创。经过和"东部劲风"的激烈较量，王鹰杰赢了，但是赢得非常吃力。

王鹰杰不知道"东部劲风"的真实名字，只记得他的绰号。"东部劲风"出拳、出腿、出肘，如同劲风一样迅捷有力，几乎让王鹰杰手忙脚乱。开始，王鹰杰几乎和参加第一场比赛一样，被对方打得鼻青脸肿。最后，他使用了自创的一个绝招，就是"借木折木"。当"东部劲风"的左腿如同木棒一样向他的腰部大力横扫过来的时候，他没有被动地躲闪，而是伸手抓住了他的脚踝，迅速向左转身，用膝盖猛地压住他的膝盖内侧，将他带趴在地，随之抓住他脚踝的双手突然向后下压，对方立马丧失了攻击能力。

比赛结束的时候，王鹰杰才知道"东部劲风"的真名叫小捷那萨。

这次比赛让王鹰杰感觉到这个赛场上藏龙卧虎、高手云集，他当上拳王的前景很渺茫，路途很遥远。

就在王鹰杰浑身疲惫地要返回老华侨家中时，突然看见一个黑衣人急促地向他这边跑来，后面有七八个手握砍刀的泰国男人在疯狂追赶着黑衣人。在泰国，普遍流行"十个男人，九个打拳"的说法。王鹰杰意识到这七八个男人肯定不是等闲之辈，也许都是泰拳高手。那个赤手空拳的黑衣人很难对付这些人。如果黑衣人被他们追上，一定凶多吉少，甚至九死一生。遇到这种情况，他是绝不会袖手旁观的，一定要帮助黑衣人。他躲藏在拐角处。当黑衣人跑到跟前，王鹰杰向他一摆手说："你跟我来！"

黑衣人已经被那些人追杀得走投无路、危在旦夕了，他顾不上考虑王鹰杰是好人还是坏人，就跟随王鹰杰来到老华侨的家中。

黑衣人是巴西人，会说一些汉语。他的名字很长，王鹰杰只记住了一个"费尔南多"，就管他叫费尔南多。费尔南多是巴西柔术专家，来泰国的目的和王鹰杰一样。费尔南多因为打败了一个著名的泰国拳手，才被这个拳手的拳迷追杀。

老华侨向他们解释："这些手拿砍刀的人绝不是拳迷那么简单。现在的比赛已经和赌博合为一体了。人们对它狂热，不光是看比赛，看比赛场上的输赢，更是把比赛场当成了赌场。每一场比赛，一些有钱人在参赛的拳手身上下赌注。费、费……对了，费尔南多，他战胜了著名的泰国拳手，也许让这些下赌注的人赔了钱，才遭到他们派人追杀。特别是有一个叫"东部狂风"的，下手太狠，死在他拳下的好手无数。有钱人都愿意在他身上下重注。这种比赛的水很深，危险哪！我劝你们俩还是赶紧回国吧，别再打下去了！"

费尔南多看过王鹰杰的比赛。他佩服王鹰杰扎实的拳脚功夫，认为他的拳脚功夫有些技巧和巴西柔术相似。为了感谢王鹰杰的救命之恩,他主动将巴西柔术的精要招式传授给王鹰杰,对他说:"巴西柔术缺乏中国武术的刚,中国武术缺少巴西柔术的柔。如果你能把中国武术和巴西柔术有机地结合起来,做到刚柔相济、融会贯通,你将成为无人能敌的拳王。"

巴西柔术是一种以擒技见长,综合格斗竞技与系统自卫于一身的武术,基本是以摔、拿为基础技能,循环、渐进式降伏为基本战术,以柔克刚、以弱胜强为指导性战略方针的柔术新流派。巴西柔术起初是一种扭斗的武术,它的技术和策略都来源于对地面打斗的深入研究。柔术高手擅长将对手拖向地面,然后在地面上获得控制的姿势,进而使用关节技、绞技或击打技术等多种攻击手段,将对手制伏。柔术中的打、投、关节技及绞杀技,还可以有效利用杠杆原理,使用全身的力量产生杠杆力量集点,对对手身体最薄弱的部位进行毁灭性的打击,从而实现以小击大、以弱胜强的战术目的。

其实,从巴西柔术的渊源来看,它与中国武术有着千丝万缕的联系。据说它源于古老的印度,在中国得以发展,明朝末年又由陈元斌传入日本,后由日本传入巴西。从巴西柔术的一些技法中,可以明显看出中国武术"以柔克刚""刚柔相济""借力打力"的影子。

王鹰杰也教会了费尔南多王氏拳脚功夫的一些招式。

王鹰杰在泰国和费尔南多学习切磋了几天,就各回各国了。

王鹰杰闭门苦练巴西柔术,充分发挥了他接受肢体动作的悟性,仅仅两个多月,就熟练掌握了其主要招式和技术要领。他尤其注重把巴西柔术和他的王氏拳脚功夫有机结合、融为一体,不说炉火纯青,也可以说得心应手了。将巴西柔术和王氏拳脚功夫合理结合、融会贯通,让王鹰杰的拳脚功夫精进了一大步。

第三次来泰国,王鹰杰只进行了一场比赛,对手叫"东部狂风"。

"东部狂风"是东部的拳王,叫大捷那萨。他是"东部劲风"小捷那萨的哥哥。他狂妄地向王鹰杰挑战。他的弟弟"东部劲风"被王鹰杰打败，左腿也几乎废了，彻底终结了他的打拳生涯。"东部狂风"火冒三丈地骂道："这个中国小子出手也太重了，太可恶了！"随后立马向王鹰杰挑战，扬言要踢断王鹰杰的腿，为弟弟出气。

王鹰杰同意和"东部狂风"对决。这是一场争夺东部拳王的拼搏。如果王鹰杰战胜"东部狂风"，那他就是新的东部拳王，还将获得500万泰铢。

这是一场生死决斗。

近三年来，"东部狂风"一直称霸于泰国东部拳坛，从未被挑战者打败过。他的拳、肘、脚、膝，快如狂风，重似铁锤，他最擅长用高踢腿攻击对手的头颈部位，因此被称为"东部狂风"。在他的打拳生涯中，败绩只有一次。他的实力远在弟弟之上。

中国小子王鹰杰打败了"东部劲风"，又即将开始和"东部狂风"较量，在泰国东部掀起一股"龙卷风"。

王鹰杰虽然过去名不见经传，近期却屡屡获胜，尤其是打败了"东部劲风"，不能不让人刮目相看：中国小子不能小视，中国武术更不能小视。

大多数人押重注赌"东部狂风"赢，极少数人押重注赌王鹰杰赢。赌"东部狂风"赢的人千方百计地让王鹰杰输，赌王鹰杰赢的人却不敢千方百计地让"东部狂风"输，他们不敢明目张胆地得罪大多数有钱人，也不敢得罪穷凶极恶的"东部狂风"，怕招来杀身之祸。在比赛开始的前一天晚上，赌"东部狂风"赢的人派人来和王鹰杰谈条件。

来人是两男一女。王鹰杰认识那个女的，是拳台打牌的，很漂亮。两个男的开门见山地对王鹰杰说："如果你在比赛中故意输给'东部狂风'，我们给你200万人民币，打到你的银行卡里，而且保证让你平安离开泰国。这比你打赢了合算，你爹也会支持你这么干的。"他们还将身边这位美女向王鹰杰那边推了推，饶有意味地看了他一眼。

王鹰杰听到"你爹也会支持你这么干的"这句，愣了一下，马上就想了起来，有一场比赛他打赢了，台下有人问他："你的拳术是什么门派，跟谁学的？"他一摆手，坦诚地回答："王氏拳脚功夫，跟我爹学的！"

王鹰杰到泰国来打拳，是为了检验自己拳脚功夫的实力，当然也是为了挣钱。但是，君子爱财，要取之有道。他明显感觉出200万人民币和美色的诱惑背后，隐藏着更加巨大的威胁。他非常坚决地回答："这笔钱数目不小，美女也非常漂亮，但是我不稀罕！比赛就得光明正大，不能搞歪门邪道。我是不会故意认输的。也许我爹能干，但我绝不能干！"

比赛之前，王鹰杰和"东部狂风"签订了协议，签字摁手印，比赛中出现任何后果，对方不负任何责任。

比赛场周围的观众激情如火，也难以掩饰内心的紧张。比赛场恰似充满粉尘，弥漫的似乎只是平静的烟云，其实观众的激情、拳手的怒火，很容易引起粉尘爆炸，甚至把比赛场馆掀上天空。

王鹰杰和以往参加比赛时一样，穿着红色短裤，赤裸着上身。他虽然个子不高，但浑身隆起的肌肉非常结实，看起来坚不可摧，又无坚不摧。和以往不一样的是，他的短裤里面还穿着一个用牛皮做的护裆，不仔细看是看不出来的。这是他到哈尔滨打工之前，父亲担心他在和别人打架的时候受伤，影响王家传宗接代，为此让妻子赵若兰精心制作的。平时，王鹰杰总是把护裆带在身上，却从未穿过，这次面对虎狼一样凶狠强硬的对手，他才把关键部位保护得固若金汤。其实，王鹰杰清楚，如果受到"东部狂风"铁腿的攻击，再结实的护裆也会土崩瓦解。这场比赛,他必须全力以赴,才能做到万无一失。

"东部狂风"出场了。他长得比"东部劲风"还要高大威猛,极为强悍,肌肉横生,野性十足的进攻欲望写在脸上,令人恐怖。"东部狂风"曾经一人在山上杀死四只野狼。他在和野狼搏斗的过程中,总是突然掐住野狼的脖子或者握住野狼的后腿,将野狼一个个抡起来,摔在大树上,撞在石头上。残酷的野狼面对更残酷的"东部狂风",只能绝望地哀号,场面惨不忍睹。

"东部狂风"一上场就对王鹰杰晃了一下他那如同戴着拳击手套一样的大拳,然后又向地上指了指,意思是:我一定要打死你!

王鹰杰没有和"东部狂风"针锋相对地示威,而是虎步上前,朝他抱拳。

常胜不败,以及个头儿的悬殊让"东部狂风"狂傲自负、目空一切。他看到王鹰杰的时候,并没有把这个小个子放在眼里,但是一想,就是这个小个子之前把弟弟打得溃败,这说明他具有过人的实力,也就不敢轻视他了。

随着一声震撼人心的哨响,搏杀开始了。

"东部狂风"采用较为普遍的高体格斗式开局。两腿左右张开,两膝盖略微弯曲,身体的重心下沉至两腿中间。他的防守非常严密。

"东部狂风"以他手长腿长、脚疾拳重的优势,向王鹰杰发起了狂风一般的攻击,想先发制人,在几分钟之内就将这个小个子打倒在地。他的进攻迅疾而凶狠,尤其是快而重的中腿横扫,变化多端,杀伤面很大,杀伤力极强,让王鹰杰防不胜防,险象环生。王鹰杰想用打败"东部劲风"的"借木折木"绝技,打败"东部狂风"。他几次想抓住对方横扫过来的重腿,用膝盖猛地压住他的膝盖内侧,迅速以他的小腿为杠杆,大力别他的膝盖,然后施以地面绞杀绝技,让他无力攻击而认输。然而,"东部狂风"的扫腿快似中国武术的连环腿,王鹰杰无法抓住他的脚踝。

王鹰杰还是在寻找对手的破绽,多是被动躲闪,很少主动进攻。他想"避其锐气,击其惰归",这是他从《孙子·军争》中学到的。

"东部狂风"即使防守得密不透风,进攻的时候也难免会有疏漏。他迅猛的进攻都被王鹰杰借助他的疏漏避开了,王鹰杰不是从他的臂下穿过,就是在他的腿下冲出,有时是通过侧身、转体避开的。"东部狂风"求胜心切,几轮进攻都没能奏效,心急火燎地伸出双手,要抓住泥鳅一样灵活的王鹰杰,让他无法躲避,然后凭借力大无穷的大手掐住他的脖子,像摔野狼一样,把他大力抡起来,重重地摔在地上。

当"东部狂风"将双手出拳变成伸出双手来抓王鹰杰的瞬间,王鹰杰向右侧身,伸出左手抓住他的左手腕,同时左手用力外掰,右手朝他的肘关节用力内砸。如果是一般拳手,王鹰杰的这一招式就会让他的肘关节受伤,然而"东部狂风"绝非一般拳手。他的力量太大,速度太快,而且身体的任何部位都拥有极强的抗击打能力。王鹰杰的这一招式只是让他感觉疼痛,并没有使他的肘关节受伤。他反而用力侧身抽臂,右膝盖反身快速上提,来撞击王鹰杰的裆部。王鹰杰飞速后退,才化险为夷。

王鹰杰惊出一身冷汗,感觉"东部狂风"每一次出招,都是要置他于死地。而且"东部狂风"的体能是超乎想象的,一时半会儿不会"惰归",只有"锐气"。不能和他恋战,恋战更危险,应该尽快制伏他,结束比赛。于是,王鹰杰准备主动进攻了。

"东部狂风"果然名不虚传,再次向王鹰杰发起疯狂进攻,攻势仍然凌厉。他突然朝王鹰杰冲来,使出他最擅长的高踢腿,猛地用右腿来攻击王鹰杰的脑袋。王鹰杰也向他冲去。就在"东部狂风"

的重腿迅疾地朝王鹰杰的脑袋踢来的刹那，王鹰杰猛然倒地出脚，重重地踹在他支撑身体的左腿膝盖上。他一下子倒在地上。

王鹰杰一个鹞子翻身，左脚重重地踏在"东部狂风"的腰部，顺势用两手紧紧抓住他的右手臂，同时向后上举起，形成一个杠杆，随之整个身体猛然压在他伸直的手臂上。就听"咔吧"一声，从"东部狂风"的右手臂和肩膀连接处传来。此刻的王鹰杰眼睛都红了，他怕"东部狂风"报复，想迅速把他的左手臂也处理了，让他彻底丧失进攻能力。

"东部狂风"的右臂膀疼痛难忍，右手臂已经无法动弹，还想用左手支撑身体，站起来向王鹰杰发起进攻。王鹰杰猛地抓住他的左手臂，向内回弯，正要用力内掰。只要王鹰杰一用力，他的肘关节就会脱臼，筋腱就会断裂。王鹰杰一想，还是放过他吧，何必斩尽杀绝呢？于是，王鹰杰松开了他已经软弱无力的左手。

王鹰杰成为当之无愧的"东部拳王"。

王鹰杰担心那些下了大赌注的有钱人和"东部狂风"兄弟的拳迷来报复他，像对待费尔南多那样，就带着100万元出场费回到了他魂牵梦萦的哈尔滨……

第十二章　兄弟遇险

改革开放之后，黑龙江的东宁、绥芬河、黑河、密山等边境口岸陆续对外开放。一些中国商人走出国门，一些外国商人来到中国，经济迅速跃了起来。

20世纪80年代末90年代初，黑龙江省很多人纷纷"下海"经商办企业，各个边境城市还聚集着许多跟苏联人做着以货易货的"倒包"生意的商人，他们往返于海参崴和绥芬河之间，和先辈的"跑崴子"大同小异，被称为当代的"跑崴子"。

边境贸易客观上促进了边境两边的市场供需互补。

由于中苏边境贸易的兴起，边境贸易公司、当代"跑崴子"的商人恰如当年"闯关东"的人，潮水一般涌入中苏边境的口岸城市。东宁迅速热闹了起来。

王鹰杰要带秦雨晴去绥芬河和海参崴，与苏联人做以货易货的"跑崴子"生意。于是，秦雨晴辞去传呼台的工作，和王鹰杰一起到绥芬河，做起了"跑崴子"生意。

那时边境贸易刚刚起步，"跑崴子"的边境贸易非常好做，挣钱容易。王鹰杰、秦雨晴和其他做边境贸易的人一样，每天往返于哈尔滨、绥芬河和海参崴之间，用大包从哈尔滨进货，通过一日游从绥芬河进入海参崴，和海参崴的商人换或买苏联产品，然后再卖给哈尔滨的商家。开始，他们用一盒或几盒泡泡糖，就可以和苏联人换望远镜、白酒、咖啡、巧克力、手表。中国的商品供不应求，一运到海参崴，就被苏联商人抢光。王鹰杰、秦雨晴背来的中国商品刚到绥芬河，就被当地商人或苏联商人换走或买走了。后期，王鹰杰、秦雨晴也不在哈尔滨进货了，从绥芬河就能够买到以前在哈尔滨才能买到的物美价廉的服装、化妆品等商品，然后直接倒到海参崴，换或卖给苏联商人。这样既节省了货物运输时间，也加快了资金周转速度，贸易成本大幅减少，经济效益大幅提高。

王鹰杰、秦雨晴在做"跑崴子"的过程中，结识了一些和他们一样做"跑崴子"生意的朋友。他们中有中国人，也有苏联人，有先生，也有女士。

有一个叫赵金娥的女士，心地善良，文静美丽，做"跑崴子"生意比王鹰杰、秦雨晴还早。王鹰杰、秦雨晴开始做"跑崴子"的时候没有经验，赵金娥热情、耐心地向他们传授经验，并带他们一起"跑崴子"，让他们少走了许多弯路。

后来，苏联商人不再和中国商人交换泡泡糖和阿迪达斯运动服了。王鹰杰、秦雨晴开始从国内买进名牌羽绒服，用大包倒到海参崴，卖给赵金娥，再从赵金娥处买进苏联产品，比如望远镜、巧克力、咖啡什么的，赚个差价。

赵金娥成了王鹰杰、秦雨晴的好朋友。

1989年，王鸿儒考上了东方大学历史系。

都说爹妈是孩子最好的老师。在王家，赵若兰记忆超群，喜欢诗书，影响并督促王鸿儒学习诗书，对王鸿儒起到了言传身教的作用，当然王鸿儒自己对学习也热爱和勤奋。王鹰杰和王鸿儒上小学、中学的时候，王远强都对他们采取漠不关心、顺其自然的态度，只顾自己研究练习武术动作。再说了，王远强胸中墨少，再牵强附会，也不会是王鸿儒最好的老师。

在学习拳脚功夫方面,王远强是王鹰杰的老师,但不是最好的老师。因为王远强只教会王鹰杰武术动作,没有教会他掌握武功精髓、武术精神、武学修为,也就是没有赋予他义薄云天的豪气、英勇无畏的胆识、克敌制胜的强悍、不屈不挠的血性。当然了,王鹰杰后来都具备了,也许是祖传的,也许是自悟的,反正不是唯唯诺诺、胆小怕事的父亲王远强教出来的。王鹰杰对学习文化知识漫不经心,却对学习拳脚功夫情有独钟。当他独闯天下、行走江湖的时候,他才感觉自己学到的知识、知道的事情太少了,经常两眼一抹黑。他和秦雨晴一起闯荡异国他乡"跑崴子"的时候,不知道的事情,他经常请教秦雨晴。他感觉自己没有文化,已经没有什么出息了,就希望弟弟王鸿儒珍惜大学时光,好好学习,以后出人头地。因此,王鹰杰非常支持弟弟上大学。王鸿儒上大学的一切费用,都由王鹰杰承担。

王鸿儒在大学的前两年,把全部精力都用在学习上,和当年王鹰杰学习武术动作时一样如饥似渴、专心致志。然而到第三年,他喜欢上一个哈尔滨女孩,她叫袁月。袁月长得如同旷野中的蒲公英,洁白、丰满、高雅,但又显得弱不禁风。她个子不高,娇小可人。圆圆的小脸,皓月一样洁白,小鼻子小眼睛小嘴,整个人显得冰肌玉骨、精致迷人。

经过感情的折磨,王鸿儒借助酒后的英雄胆,给袁月写了一封信,这是他有生以来向女孩子表白情感的第一封情书。他不敢把情书直接递到袁月手里,而是邮寄的。他怀着忐忑不安的心情,经受着等待的熬煎。然而,苦苦等待了漫长的十天,情书恰似断线的风筝,不知飘落到江河还是山野。他没着没落的心也在随风飘荡。

袁月见到王鸿儒,既像收到了那个断线的风筝,又像没收到,还是那种对谁都一样的微笑。

过了一个月,王鹰杰又给袁月写了一封情书。他把自己看过的历史书上所有感人的爱情故事,以及他对袁月的感情,都凝聚到这封情书里,情真意切、洋洋洒洒地写了八页,表达了对她真挚的爱慕之情。但这次和上次一样,石沉大海。

源于心灵深处的郁闷是最折磨人的。王鸿儒每天都被这种郁闷折磨着。

有一天,王鸿儒在校门外的大街上徘徊,突然看到一辆进口轿车在学校大门口停下。袁月从车上下来,小猫一样轻盈又胆怯地走到校园的小径上。她好像比以前清瘦了许多,脸色苍白得没有一丝血色,显得憔悴和疲惫。过去,她像春天的青草一样富有朝气,现在却像初秋将要枯黄的荒草一样没有生气。

王鸿儒的心为之一震:也许袁月出身豪门,是大家闺秀,是金枝玉叶,她家也不是普通人家?他心里产生了一种浓浓的自卑感。时间可以把石头风化成黑土,可以把湖泊蒸发成白云,却难以淡化他内心深处浓浓的自卑感。从此,他没有心思学习了,经常和几个不愿意学习的同学看电影、打扑克、去舞厅跳舞。

哈尔滨同学孙滨的爸爸是大学数学系老师,家里有一台"长城386"微型计算机。王鸿儒经常到孙滨家里玩一个叫《大富豪》的游戏。开始,孙滨推荐王鸿儒玩这个游戏的时候,王鸿儒并没有感觉有多好玩,然而当他一玩上了,就放不下了,越玩越好玩,越玩越上瘾。在游戏的开始,王鸿儒是一个穷小子,没有多少钱,更没有房子没有地。他经过持之以恒的努力,到处买房子买地,还投资股票,最后变成资产上百亿的大富翁,实现了发家致富的梦想。其实这样的游戏没有难度,没有挑战,也不紧张激烈,但是这样的过程可以满足王鸿儒追求财富的愿望,尤其可以慰藉他被感情折磨得伤痕累累的心灵。

王鸿儒竟然沉迷于《大富豪》的游戏中不能自拔,开始游戏大学生活,游戏人生。

有一天,王鸿儒看到学校正在为学生宿舍布设网线。他突发奇想,想买一台计算机。因为他去孙滨家玩《大富豪》是有局限的,不可能什么时候想玩就什么时候玩。如果买一台计算机,他就能随心所欲地玩了。买计算机需要很大一笔钱,钱让他大伤脑筋。他想向哥哥要钱。哥哥和嫂子正在绥芬河做生意,"跑崴子",需要资金。哥哥每个月都给他邮寄生活费,已经让他过意不去了,他不能再管哥哥要钱或者借钱了。他想向同学借钱,但同学大都没有那么多钱。

王鸿儒向最要好的同学孙滨借钱。孙滨为难地说:"我爸和我妈离婚后,我妈下海经商被骗,欠下好多外债,正在千方百计偿还外债,已经不给我生活费了。我爸又找了对象,正筹备结婚,也不可能给我那么多钱。我没有那么多钱借给你。但是,我可以帮你出个主意,轻轻松松就能解决资金紧张的问题。"

王鸿儒非常高兴:"你快说,怎么样能够轻轻松松地解决资金紧张的问题?"

孙滨慢条斯理地说:"咱们班,袁月家里最有钱。你没看到袁月每天上学放学都有一辆豪华轿车接送吗?你可以向袁月借钱,她一定会借给你。等毕业挣钱了再还她呗。"

王鸿儒一听说向袁月借钱,刚才热起来的心又一下子变凉了。他坚决不同意向袁月借钱。他给袁月写了两封信,她一封都没给他回,说明她瞧不起他这个农村学生。他怎么能向她借钱呢?

孙滨还是鼓动他:"咱们班级除了袁月,谁也没那么多钱。你不向她借,我就没办法了。另外,我得告诉你,我爸爸发现我总领同学到家里玩游戏,怕耽误我学习,已经把计算机拿到学校去了。你以后不能去我家玩《大富豪》了。"

没地方玩《大富豪》，让王鸿儒仿佛失去了整个世界。他的心灵慰藉消失了，精神支柱倒塌了。他在巨大的失落中迷失了自己。

王鸿儒想买一台计算机的心情更加迫切。

孙滨还在极力劝说他："你要是真想买，就跟袁月借钱，如果她不借给你，我就管我爸要钱借给你。我保证袁月会借给你钱！"

王鸿儒动摇了，因为他太需要一台计算机了。

一天早晨，袁月从轿车上下来，进入学校的时候，王鸿儒抱着侥幸心理，胆怯地提出向她借两万元钱。袁月先是一愣，然后声音微弱地答应了。

王鸿儒用借到的两万元钱买了一台"长城386"计算机。他欣喜若狂，整天沉迷在《大富豪》游戏里，连课都不上了，经常在宿舍一玩就是一天，连饭都不去食堂吃。有时他和孙滨一起玩，有时孙滨要上课，他就自己玩。

一个人如果做不到心明眼亮，也许就走到悬崖边上了，还不知道自己已经身处险境。过了一个月，王鸿儒才知道自己大难临头了。

一天中午，王鸿儒和孙滨玩了一上午《大富豪》，感觉饿了，想出去买两包方便面。他们俩一走出寝室门就被一高一矮两个壮汉拦住了，其中的高个儿壮汉问王鸿儒："你就是王鸿儒吧？"

王鸿儒不知道他们是干什么的，只好回答："我是王鸿儒。你们找我有什么事？"

高个儿壮汉说："计算机用得怎么样啊，玩得挺过瘾吧？不能光玩呀，也得考虑还钱了吧？"

王鸿儒大吃一惊："我也没管你们借钱，你们凭什么让我还钱？"

高个儿壮汉说："我是替袁月来催你还钱的。如果你不信，可以问袁月。"

王鸿儒感到惊讶："我借钱的时候对袁月说了，等我毕业挣钱了，按照定期存款利率还钱。"

高个儿壮汉变得强硬起来："你对袁月说了？袁月还得靠别人养活呢，她哪有这么多钱？再说了，那些钱不是你借的，而是你贷的。贷给你钱的，是我们老板。贷给你三万元钱，当时就对袁月说明白了，三万元加利息一年内还清，每月必须还三千。如果每月不还，就按驴打滚算账了。"

王鸿儒感觉大事不妙："我只借了两万元，凭什么就说我贷了三万？再说连续还一年，每月还三千，就是还得还三万六千元。这不是旧社会地主欺压穷人的高利贷吗？这也太坑人了吧？这不是蛮不讲理吗？"

矮个儿壮汉有些不耐烦了，抢过来说："和他磨什么嘴皮子。小子，你听着，我们老板就是干这个的，就靠这个赚钱。你准备还钱吧，过两天我们还来找你，再来就不会像今天对你这么客气了。如果你再不还钱，我们就砍掉你的一根手指头。一天砍一根，直到你把贷款还清！"

从此，王鸿儒被噩梦缠身了。

王鸿儒绞尽脑汁想借钱还清欠人家的高利贷，最起码先把一个月的三千元还上。然而，他求爷爷告奶奶，几乎把亲戚朋友借了个遍，也没有一个人肯借他三千元钱。他也清楚，不是亲戚朋友不肯借给他，而是他们没有那么多钱。他想找哥哥借钱，但哥哥和嫂子往返于绥芬河和海参崴之间，没在哈尔滨。

其实，王鸿儒在走投无路的时候，也跟同学借过钱，不是用于还债，而是用于生存。他的同学已经知道他背负着高利贷，谁也不敢借给他钱，都离他远远的，生怕受到牵连。只有一个叫田苗的女同学偷偷地给了他三十元钱，让他买吃的。

第三天，王鸿儒不敢去教室、图书馆和阅览室，连去食堂吃饭都不敢，怕要债的来催债。他怕没钱还人家的债，受到伤害，也怕同学知道此事，让他无地自容。他把计算机藏了起来，生怕被催债的抢走。他在外面流浪了一天，逛公园，逛商店，脚走得疼痛难忍，也不敢回学校，尤其不敢回寝室。快到晚上十点了，再不回学校，寝室的门就上锁了，他就只能露宿街头了。他心想这么晚了，催债的人不能来了，就快速跑回了学校。

他前脚刚刚走进寝室，三个催债人就阴魂不散地跟到了他的寝室，其中两个是上次来过的。王鸿儒不想让同学知道他欠下了高利贷，怕人家笑话，就壮着胆子把三个催债人领到寝室对面的花园里。

那个没来过的陌生的催债人掏出一把弹簧刀，"啪"的一声弹出锋利的刀身，随后抓住王鸿儒的手。

王鸿儒哀求他们："这个时候，你们即使砍掉我的一条手臂，也没有任何意义。我哥哥嫂子是在绥芬河、海参崴做边贸生意的，他们有钱。你们再给我一个星期时间。等我找到了哥哥嫂子，就有钱还给你们了。"

陌生的催债人蛮横地说："那就最后再给你一个星期的时间，赶紧找你哥你嫂子。你跑了和尚带不走庙，即使逃到天涯海角，我们也能把你找回来。千万别耍花招儿！如果再耍什么花招儿，当心你的小命！"

王鸿儒说："下周我一定还钱。"

王鸿儒暂时又躲过一劫，他感到欣慰，同时心里更加沉重。如果还不上债，他将永无宁日。他给哥哥嫂子的传呼机发信息，简单说明了情况，然后直截了当地说："我管你们要的是救命钱。如果到时间还不上人家的钱，我就完了！救救我！"

他们还是没回话。王鸿儒清楚，如果他们在海参崴，也许收不到他的信息。眼看还债的时限近在咫尺，他在走投无路的情况下，毅然辍学，不敢再回学校了。他整天提心吊胆，到处东躲西藏，生怕被催债人抓住。

王鸿儒对袁月刻骨铭心的爱已经荡然无存，只有刻骨铭心的恨：不借我钱也就罢了，还为我设了个死套，让我往里钻，逼得我上天无路，入地无门。袁月表面善良，心比蛇蝎还要狠毒！

王鸿儒甚至产生了一死了之的念头。

田苗主动找到王鸿儒，安慰他，鼓励他报案，又给了他四十元钱，也给了他生的希望。田苗前后给了王鸿儒七十元钱，这是她家里给她的两个月的生活费。田苗连去食堂吃饭的钱都没有了，吃了一个月的方便面。

终于，王鹰杰、秦雨晴从海参崴回来了。他们根本没有收到王鸿儒的传呼信息，这次回来主要是想看看王鸿儒，再给他送点儿生活费。他们到王鸿儒的寝室一问才知道他为了躲债，已经辍学，不知去向。

王鹰杰和秦雨晴满世界寻找王鸿儒。他们万分焦急，不知道他怎么样了。

三个催债人在学校没有找到王鸿儒，也在满世界寻找着他。

过了十多天，王鹰杰和秦雨晴终于在植物园里找到了脏兮兮的王鸿儒。他们没有认出王鸿儒，是王鸿儒看到了他们。王鸿儒已经身无分文，成为穷困潦倒的流浪汉，依靠捡游人丢弃的食物来维持生活。晚上，他还要躲避植物园的管理人员，偷偷摸摸才能住在植物园里。

王鸿儒看到王鹰杰和秦雨晴，号啕大哭起来。无家可归、饥寒交迫的王鸿儒终于看到了亲人。

王鹰杰问清了缘由，打算找催债人理论。秦雨晴说："我去银行取三万元钱，明天还给人家得了。再怎么理论，人家也不可能不让咱们还钱。"

王鹰杰气愤地说："现在是新社会，还有人像旧社会的地主老财一样放高利贷？如果就这样把钱还给了他们，他们还会坑害更多学生。"

秦雨晴做事果断："那就报警，通过法律来解决这个问题。报警吧。"

王鹰杰担忧地说："即使他们被抓起来，过几天放出来还得祸害人，甚至到学校报复鸿儒。他们就是欺负老实人。我去会会他们，看他们到底是一伙什么人。如果他们真的威胁到了鸿儒的生命安全，我会用生命去保护鸿儒！"

秦雨晴劝他："你个人的力量再强大，也代替不了法律，更解决不了社会问题。这样的问题还是应该依靠法律来解决。万一你再有个三长两短的，不值得。如果你不同意报警，那就按我说的，还给他们三万元钱。鸿儒能够平安无事比什么都重要！"

王鹰杰固执地说："我就是不甘心，凭什么只借了两万元，这么几天就得还他们三万？为了鸿儒，花三万元钱，我不心疼。但就这样给他们三万，咱们也太窝囊了吧，这不是任人宰割的羔羊吗？"

秦雨晴清楚，此刻的王鹰杰如同一只东北虎，如果让它把猎捕到的一只狍子送给一群野猪，它不可能甘心。这个时候，无论怎么劝他，他也不会心甘情愿地把二万元钱还给那些人。

第二天，王鹰杰让王鸿儒到学校等待催债人，直说他哥要和他们见面还钱，并约好见面地点。

王鸿儒刚一在学校大门口出现，立刻就被四个催债人围上了。他们不由分说就要对王鸿儒拳打脚踢。王鸿儒急忙对他们说："千万别动手。我找到我哥我嫂子了。我哥要和你们见面，还你们的钱。"

催债人一听说可以还钱,就没有动手,同意了见面,地点在学校附近的一个烂尾楼里。

王鸿儒借款变贷款事件的幕后黑手叫黑三儿。黑三儿长得黑铁塔一般强壮,皮肤很黑,两条眉毛像松毛虫一样又黑又长。

黑三儿终于从阴暗的幕后走上前台了。即使是在烂尾楼里,黑三儿也要摆出架势来,他坐在一把折叠椅上,后面站着六个气势汹汹的人。

黑三儿大声问王鸿儒:"姓王那小子,欠的钱带来了吗?"

王鸿儒被吓得战战兢兢,不知道说什么,只好看了看哥哥。

黑三儿又看了一眼王鹰杰,眉毛一抖动,轻蔑地咧了咧嘴,说道:"哦,没带来钱,只带来个帮手啊?要带帮手,你也得带个能压住茬、震住脚的呀。我看他浑身也没什么斤两,自身难保,还能帮你啥呀?"

王鹰杰向前走了两步,说:"我是王鸿儒的哥哥。你有什么话,对我说吧。"

黑三儿霸气地说:"我叫黑三儿,我想你也听说过我的名号!我的话你还没听明白吗?你是他哥哥,他欠的钱由你这个当哥哥的还呗?你弟弟在我这儿贷了三万,利息当时扣除一万,一个月一还,一次还三千,一年还清,还得还三万六。不过,你弟弟两个月没还钱了,按照驴打滚、利滚利,光两个月你就得还八千。"

王鹰杰无畏地说:"哦,你叫黑三儿呀,难怪。借了三万,只给两万,得还三万六,还有旧社会的驴打滚、利滚利什么乌七八糟的,你不只脸黑,心更黑。"

黑三儿冷笑了一声说:"你算说对了,你要是胆敢不还钱,除非你比我黑,否则我整死你!"

王鹰杰强硬地叫板:"我收拾你,就像收拾一只黑耗子。但是,我的命比你值钱，我不想和你对命！"

黑三儿一听这话，立马暴跳如雷："小兔崽子欠债不还，还敢口出狂言，和你黑三爷叫板儿！"说完就要示意手下人动手，然而，他又把手放了下来，"我们人多，如果我们以多胜少，算我不仗义。这样吧，我和你赌一赌。你不是邪乎吗，如果你能把我的四个兄弟打倒，你欠我的利息不要了，只还本钱。怎么样，这样公平吧？"

王鹰杰心里窃喜，正合他的心意："好啊。这样吧，让你的六个兄弟一起上。"

黑三儿琢磨，他的四个兄弟都比王鹰杰高大、强壮，打他必胜无疑。王鹰杰提出一个打六个，简直是不自量力，也是对他的实力的蔑视。但既然王鹰杰提出来的，就别怪他不仁不义了："有意思，够刺激！我还从来没有见到过在我面前这么横的。这样吧，你如果把我的六个兄弟打倒了，你们欠我的三万元钱，我一分都不要了，一笔勾销。这样公平吧？"

王鹰杰喜出望外："好，一言既出，驷马难追！"

这六个人都是和黑三儿一起长大的兄弟，从小就和他一起打架斗殴。六个大个子打一个小个子，他们开始以为王鹰杰是在威胁黑三儿，想赖账不还；后来又认为王鹰杰是没钱还债，想以命抵债。

前面的一个人想夺头功，自以为打倒王鹰杰轻而易举，用不着别人动手。突然冲向王鹰杰，照他的下巴就是一拳。王鹰杰都不躲闪，把抓住他的右拳用力内扣，轻轻一脚就把他踢倒在地。

其他人这才感觉到王鹰杰有些功夫，不能一对一。另外两个人一起朝王鹰杰冲来。王鹰杰迎着他们俩突然腾空跳起，轻轻松松就把他们俩一起踹倒在地。王鹰杰一个鲤鱼打挺，又傲然挺立。

黑三儿和其他三个人这才感觉到他们遇到硬实的茬子了。其他三个人还在犹豫是否用家伙事儿的时候，黑三儿给他们使了个眼色。

他们三个同时抽出砍刀和匕首，一起朝王鹰杰冲来。王鹰杰一阵连环腿，三个人转眼就被他踢倒在地。

黑三儿见此情景，既大惊失色，又气急败坏。他不是对王鹰杰的拳脚功夫不服，而是对三万元钱一笔勾销心里不甘。他是个背信弃义的流氓无赖，绝不是诚实守信的正人君子。他突然从身后抽出一支双管猎枪，就要向王鹰杰瞄准开枪。

王鹰杰一把将看呆了的王鸿儒拽到一个水泥柱子后面躲起来。黑三儿的子弹没有打到他们。

王鹰杰知道黑三儿的猎枪里打出来的是打野鸭子的铅砂，杀伤面积大。如果躲避不及时，很容易被伤。他必须在最短的时间内主动出击，制伏黑三儿。

黑三儿是个十分谨慎的人。他打了一枪，枪膛里还有一发子弹，他迅速又装填了一发子弹，然后向王鹰杰和王鸿儒冲来。

就在这时，十多个警察冲进了烂尾楼。警察缴了黑三儿的猎枪，把黑三儿等七个歹徒带回公安局。王鹰杰、王鸿儒也被带到公安局做笔录。

王鹰杰怕秦雨晴报警，没有告诉她和黑三儿见面的具体地点。那是谁报的警？

是袁月报的警。原来黑三儿是个罪大恶极的歹徒。他是明显带有黑社会性质的犯罪团伙的头目，小时候就无恶不作。向在校大学生放高利贷，就是他的来钱道儿之一。

袁月本是哈尔滨市下辖县的一个农村孩子，顶多算是小家碧玉。过去，袁月的家属于先富起来的那部分农家，是最早的万元户，生活殷实，衣食富足。然而天有不测风云，她的爸爸起早开着小卡车往哈尔滨市运送蔬菜，被一辆逆行的大卡车迎面撞上。小卡车被撞碎，她爸爸被撞成重伤。大卡车司机连续开车十三个小时，疲劳驾驶，负全部责任。但是大卡车司机是为别人打工，家里贫穷，没有钱赔偿她爸爸的医疗费。袁月的爸爸住了一年医院，花光了家里的全部积蓄，还欠下三千元外债。

袁月爸爸的生命保住了，两条腿却残废了，基本丧失了劳动能力。袁家没有劳动力了，生活日益贫困。

袁月刚上高中，本来是品学兼优、出类拔萃的好学生，她却决定辍学，打工赚钱养家，照顾爸爸妈妈。爸爸妈妈把她当作袁家的希望，坚决不同意她辍学打工，哭着哀求她坚持上学，争取考上一个理想的大学。

袁月本来是全班最有希望考上名牌大学的，但是从上高中起，她就一直利用课余时间当家庭教师，赚钱贴补家用，影响了学习。即便如此，她也能考上外省较好的大学，但为了便于照顾爸爸妈妈，节约上学的成本，她报考了哈尔滨的东方大学。上大学以后，她仍然坚持做家庭教师，经常同时教几个孩子。她一有钱就给爸爸妈妈买药，买生活必需品，减轻家里的负担，自己则省吃俭用，勉强维持学习生活。

袁月体弱多病的妈妈起早贪黑地种地、养鸡，还要照顾孩子爸爸。

有一段时间，袁月回到寝室，就把自己藏在自己床铺的蚊帐里，不和同学说一句话。她入学的时候是一个乐观开朗的女孩子，现在却成了沉默寡言的人。有一天，一个女同学课间回寝室，看到袁月一个人在寝室哭泣。谁也不知道她怎么了，问她，她也不说。

原来，袁月在当家庭教师的时候，被一个女生道貌岸然的爷爷强奸了——可怜冰清玉洁的袁月被这个衣冠禽兽玷污了。正好女生的妈妈回家撞见了。她非常同情袁月，并鼓动袁月报案，将她的公公绳之以法。她也对公公恨之入骨！袁月几经考虑，思前想后，最后只能把屈辱化成眼泪,流进自己的心里。她给补习的那个女生也多次安慰她,并把自己积攒的两千元压岁钱送给她,她坚决不要。

袁月本来是个阳光明媚的女孩,这件事在她的心灵深处留下了永远消除不掉的阴影,她变成了沉默寡言的女孩。她的学习成绩也在逐渐下滑,最后成为默默无闻的"落后学生"。

袁月的妈妈因为没日没夜地干活,过度劳累,突发心脏病,住进了医院。妈妈怕影响她学习,不让她爸爸告诉她。

家里没钱给袁月生活费,袁月对家庭教师的活儿又心有余悸,一时没有找到赚钱养家助学的工作,经济十分紧张。她的自尊心很强,不忍心朝家里要钱,又不愿意向同学借钱。她吃了一个月方便面,圆月一样光洁润泽的脸儿变得如同方便面饼一样干枯。

就在袁月的生活难以为继的时候,听到爸爸在电话中欲言又止,她追问出了妈妈患心脏病住院,需要手术的消息。袁月是个大孝女,妈妈患心脏病需要手术,她心急如焚。为了给妈妈治病,她向比较要好的孙滨借钱。孙滨向她推荐了黑三儿。万般无奈的情况下,袁月通过孙滨向黑三儿借了五千元钱,却莫名其妙地变成了高利贷。袁月无法还清高利贷,越还越多。

黑三儿威胁袁月:"如果你不还钱,我有的是招儿治你,让你身败名裂,生不如死!我给你出个主意,你当我的情人吧,只要一年时间,我不让你再还一分钱。"袁月宁死不从。

其实,黑三儿早就盯上了袁月。他偶然在东方大学门前看到了袁月,立马为她的美貌所倾倒,发誓占有她。他清楚,自己和袁月是两个世界的人,袁月不可能和他成为朋友,更不可能死心塌地做他的情人,帮助他赚黑钱。他的目的是,除了要拴住袁月的心,长期占有她,还想利用她拉更多大学生借他的高利贷,帮助他大发不义之财。如果袁月答应,高利贷一笔勾销,他再给袁月三万元钱,给她妈治病。

开始，袁月坚决不答应。后来一想，妈妈奄奄一息，等待着用钱救命。她这个当女儿的无能为力，焦急万分，给妈妈治病最要紧。于是，袁月答应了黑三儿。其实，袁月对黑三儿恨之入骨，也发自内心不愿做为虎作伥的事情。

然而，当黑三儿派人开车载着袁月给她妈妈送救命钱的时候，袁月才知道，妈妈已经因心脏衰竭去世了。她悲痛欲绝！

袁月对黑三儿深恶痛绝，时刻渴望摆脱他的魔掌。

当袁月收到王鸿儒的两封情书时，情书字里行间洋溢的深情厚谊让她感动，让她流泪。在她心如死灰的时候，还有人给她写这样的情书，这不仅是给予她爱的温馨，也给予了她生的希望。她在当时那种处境中是无法给王鸿儒回信的，更无法把自己的真心表露给王鸿儒。当王鸿儒提出向她借钱的时候，她知道王鸿儒是农村学生，一定和她当初一样急需用钱。她把黑三儿给她的三万元中的两万元借给了他，另外一万准备给她爸爸治病。没想到这件事被黑三儿派来监视她的人发现了，告诉了黑三儿。于是，黑三儿派人去学校找王鸿儒。

袁月是想帮助王鸿儒，没想到却做了对不起他的事情，为他带来了难以摆脱的噩梦。当她得知王鸿儒和他哥哥要跟黑三儿见面，她更是心急如焚。她知道黑三儿心狠手辣，他手下也没有一个善类。王鸿儒和他哥哥与黑三儿见面一定是凶多吉少，甚至会招致杀身之祸。于是，她毅然拨打了报警电话。

其实，近年来已有群众举报黑三儿的诸多违法犯罪行为，公安部门早已对他展开调查，并已经掌握了他的一系列犯罪证据。

法网恢恢，疏而不漏。黑三儿终于被绳之以法，他将在铁窗内度过漫漫人生。

王鸿儒又返回学校,正常上课。戒掉游戏瘾远比戒掉毒瘾容易。他很快便开始发奋学习,决心把浪费的青春年华抢回来。

　　袁月也带着身心的伤痛艰难地开始了新的生活……

第十三章 "跑崴子"

1990年春天,王鹰杰和秦雨晴的女儿出生。一年多时间,秦雨晴在娘家坐月子,伺候女儿。秦雨晴给女儿起名王书剑。

王鹰杰一个人坚持"跑崴子"。

王书剑一岁多的时候,秦雨晴把她托付给姥姥、姥爷和奶奶、爷爷,让他们帮助照看,自己则背起背包,继续和王鹰杰"跑崴子"。

王鹰杰小时候就听二爷讲过,东宁人"跑崴子"的历史由来已久。

当年王家祖先从山东来闯关东,迁徙到海参崴,就和当地满族人一起"跑崴子"。这是古代的"跑崴子"。俄国十月革命胜利后,对边境地区实行封禁,却阻挡不住市场涌动的暗流。勤劳勇敢的东宁商人把中国产的白酒、丝绸、服装等打成包,捆在背上,在夜色的掩护下翻山渡河,把货物贩运到双城子或者海参崴卖掉,再购买苏联生产的西药、毛皮和海盐等,运回东宁。这是现代早期的"跑崴子"。

其实,像王鹰杰和秦雨晴做的这样的"跑崴子"生意,资金少,规模小,只是小打小闹,只能赚小钱;有些人用成车皮的鞋和苹果换俄罗斯人成车皮的尿素、钢材,赚了大钱。像王鹰杰和秦雨晴这样"跑崴子"的人,和东宁那些"跑崴子"的先辈一样,挣的都是辛苦钱。冬天，他们顶风冒雪；夏天，他们风餐露宿。

赵金娥本来事业正如日中天，却突然决定下海经商。开始，她在一个边贸公司工作，后来公司不景气，赔钱了，她就自己单干，倒买服装。再后来，她的女儿来和她一起做边贸生意。

1991年12月25日，苏联解体，中国边境贸易的对象由苏联变成了俄罗斯。到了1993年下半年，边境贸易开始不景气。

王鹰杰、秦雨晴由最初的易货贸易，逐渐变成顺差的出口贸易了。他们把在哈尔滨、绥芬河买进的货物，主要是羽绒服，运到海参崴，不直接卖给俄罗斯商人，而是直接卖给在海参崴开公司或者做个体买卖的中国人，主要还是卖给赵金娥母女。赵金娥再卖给俄罗斯商人。赵金娥在海参崴有面包车，运输货物方便；人脉广、渠道多，货物流动顺畅。而王鹰杰、秦雨晴却很少带或不带俄罗斯的货物了。

苏联解体后，俄罗斯的社会治安状况较差，经济混乱，政策多变，市场不成熟，中国商人在俄罗斯的商业活动举步维艰，贸易风险变大了。加上一些人用仿造的名牌运动鞋、运动服在易货贸易上欺骗了俄罗斯人，俄罗斯人感觉自己受骗上当了。一些俄罗斯商人不再和中国商人进行易货贸易了；一些俄罗斯商人只和中国商人进行商品买卖，不再进行易货贸易；一些俄罗斯商人开始欺骗中国商人。因此，原始的"跑崴子"以货易货的边境贸易由红红火火逐渐变得冷冷清清。

当时在海参崴，时常有黑社会成员制造抢劫杀人的血案，王鹰杰和秦雨晴也担心遭遇他们。

有一天，王鹰杰、秦雨晴听说赵金娥母女在海参崴遇害了。他们心痛不已。

赵金娥的爱人钱利明也是下海经商的,他在海南和朋友合伙办公司,做钢材生意。有一天,赵金娥突然打电话对他说:"我的大学同学在海参崴'倒包',发大财了,买了卡玛斯,又买了伏尔加。我也不想干了,想辞职下海,和我同学一起'倒包'。"

他坚决反对:"你是个纯粹的旱鸭子,在单位做一些鸭行鹅步、循规蹈矩的工作可以,但没有下海的素质,也没有经商的经验,辞去工作破釜沉舟地下海肯定不行,得不偿失。再说了,即使下海经商,也应该到一个边贸公司之类的地方,做正经边贸生意呀,以物换物或者来回'倒包',小打小闹、千辛万苦不说,收入还不见得比现在多多少,费劲巴拉地瞎折腾啥呀!还不如捧着你的铁饭碗吃饭,睡觉也安稳。两口子,有一个人做生意就行了,另一个人有一份稳定的工作,旱涝保收,这是理想的家庭组合。万一我创业不成,没有了饭碗,还指望你养活呢。这可倒好,看人家下海,你也要下海,第一个淹着的肯定是你,能不能上岸都不好说!"

赵金娥毅然决然地说:"现在是市场经济时代,谁还像我这么混啊!横路静二才这样呢。对了,你不愿意看电影,也不一定知道横路静二是谁,就是日本电影《追捕》里的一个傻子。我不想当傻子,我心意已决,辞职申请已经批下来了。过几天我就去海参崴,和我同学挣大钱去。"

钱利明了解赵金娥,她经常固执得让他绝望,她决定做的事情,一台卡玛斯卡车外加一台伏尔加轿车也拉不回来。钱利明知道拗不过她,只好找了他那个开边贸公司的大学同学,让赵金娥到他的边贸公司去做生意。赵金娥出人意料地爽快答应了。她是想熟悉边贸,厚积薄发,比她同学做得还要大。

自从赵金娥下海经商,钱利明就开始对她失望,也非常气愤。两个人都离开家,到处奔波,家就没有了家的感觉,甚至连老人都没人照顾了。渐渐地,他们的感情明显出现了裂痕。为了排遣郁闷,钱利明开始放纵自己。

钱利明他们公司做钢材生意不景气,几乎白忙活了,没赚到钱,他心里雪上加霜,承受着巨大的忧虑。他又和在海南建设部门任职的大学同学、在海南一个商业银行当行长的大学同学合伙做房地产生意,成立了"利明房地产开发建筑公司",他当总经理。大学同学还为他担保,在别的商业银行贷款,并共同做工作,把本来答应给海南一位房地产大老板的一个较大的房屋开发项目给了钱利明。这回钱利明跟对了合伙人,得到了好项目,短短两年时间就净赚了四千多万元。

一次宴席上,钱利明认识了海南著名的房地产大亨房老板和他的女儿房云嫣,并坠入爱河不能自拔。过了几天,钱利明有意在"海角大酒店"宴请房老板吃饭,并提出请他带着他的千金共同赴宴。钱利明忐忑不安,担心人家房老板不肯赏脸,尤其担心房大小姐不肯赏脸。可房老板不但给了他面子,还带着房云嫣一起赴约。一周后的一天,房老板还出人意料地和女儿在更大的"天涯大酒店"回请钱利明。在酒席上,钱利明的目光一直在房大小姐身上游移。房大小姐心不在焉,只顾着细嚼慢咽、专心品味自己喜欢吃的几道菜。房老板是老江湖了,阅人无数,几乎一打眼儿就知道对方在想什么,并有了八九不离十的判断。上次和钱利明在"海角大酒店"吃过饭后,他就已经对钱利明的意图心领神会,于是,他产生了一个想法。

房老板假装接了一个电话,说还有一个应酬,让他们慢慢吃着,过半小时他再回来接女儿。临走的时候,他还嘱咐钱利明:"要好好照顾我家千金,她可是我的掌上明珠啊!"

房老板离开,正合钱利明心意,他声音有些颤抖地说:"放心吧,我一定照顾好房大小姐!"

钱利明长得一表人才，风度翩翩，文学素养很高，说话善于引经据典，显得博古通今，满腹经纶。

房云嫣长得几乎无可挑剔，高挑的身材，清秀的脸庞，细腻的皮肤，浑身洋溢着青春的美丽，显得非常迷人。

钱利明没向房云嫣递上几句话，手就递上去了……房云嫣似乎从未经历过这样的事情，也没有体验过这样的心情，既心惊胆战，又有些期待，她一边用手轻轻地推着他的手，一边轻轻地闭上了眼睛……

这时，房老板突然破门而入。看到女儿的纯洁正被钱利明玷污，他怒不可遏地大喝一声："钱利明，你在干什么？"

钱利明顿时惊吓得魂飞魄散，一下跪在地上。

他以为房老板会把他当作玷污女儿清白的色狼，令手下人或者亲自动手收拾他。然而，房老板既没有暴跳如雷地骂他，也没有拳脚相加地打他，而是由怒不可遏很快变得平心静气："我女儿是个守身如玉的姑娘，纯洁得不能再纯洁了。如果你喜欢她，你可以对我说，也许我会答应女儿和你结为秦晋之好。但你不能没有过程，简单粗暴地让她失去清白的人格、纯洁的身体啊！尤其你还是个有媳妇、有女儿的人，你说怎么办吧？"

钱利明信誓旦旦地说："我真的喜欢云嫣，我会让她幸福的。"

房老板严厉地说："你忘记自己是个有家、有女儿的人了？你有什么资格让我女儿幸福，你又拿什么让我女儿幸福？"

钱利明急忙表态："如果您同意，我立马结束我早已名存实亡的婚姻，娶房云嫣为妻。"

房老板郑重地说："这样吧，你先转到我女儿账户上三千万，就当给我女儿失去清白的补偿了。如果你真的想娶我女儿，我同意；如果你不想娶我女儿，我也不追究，以后形同陌路，谁也不认识谁。"

钱利明是个虚荣心极强的人,爱面子胜过爱生命,对他来说,钱没了可以赚,面子没了就什么都没了。此刻,他不可能为此事丢了面子。而且他是真心为房云嫣的纯洁美丽所倾倒,是真心喜欢她的。他也不可能因为急于得到她而彻底失去她。他渴望娶房云嫣为妻,她和他是一家人了,三千万给她,他心甘情愿。于是,他立马把做房地产生意赚到的三千万转到了房云嫣的账户。剩下的一千万,准备给女儿钱赵萱当嫁妆。

钱利明很快就和赵金娥离婚了,和年轻貌美的房云嫣结婚。房老板让他们搬进他家的三层别墅,钱利明和房云嫣住在别墅的三层。

结婚三个月之后,钱利明突然发现房云嫣不正常了。这让他叫苦不迭!

有一天中午,房云嫣睡醒之后,突然赤身裸体地要向外跑。钱利明费了九牛二虎的力气才把她摁住,否则,她就这样冲到大街上的人潮中去了。过了些日子,她突然想从别墅的三楼跳下去,多亏钱利明发现得及时,才没酿成大祸……

钱利明怀疑房云嫣患有严重的精神疾病,便领她到医院检查,医生的诊断验证了他的猜测。

钱利明突然感觉到,房老板真是用心良苦,他怕女儿因病情被别人知道了而嫁不出去,或者她嫁出去之后对方发现了她的病情,把她"退回来",因此,才选择对她女儿情有独钟的他钱利明作为猎物,为他设置好了捕狍子的夹子、猎野猪的套子,让他像傻狍子、笨野猪一样被夹被套。当他被夹被套之后,不娶房云嫣已经不行了。

钱利明后悔自己理智的堤坝没有阻挡住欲念的潮水,毫不犹豫地钻进房老板的圈套。其实,当房老板在不应该出现的时候突然出现,他就有所觉察,只是当时为了迷人的房云嫣,他宁愿把脖子伸进圈套。

房云嫣平时柔情似水，犯病的时候却像狂风中的芦苇、骄阳下的雪人那么脆弱。这让钱利明的心灵有一种无所寄托、无所依靠的漂泊感，在他本应阳光明媚的心里投下了浓重的阴影。

房云嫣既不能工作，也不能独自在家。钱利明雇了两个保姆，她们形影不离地看护着她，生怕一不留神，她再赤身裸体地跑出去，从楼上跳下去。

再美好的人生也有不尽人意的地方，甚至有厄运时刻威胁着所谓的幸运，正如明媚的阳光之下也有阴影相伴一样。如果遭遇了厄运，美好便会荡然无存。要时刻珍视人生，维护人生的美好，才能让美好伴随一生。

这个时候，钱利明才知道，房老板的房地产公司已经名存实亡了。房老板过去是大学副教授，教古汉语。市场经济发展之初，他和两个老师、两个文人放弃稳定的职业，随波逐流下海经商。他们本想搞文化产业，一看海南的房地产业项目多、钱好赚，就合伙开办房地产公司，做房地产生意。开始赚了一大笔钱，一人买了一套三层别墅。后来，房地产公司遍地开花，快赶上耸起的高楼大厦多了，竞争变得异常激烈。他们没有经商素质和经验，思想意识跟不上市场经济发展的步伐，无法游弋于人际关系复杂的社会，不能畅游于波涛汹涌的商海。本来一个较大的房屋开发项目就要签订合同了，却被钱利明他们搅了局，当然，也因为房老板没有抓住机会，也就是没有把该做的都做到位。加之房老板的公司经营理念落后，不好的活儿要不回来钱，好的活儿又得不到，资金链早已断裂，处于举步维艰的尴尬境地。

房云嫣的婚姻大事是房老板心里最大的牵挂，甚至超过他的公司的生存。由于房云嫣超凡脱俗的美丽，一些大老板明确提出要和房家结秦晋之好。但他都没有答应。他担心房云嫣嫁给一个"富二代"，人家发现了她的病，像抛弃一只穿旧了的鞋子一样抛弃她，那样还不如不嫁。他看到钱利明对房云嫣情有独钟，不像是色狼拈花惹草。他了解到了钱利明确实名存实亡的婚姻状况，认为成熟的男人经历一次失败的婚姻后，一定非常珍惜第二次婚姻，比"富二代"要可靠。于是，他选定钱利明作为女儿的终身依靠，既报复了他，又成全了他，毕竟是钱利明间接地让他的公司举步维艰的。

房云嫣和钱利明结婚之后，房老板把房地产公司交给了合伙人经营，自己退出。

文人自有文人的清高和傲气，房老板本可以住在自己的别墅里，做家庭的老板，然而，他已经厌恶了商场，也想离房云嫣远一些。他清楚，房云嫣就是因为他执意下海经商，并和坚决反对他下海经商的爱人离婚，才患上这种病的。如果他远离她一段时间，让她和钱利明平静地过日子，也许她的病能够逐渐痊愈。房老板毅然离开海南，去了另一座城市另谋职业。 当父亲的都是这样，只要女儿有依靠，宁愿自己无依无靠……

钱利明和赵金娥的女儿钱赵萱大学毕业后，本来能够进入机关单位工作，或者到电视台当节目主持人，她却毅然决定下海经商，帮助妈妈"跑崴子"，做服装生意。她的选择和她妈妈当时下海一样执着和坚定。

钱赵萱的身材是典型的模特身材，高挑健美，走起路来风风火火；皮肤微黑，却十分细腻；长相似初发芙蓉，天生丽质。她浑身上下洋溢着青春的气息，令无数人羡慕和嫉妒。那是一种能让老年人变得朝气蓬勃，让疲惫的人变得精神焕发，让绝望的人立马产生希望的生命活力。

钱利明半年之后才知道女儿舍弃了广阔的发展天地，到绥芬河帮助她母亲做起了小打小闹的边境"跑崴子"生意。他想极力反对，但已经来不及了，只能捶胸顿足，为女儿惋惜……

赵金娥、钱赵萱出事的这天，和往常一样，她们开着面包车，在绥芬河口岸接王鹰杰、秦雨晴的三大包羽绒服。然后由赵金娥开车，将羽绒服从绥芬河口岸运往海参崴。绥芬河距离海参崴约220公里。俄罗斯地广人稀，大部分路段荒无人烟。当她们的面包车开到几乎每天都要经过的一个地段，赵金娥突然发现前方道路上出现一个大石头，她紧急刹车，否则就会车毁人亡。车刚停下来，立马被三个人高马大的俄罗斯劫匪截住。

赵金娥和钱赵萱母女倒卖羽绒服已经一年多了，也不是第一次遭遇到抢劫，每次她们给劫匪几件羽绒服，就能轻松地过去。赵金娥赶紧解开一个大包，拽出六件羽绒服，递给劫匪，以为这样就可以和往常一样轻松过关。没想到她们这次遇到的绝不是一般小偷小摸的劫匪，而是心狠手辣的亡命之徒，他们不但劫财，还要劫色。

赵金娥感觉情况不妙，凶多吉少。她看清了三个劫匪满脸横肉，凶神恶煞。其中的一个满脸络腮胡子，如同一头强壮的蛮牛，令人望而生畏。而且三个劫匪每人都端着一支AK-47冲锋枪，一看就是让中国商人谈之色变的俄罗斯黑社会劫匪。

为了保护女儿，赵金娥哀求劫匪："车和车里的货物，还有我们带的钱，都给你们，你们放过我们吧！"她的声音带着绝望。

劫匪就像没有听懂她的话。

"蛮牛"把冲锋枪背在肩上，把手伸进车里去摸钱赵萱。

钱赵萱开始还毫无惧色地训斥劫匪："这是法治国家，你们光天化日之下抢劫，你们懂不懂法律！"

"蛮牛"开始拽钱赵萱下车。钱赵萱这才感觉到大难临头了。

赵金娥看到劫匪要对女儿施暴，立马去保护女儿，对劫匪说："她还是个孩子，你们放了她。你们有什么要求，我都能满足你们。

你们冲我来！"

劫匪还是像没听懂她的话。

赵金娥过去对俄语一无所知，做边贸生意后，出于生意需要，才学习了一点儿简单的俄语对话。

因为过度紧张，赵金娥把学会的一点儿俄语都忘在了脑后。她以为劫匪听不懂汉语，情急之下，用力把自己的上衣撕开。她想牺牲自己来保护女儿的清白。

"蛮牛"并没有放开钱赵萱，这时另外两个劫匪朝赵金娥扑去。

赵金娥一看劫匪猥亵了女儿，一种出自母性的本能，让平时弱不禁风的她顷刻间变得无所畏惧。她猛然提膝，重重地撞击在一个劫匪的裆部，然后疯了一样冲向猥亵女儿的"蛮牛"。"蛮牛"快速拔出冲锋枪……

赵金娥母女在俄罗斯被害事件，在中国边贸商人中传得沸沸扬扬，一时间闹人心惶惶，每个人都提心吊胆。

钱利明听到前妻和女儿遇害的噩耗，悲痛欲绝。他特意从海南赶来绥芬河。他的首要目的，就是要为她们讨回公道。

钱利明通过朋友得知王鹰杰拳脚功夫十分厉害，又和赵金娥、钱赵萱是朋友。于是，他下飞机后的第一件事就是找到王鹰杰。他提出给王鹰杰五百万元人民币，让王鹰杰找到并收拾凶手，为她们母女报仇。

王鹰杰对他说："如果在古代，我可能是一个武功高强的大侠，仗剑走天下，助穷人，杀坏人，然后一走了之。但是现在和古代不一样，我没法帮助你。"

钱利明以为王鹰杰嫌佣金不足，就提出事成之后再给五百万元，一共一千万元。

王鹰杰说："不是我不帮你，也不是钱多少的事。我能做什么呢？我没学过法律，但是我清楚现在社会都是讲法律的，中国也好，俄罗斯也好，都是这样。谁也不能随随便便杀人，犯罪的人只能交给法律来惩罚。你可以到警察那儿报案。你的心情我能理解，但还是要冷静，千万不要冲动！"

钱利明知道王鹰杰说得有道理，可就是无法化解心中对劫匪的仇恨，失去亲人的悲痛几乎击溃了他。

因为严重的病情，房云嫣已经不能生育了。除了钱赵萱，钱利明不会再有其他子女了，他把全部希望都寄托在钱赵萱身上，也希望她继承他的财产。女儿却意外地遇害了。他万念俱灰，绝望至极。

随着中国改革开放的全面深入，一般贸易逐步取代边境贸易，成为贸易形式的主体。大批量的中国羽绒服出口俄罗斯，浩浩荡荡运进海参崴和双城子市场，打破了过去的市场供求关系。以物易物"跑崴子"的原始贸易形式，是社会发展到一定阶段的产物，正走向寿终正寝。

俄罗斯商人可以直接从羽绒服的产地大批量进口羽绒服了，致使王鹰杰、秦雨晴从哈尔滨或者绥芬河买进的羽绒服价格比海参崴市场上的中国羽绒服价格还高。海参崴的商人都不再交换或者买进他们的羽绒服了。他们夫妇的羽绒服生意越来越难做了，做其他边贸生意的也是如此。

一天晚上，王鹰杰、秦雨晴准备到海参崴的一家中国人开的宾馆休息。他们每人背着一个背包，里面装着倒运羽绒服的特大兜子和当天卖羽绒服的钱。快要走到宾馆了，突然从黑暗处冲出来两个歹徒，将他们截住。

秦雨晴一看到两个持刀抢劫的歹徒，立刻把背包扔给了歹徒。要出来做边贸生意的时候，王远强和赵若兰多次叮嘱她："遇到歹徒抢劫你们的东西，你就把东西给他们，人安全比什么都重要，千万别出什么事！"

两个歹徒看王鹰杰没有把背包扔给他们，断定王鹰杰的背包里钱多，就一起朝王鹰杰冲来。

秦雨晴担心王鹰杰受到伤害，勇敢地大喊："鹰杰，快把背包给他们！"

王鹰杰立马把背包摘下，但并没有扔给歹徒，而放在了地上，左手臂上还搭着一件夹克衫。歹徒冲到王鹰杰跟前，因为语言不通，他们也不说话，挥起刺刀就向王鹰杰的脑袋砍来。王鹰杰连手都没抬，只见他飞快出脚，两个歹徒的刺刀飞了，人也飞了。

王鹰杰没有继续教训两个歹徒，只是把秦雨晴的背包拿过来，递给她，转身就走。两个歹徒就像被王鹰杰吓蒙了似的，也没有追赶。

王鹰杰为了秦雨晴打张有全，秦雨晴看到过。他和持刀抢劫的歹徒搏斗，秦雨晴还是第一次看到，他轻松潇洒地制伏了歹徒，这让秦雨晴对他产生了更深一层的情义和敬意。和他在一起，她更有安全感。但是，秦雨晴立马又产生了新的焦虑。这两个歹徒只是带着刺刀，如果遇到抢劫赵金娥、钱赵萱的那样带着冲锋枪的劫匪，那么结果又会是怎么样呢？她不敢想。

赵金娥母女遇害的事，让秦雨晴心有余悸；这次被两个歹徒抢劫的经历，让秦雨晴更加心惊胆战。加之边贸生意越来越不好做了，秦雨晴就劝王鹰杰不要再做边贸生意了，尤其不能再带着货往返于两国之间"跑崴子"了。

也有同感，于是他同意了妻子的建议。他们夫妇回到了哈尔滨。

他们在哈尔滨市道里区买了自己的住房。对王鹰杰来说，房子是他身体的归宿，雨晴是他心灵的归宿；有了房子和雨晴，他的生活才踏实了，他没有了漂泊的感觉。

和秦雨晴相恋以来，王鹰杰除了送给她十个狍子嘎拉哈之外，就没有送过她任何礼物。秦雨晴最大的心愿是在道里区的繁华地段有一个自己的门店，做化妆品生意。在秦雨晴生日这天，王鹰杰送给她一个惊喜，让她梦想成真了。王鹰杰用在泰国赚的钱为秦雨晴在道里区买了一个门市房。秦雨晴感动得流下幸福的眼泪。

王鹰杰买了一辆哈飞路宝微型面包车，为秦雨晴的化妆品生意服务，开着面包车进货送货。

过了一年多，秦雨晴的生意做得红红火火。王鹰杰感觉自己帮不上她什么忙，整天除了练习拳脚功夫，清闲得难受。他是个闲不住的人，总琢磨再干点儿什么。

王鹰杰"跑崴子"时认识的一个朋友开办了小远东贸易公司，在海参崴郊外承包了一大片荒地，准备开荒种蔬菜和水果，正在招聘卡车司机，薪水挺高，邀请他去。

王鹰杰在秦雨晴极力反对的情况下，又独自来到了海参崴。

王鹰杰他们这家公司的工作地点在海参崴郊外的一片旷野……

第十四章　荒野斗棕熊

中俄地方开始农业种植方面的合作，主要是合作种植蔬菜，由中方提供技术人员、蔬菜种子和农工，由俄方提供土地、化肥、农药和农机具，最终为俄方市场提供蔬菜货源。

王鹰杰的朋友的小远东贸易公司按照合同，在海参崴郊区种植蔬菜的同时，又开始开煤矿。王鹰杰除了开卡玛斯卡车运输蔬菜外，也运输煤炭。

到海参崴郊区之前，王鹰杰经常听人说俄罗斯人不喜欢钓鱼，也不喜欢吃鱼。到了海参崴郊区才知道，俄罗斯男人喜欢钓鱼，不太喜欢吃鱼。俄罗斯地广人稀，即使有钓鱼的，也不容易被别人看到。

到俄罗斯之前，王鹰杰听说俄罗斯的鱼很多。一到俄罗斯，他又听说俄罗斯除了鱼多，黑熊、棕熊也很多。黑熊、棕熊喜欢吃鱼，所以在河流、溪流边上钓鱼，很容易遭到黑熊、棕熊的袭击。俄罗斯的黑熊体形庞大，棕熊体形比黑熊还要庞大，非常强悍和凶猛。连老猎手都不敢轻易打棕熊和黑熊。

王鹰杰和秦雨晴"跑崴子"的时候，整天忙忙碌碌，往返于两国之间，没听到谁说起过钓鱼、棕熊什么的，这次到海参崴郊区才真正见识了。

王鹰杰从小就喜欢钓鱼和捞鱼。刚到海参崴郊区，他就趁闲暇的时候到周边转一转，看看有没有能够钓鱼和捞鱼的地方，好去体验一下钓鱼和捞鱼的乐趣。一转才知道，海参崴郊区到处都是可以钓鱼和捞鱼的水泽。

王鹰杰和两个卡车司机成为伙伴，他们一个叫谢廖沙，一个叫伊万诺夫。他们和王鹰杰一样，是刚刚应聘来小远东贸易公司的。王鹰杰比伊万诺夫大两岁，比谢廖沙小两岁。伊万诺夫管王鹰杰叫鹰哥，谢廖沙也跟着叫鹰哥。

谢廖沙会说一些汉语，伊万诺夫一点儿汉语都不会说。王鹰杰对俄语知之甚少，只是在绥芬河、海参崴"跑崴子"的时候学了一点儿简单的对话。开始，王鹰杰和伊万诺夫的交流很困难，依靠比画，互相只能明白个大概。经常是谢廖沙为他们当翻译，王鹰杰和伊万诺夫才明白对方的意思。后来，他们熟悉了。伊万诺夫跟王鹰杰、谢廖沙学会一点儿汉语，王鹰杰跟谢廖沙、伊万诺夫又学会了一些俄语，他们的交流才顺畅多了。

谢廖沙是俄罗斯华人，祖籍在山东郓城。他的祖先姓谢。在中国历史上第二次"闯关东"的时候，他的祖先从山东迁徙到辽宁沙河一带。

1904年2月，日俄战争爆发，"烽燧所至，村舍为墟，小民转徙流离哭号于路者，以数十万计"。谢廖沙的先辈谢鲁汉家的房子被炮弹炸毁，家里的一些人被炸死，一些人下落不明。谢鲁汉和村子里活着的其他青壮年都被沙俄军队抓去当了劳工。他们被迫在"沙河会战""黑沟台会战"中，参加后勤运输队，为沙俄军队挖战壕、抬伤员、运送弹药和食物。

1905年9月，日俄战争结束。谢鲁汉本想回到沙河，寻找失散的家人，重建家园，然而，撤退的沙俄军队强迫他们继续运送战争物资。他们先是从陆路辗转到了伯力，又到了海参崴。当时的俄罗斯人喜欢给人起外号，因为谢鲁汉姓谢，他们就管他叫谢廖沙。最后，谢廖沙就成了谢鲁汉他们家的姓，名字放在姓的后面，一直叫了下来。

谢廖沙的妈妈是满族人，她的家族祖祖辈辈生活在海参崴。1860年，《中俄北京条约》签订后，她的祖先因为留恋海参崴，没有离开海参崴。

谢廖沙家族只和俄罗斯华人通婚，没有和俄罗斯人或其他民族的人通婚。看谢廖沙的外貌就知道他是中国人。

伊万诺夫是俄罗斯人，白皮肤，灰眼睛，他的先辈生活在西伯利亚，十月革命后才迁到海参崴。他是典型的俄罗斯人的长相，身材高大威猛。他的脑袋很大，眼睛较小，脸特别长，而且有棱有角，鼻子肥大。他毛发浓重，大有野火烧不尽之势，配上大鼻子、大嘴，令人望而生畏。他性格古怪，有时非常善谈，简直是口若悬河，滔滔不绝；有时又极端缄默，简直是河流封冻，寂静无声。

谢廖沙和王鹰杰有一种血浓于水的亲缘情感。王鹰杰刚来公司和谢廖沙、伊万诺夫见面的时候，谢廖沙就对王鹰杰很友好、很热情。

伊万诺夫一直对王鹰杰不友好、不热情，有时甚至表现出一种轻蔑和敌视态度。王鹰杰是敏感的，虽然不清楚伊万诺夫对他不友好、不热情的原因，但是伊万诺夫对他的轻蔑和敌视态度，他心知肚明，只是表面不动声色。

王鹰杰无论到任何地方，都坚持拳不离手，在海参崴郊区也一样。他每天早早就起床，到外面一个平坦而寂静的白桦林练习拳脚功夫。

伊万诺夫的爸爸是个拳击高手，曾经获得滨海边区运动会拳击冠军，后来在一场重大拳击比赛中被对手打倒，因脑出血死亡。伊万诺夫从小就和爸爸学习拳击，也是相当不错的拳击手。他身高臂长，攻击范围广，出拳力量大，也参加过一些业余拳击比赛，取得过相当不错的战绩。伊万诺夫没有受到爸爸死亡的影响，更加刻苦地练习拳击，期待有朝一日一鸣惊人。

伊万诺夫也坚持早晨练习拳击。有一天早晨，伊万诺夫起得很早，带着拳击手套去练习。伊万诺夫偶然发现王鹰杰在练习拳脚功夫，就盛气凌人地提出要和他打一场，想拿他出气。由谢廖沙担任裁判。

很多俄罗斯男人都喜欢拳击，谢廖沙也不例外，只是他对拳击的热爱程度远不如伊万诺夫，身体素质和拳击水平也不如伊万诺夫。

王鹰杰不想和伊万诺夫打。他绝不是害怕伊万诺夫力大拳重，打坏了自己，而是担心自己失手打坏了伊万诺夫，伤了和气，毕竟还要在一起工作。

王鹰杰虽然身体强壮、肌肉发达，但毕竟不高。伊万诺夫以为王鹰杰练习拳脚功夫只是为了强身健体，实战起来不堪一击。王鹰杰不和他打，是怕打不过他，担心出丑，不敢和他打。伊万诺夫心里产生一种狂妄，一种强者的自负和虚荣的满足。

王鹰杰到海参崴的时间不长，谢廖沙就看出他也喜欢钓鱼，就主动提出带他去钓鱼。他们在附近湿地里钓了一上午，钓到一盆小鲫鱼。

虽然钓鱼是谢廖沙、伊万诺夫和王鹰杰的共同爱好，但是谢廖沙、伊万诺夫绝不是王鹰杰那样的一般钓鱼爱好者，他俩堪称酷爱钓鱼。他俩把钓鱼作为不断追求、不断超越的一种境界。尤其是谢廖沙，他开车驰骋了大半个俄罗斯，走到哪儿，钓到哪儿，什么水面环境都钓过，很多种类的鱼都钓到过。他到兴凯湖钓过大白鱼，到黑龙江钓过大马哈鱼，到俄罗斯的母亲河伏尔加河钓过闪光鲟，到水流湍急的叶尼塞河钓过阿尔卑斯红点鲑，甚至到世界最大的咸水湖里海钓过狗鱼，到世界最深的湖贝加尔湖钓过鲨鱼……

海参崴郊区附近的小河水瘦流浅，钓不到大鱼，都是小鱼；荒野深处的大河水肥流深，能钓到大鱼，又怕遭到黑熊和棕熊的攻击。在俄罗斯，再强悍的男人也不敢招惹黑熊和棕熊。

黑熊和棕熊喜欢吃鱼，尤其是大马哈鱼。秋天，大马哈从大海洄游到河流中产卵的时候，也是黑熊和棕熊频繁出没的时候。

伊万诺夫最喜欢吃的是大马哈鱼子酱。

有一天，伊万诺夫突然说，明天带着王鹰杰、谢廖沙去荒原抓马哈鱼，让三个人都过过瘾。

伊万诺夫突然对王鹰杰友好了起来，让王鹰杰和谢廖沙都感觉意外。也许伊万诺夫意识到他对王鹰杰有成见和敌意是心胸狭隘、目光短浅了。

谢廖沙清楚，这个季节正是捕捉大马哈的时候，当然也是黑熊和棕熊频繁出没的时候。他担心抓大马哈会遭遇黑熊和棕熊，受到伤害，便不想去，也偷偷地劝王鹰杰不要去。

伊万诺夫看出谢廖沙的担忧，就对他和王鹰杰解释道："马哈鱼最多的时候，也是人最安全的时候。黑熊和棕熊都忙于捕食马哈鱼，为冬眠补充足够的营养，顾不上和人纠缠，它们也不愿意吃人肉。即使咱们遇到黑熊和棕熊，它们也不会主动攻击人。"

谢廖沙不赞同："也许黑熊和棕熊不会主动攻击人，但是如果它们认为咱们是在和它们抢食，那就说不准了。"

王鹰杰是个天不怕地不怕的硬汉，别人敢去的地方，他敢去；别人不敢去的地方，他也敢去。既然伊万诺夫提出到野外抓大马哈，他绝不会因为害怕遇到黑熊和棕熊，担心它们会攻击人而拒绝。他非常想经历一次抓大马哈的过程，体验一下抓大马哈的乐趣。

谢廖沙看王鹰杰坚决要去，也不好强加阻止。他提出跟他们去，并为他们开车。

王鹰杰是土生土长的东宁人,对大马哈并不陌生。

大马哈是著名的冷水性溯河产卵洄游鱼类。大马哈头大,吻长,突出,微弯,尤其雄性大马哈在生殖期吻部弯曲如钩状。它出生在江河淡水中,以水生昆虫为食,游到太平洋的海水中长大。大马哈是肉食性鱼类,本性凶猛,在大海中以捕食其他鱼类为生。大马哈肉鲜味美,鱼子营养价值很高,含有丰富的蛋白质、矿物质,有明目、健胃、益脑的保健功效,深受人们的喜爱。

在中国,大马哈除了洄游到乌苏里江、黑龙江、松花江之外,也洄游到绥芬河和牡丹江。

每年10月至11月,是大马哈产卵的季节。生殖鱼群从大海洄游进入黑龙江、乌苏里江等流域的支流中聚集。它们在清澈的急流中交配、嬉戏,这时大马哈的密度很高,如同早些年放水之后稻田里的鲫鱼。大马哈生活在海洋时体色银白,入河洄游不久,体色变得非常鲜艳,背部和体侧先变为黄绿色,逐渐变暗,呈青黑色,腹部是银白色。

第二天早晨,谢廖沙开着卡玛斯,和王鹰杰、伊万诺夫一起去荒原上抓大马哈。

当伊万诺夫提出要带他们去抓大马哈的时候,王鹰杰以为他们得带着挂网、撮网、鱼兜什么的,但一看伊万诺夫,没带任何渔具,只是左手握着一个锋利的铁钩了,右手拎着一个水桶,腰里还别着一把AK47冲锋枪专用刺刀,而且磨得十分锋利。王鹰杰以为谢廖沙带了渔具,一看他也没带任何渔具。

王鹰杰感觉莫名其妙,谢廖沙、伊万诺夫沉默不语,他只好紧跟在他们后面静观默察。卡玛斯开到二十里外的一片荒原,没有卡玛斯行驶的道路了,只好停了下来。他们三人又步行不到一里地,来到一个河边。

旷野四周一望无际,绿草、蓝天、碧水融为一体,苍茫浩渺,绿意葱茏。

河流只有十几米宽,水不深,但是湍急。他们刚到河边就看到一群大马哈逆激流而上,多数都有七八斤重,个别的有十多斤重。有的在撒欢儿,有的干脆跳出水面,溅起片片水花。

伊万诺夫让王鹰杰拎着水桶在河边等待,自己则挽起裤脚,迫不及待地操起铁钩,跳进激流中。他站在离河岸三四米远的河流中,观望着从下游逆流而上的大马哈。一条大马哈从激流中跃起,伊万诺夫猛然一挥铁钩,准确地将锋利的钩尖扎进它的身体,然后用一只手握紧大马哈的尾巴,突然用力,大马哈和铁钩分离,他顺势将大马哈甩向王鹰杰。王鹰杰刚把大马哈捡起来,放进水桶,伊万诺夫便风一般冲了过来。那大长腿,就像踩着高跷似的。他冲到岸边,放下铁钩,麻利地从水桶中拎出大马哈,从腰间抽出刺刀,在鱼肚子上划了一刀,一手抓住鱼头,一手握紧鱼尾,用力一撅,大马哈的整个鱼子"啪嗒"就掉进了水桶。王鹰杰正要伸手去接伊万诺夫手中已经没了鱼子的大马哈,伊万诺夫却随手将大马哈扔进它刚才逆流而上的激流中。

也许在俄罗斯人心里,大马哈鱼子才是美味佳肴,大马哈鱼肉不过是粗茶淡饭,只能取鱼子而舍鱼肉。

王鹰杰感觉把大马哈扔掉可惜了,长那么大不容易,应该物尽其用,尤其是直接扔进清澈的激流中,会对河水造成污染。

伊万诺夫已经变得极端缄默,王鹰杰也不好责备他。这时,王鹰杰才明白伊万诺夫"抓马哈鱼"的确切意思。他在心里笑了一下,也许人家伊万诺夫说的是"扎大马哈",他听成了"抓大马哈"。谢廖沙应该早就明白是"扎"还是"抓"了。

大马哈本是鱼类中丰满健壮的美女，经过数千公里的长途跋涉，才能抵达产卵的河流，洄游之路漫长而艰辛。大马哈到达海参崴的荒野湍流中，已经疲惫不堪，变成了枯瘦而憔悴的老妪，下颚变成钩状，又大又长的尖牙裸露在外，像鲛鲢一样狰狞。

伊万诺夫处理完第一条大马哈，把剌刀递给王鹰杰，然后对王鹰杰指了一下铁钩，又指了一下水桶，说了一句既像是汉语又像是俄语的话："呀，铁钩，马哈鱼。你，马哈鱼子，水桶。"

王鹰杰明白伊万诺夫的意思，就是伊万诺夫负责用铁钩扎大马哈，他负责用水桶装大马哈鱼子。不对呀？不能光是用水桶装大马哈鱼子，应该是让他像伊万诺夫那样，负责用剌刀把大马哈的肚子划开，然后把鱼子倒进水桶里。

伊万诺夫又站在了激流中，手持铁钩，严阵以待。转眼间又一条大马哈被伊万诺夫钩中，他把大马哈甩给王鹰杰。

王鹰杰模仿着伊万诺夫的样子，用剌刀把大马哈的肚子划开，抓住鱼头鱼尾，用力一撅，鱼子掉进了水桶里。开始，王鹰杰还显得笨拙，处理了三条鱼之后，他就如同操作熟练的大厨了。只是他没有像伊万诺夫那样，把没了鱼子的大马哈扔回到河流中，而是将它们放在岸边，准备离开时带着，回去蒸大马哈。

伊万诺夫看了他一眼，没有吱声。

谢廖沙对抓大马哈取鱼子，如同钓小鱼一样不感兴趣，在岸边心不在焉地看了几眼伊万诺夫和王鹰杰的取鱼子表演，就到卡玛斯里睡觉了。谢廖沙在离开之前，突然嘱咐了王鹰杰一句："当心，有熊！"

刚到河畔的时候，伊万诺夫和王鹰杰都十分警觉，总是环顾着四周，生怕黑熊和棕熊突然袭击。忙于处理大马哈和它的鱼子的时候，他们就把黑熊、棕熊忘到河水里了。谢廖沙突然一嘱咐，王鹰杰又开始警惕起来。每隔一会儿，他就要抬起头来环顾一下四周，看看有没有黑熊和棕熊。过了一会儿，他又把黑熊和棕熊的威胁忘在了身后的荒草里，完全沉浸在收获大马哈和它的鱼子的忙碌中了。

两个小时过去了。秋高气爽，日挂中天。王鹰杰和伊万诺夫都已经大汗淋漓了。

王鹰杰记不清伊万诺夫甩过来多少大马哈了，只见鱼子就要把水桶装满了，就对伊万诺夫喊了一句："别扎了，水桶就要装满了！"

伊万诺夫那边寂静无声。

王鹰杰抬头看着伊万诺夫，也不知道他听到了还是没听到，只见他又扎了一条大马哈。王鹰杰准备接他扔过来的大马哈。伊万诺夫刚要把大马哈扔给王鹰杰，却猛然把大马哈扔进了河水里，然后飞快地跑到水桶旁边，什么话也不说，拎起要装满大马哈鱼子的水桶就朝卡玛斯跑去，像被棕熊撵了似的。

不对！王鹰杰猛然回头，一头硕大的棕熊向他冲来。他也想撒腿朝卡玛斯跑去，然而已经来不及了。棕熊距离他只有四米远了。棕熊奔跑的速度很快，人是跑不过棕熊的。危急时刻，王鹰杰以其过人的胆识和拳脚功夫，迈着沉稳、灵活的攻防步伐，挥起长长的冲锋枪专用刺刀就迎向棕熊。

王鹰杰多次听二爷说过，打黑熊必须打它胸前的月牙形白毛，那是它心脏的位置。他想，杀棕熊也应该刺进棕熊的心脏，棕熊皮糙肉厚，刺进其他地方都不足以致命。然而，当棕熊猛然站起来，准备用熊掌打他的鼻子，用熊嘴啃他的脑门的瞬间，他才看清，棕熊胸前根本没有黑熊胸前那样月牙形的白毛。王鹰杰双手握紧刺刀，用力朝棕熊的胸腔刺去。

棕熊看到王鹰杰和它一样凶猛，大吃一惊，立马撇开他，径直朝伊万诺夫追去。

开始，王鹰杰还在心里埋怨伊万诺夫看到棕熊也不告诉他一声，自己像兔子一样撒丫子跑了。现在，看到棕熊朝舍命不舍鱼子的伊万诺夫追去的时候，他又义无反顾地朝棕熊追去，想帮助伊万诺夫。

伊万诺夫平时健步如飞，擅长奔跑。当棕熊朝他追去的时候，他本应该丢下水桶，飞奔起来，摆脱棕熊，毕竟保命要紧。然而，伊万诺夫拎着沉重的水桶，开始是跑，后来是走，最后就步履蹒跚了。最让王鹰杰心如火焚的是，伊万诺夫连头也不回，只是不紧不慢地朝着卡玛斯踱步。也许他以为棕熊正在和王鹰杰搏斗，无暇顾及他；也许他是真的舍命不舍鱼子，只要活着，就不会放弃鱼子；也许他已经被棕熊吓傻了，除了机械地拎着水桶移动脚步，已经不会回头看棕熊是否撑上来了。

眼看力大无穷的棕熊已经追上伊万诺夫，并且比伊万诺夫还要威猛地站立起来，就要用它那撼地摇天的熊掌打断伊万诺夫的颈椎了。王鹰杰腾空飞起，用一记腾空飞脚，重重地踢在棕熊的肋骨上。这一脚如果踢在人的身上，人会立马倒地，肋骨折断。但踢在棕熊身上，棕熊只是一趔趄，既没有倒地，肋骨也没有折断。王鹰杰的这一脚激怒了棕熊，大块头平时没人敢惹，今天竟然有人敢踢它，这还了得！它撇开伊万诺夫，更加疯狂地朝王鹰杰冲来。

伊万诺夫这时才回过头来。一看棕熊发疯似的朝王鹰杰冲去，他把水桶一扔，飞快地朝卡玛斯跑去。棕熊追赶他的时候，他冒着危险不扔水桶；棕熊追赶王鹰杰的时候，他没有危险了，却把水桶扔了。任何人都不会理解伊万诺夫莫名其妙的行为！

王鹰杰也快速朝卡玛斯奔跑。棕熊虽然体形浑圆，显得异常笨拙，奔跑的速度却一点儿都不慢，转眼就和王鹰杰近在咫尺了。王鹰杰只好转过身来，和棕熊对峙。棕熊猛然一扑，还想用它的獠牙来啃王鹰杰的脸。王鹰杰的刺刀用力削向棕熊的大嘴，熊嘴立刻鲜血喷涌。然而，这点儿小伤丝毫没有削弱棕熊的战斗力，它只是用长长的舌头舔了舔嘴上的刀口，便更加凶猛地朝王鹰杰扑来。王鹰杰向后退步，想伺机进攻。没想到伊万诺夫扔掉的水桶正好倒在他身后，他一下被绊倒了。棕熊趁势向王鹰杰扑来，想用它沉重的身体把他碾压成肉饼。

王鹰杰一个鹞子翻身，迅速站了起来，却一下踩在了流淌一地的鱼子上，脚下一滑，又摔倒了。王鹰杰即使摔倒，手里也紧紧地握着刺刀。

棕熊平时战胜一个人非常轻松，这次和王鹰杰搏斗非常吃力。这不能不挫伤棕熊作为山野霸主的自尊心，于是，它气急败坏地使出全身力气，一头向王鹰杰撞来。如果这一头撞到王鹰杰，肯定是撞到哪儿，哪儿骨折，他甚至会浑身散架。王鹰杰就地一个翻滚，顺势一个旱地拔葱，顷刻间化被动为主动地站了起来。棕熊已经冲到他跟前。王鹰杰双手紧握刺刀，用力朝棕熊张开的血盆大嘴刺去。棕熊非常敏捷，竟然躲过了这一刀。王鹰杰的刺刀刺进了它的肩膀，巨大的惯性让刺刀迅速脱手。棕熊带着肩膀的刺刀，顺势一掌，朝王鹰杰的前胸扫来。王鹰杰看得非常真切，棕熊挥掌的瞬间，熊爪从熊掌中伸出，恰如一排长长的锋利钢刀，能够轻松地把人割成碎片。他快速退步，前胸躲过了熊掌，左侧肩膀却被棕熊的利爪划出了一道深沟，鲜血顺着手臂流淌。王鹰杰猛然一记直拳，打在棕熊的脖子上，感觉就像打在沙袋上一样。棕熊摇晃了几下脑袋，咆哮着继续冲向王鹰杰。王鹰杰感觉到，棕熊不是人，它远比人强大，人的拳脚对它无济于事。如果人和棕熊以拳脚对决，人不是必败无疑，而是必死无疑，甚至会尸骨无存。只能逃跑，尽快摆脱它。于是，王鹰杰用尽全力飞奔，想尽快摆脱棕熊。

棕熊对王鹰杰穷追不舍。

王鹰杰知道这样跑下去，棕熊很快就会追上他。他想起二爷说过的话，如果遇到黑熊追赶，千万不能直跑，要绕着大树跑。可是荒原一马平川，周围荒草萋萋，河水滔滔，竟然没有一棵大树。难道他王鹰杰在这异国他乡，要命丧棕熊之口了？

棕熊离王鹰杰越来越近了。王鹰杰能够清晰地听到棕熊那呼哧呼哧的喘息声音，甚至能闻到它嘴巴中浓烈的腥臭气味。此刻的王鹰杰和棕熊一样，在喘着粗气，不能再跑了，只能和棕熊殊死搏斗了。他猛然回身，想突然拔下棕熊身上的刺刀，然后把刺刀刺进它的心脏或脖子。棕熊不给他拔刀的机会，而是像一个出色的拳击手，用它强健的两只熊掌，向他发起疯狂的攻击，想置他于死地。

王鹰杰不敢用手臂防守，只能后退。再往后退，就是湍急的河流了，他的水性又不太好。就在他处于进退维谷的境地时，谢廖沙的卡玛斯开了过来了。卡玛斯泥水四溅地朝棕熊撞去。棕熊正要和卡玛斯对撞，一看卡玛斯的个头儿比它还大，扭头朝荒原跑去。

那把刺刀还带在棕熊身上……

谢廖沙说，按照俄罗斯的法律，无论是捕杀棕熊，还是在这个季节捕捞大马哈，破坏性取鱼子，都是要坐牢的。对于和棕熊搏斗，王鹰杰感到问心无愧，不是他要捕杀棕熊，而是棕熊要捕杀他；对于捕捞大马哈，破坏性取鱼子，王鹰杰感到问心有愧。无数大马哈还没形成生命，就葬送在他和伊万诺夫手中，以后他绝不会再做这种事了！

王鹰杰百思不得其解的是，伊万诺夫为什么看到棕熊后没有告诉他，自己跑了？难道还是出于对他的成见和敌视？

伊万诺夫也不解释……

第十五章 在水库钓大鱼

王鹰杰和棕熊搏斗之后,谢廖沙、伊万诺夫开始佩服他了。过去,每天看到王鹰杰习武健身,他们没感觉他有多厉害,甚至以为他练习的拳脚功夫不过是中国电影中说的什么花拳绣腿。看到他和棕熊搏斗,他们才看出来他有真功夫。他们快30岁了,还没听说过哪个俄罗斯人敢赤手空拳打棕熊。

谢廖沙在关键时刻救了王鹰杰,王鹰杰感激他,毕竟血管里流淌着中国人的血液,谢廖沙自然有一些中国人的血性、豪气和情感。

伊万诺夫在看到棕熊向他们冲来的危急时刻,自己逃命,不顾王鹰杰的生死,甚至连喊都没喊一声"棕熊来了",让王鹰杰感觉到他的自私、冷血和无情。

谢廖沙对伊万诺夫的自私、怯懦行为毫不知情,王鹰杰也没有对他说。

王鹰杰不愿意和伊万诺夫说话。当然,伊万诺夫自己就把自己封闭了起来,即使王鹰杰主动和他说话,他也不一定与之真心交流。

又过了几天,伊万诺夫突然从沉默不语中走出来,变回了那个能说会道的他。他跟王鹰杰搭讪:"那棕熊也太霸道了,好像整个河里的马哈鱼都是它的,别人来抓马哈鱼,就是来偷来抢它的马哈鱼似的。它就要发疯了似的朝人冲来,让人惊慌失措。"

王鹰杰没有说话，只是微笑着点了点头。

接着，伊万诺夫给王鹰杰讲述了他叔叔、他堂兄打棕熊的真实故事，也算解释了他看到棕熊落荒而逃的真正原因。王鹰杰看出了他有意和解，也有意原谅他，就和谢廖沙认真地聆听了他讲述的故事。

伊万诺夫的叔叔、堂兄喜欢打猎。他们经常到深山里或荒原中打野鸡、野兔、狍子、野猪、梅花鹿。他们和中国过去的猎人一样，基本不打黑熊、老虎等猛兽，见到黑熊和老虎，立马避开。他们第一次打猎就约定了，每次打猎由他叔叔先开枪，他堂兄补枪，尤其是遇到黑熊、野狼、野猪等猛兽，更是如此。

有一天，他们一人带着一支双管猎枪进山打猎，远远就发现树荫下有一只狍子在吃草。他们悄悄接近狍子。他叔叔首先开枪，霰弹打中了狍子的后腿。狍子挣扎着一瘸一拐地往山里跑。他们在后面紧紧追赶，距离狍子越来越近了。狍子不是猛兽，他叔叔没有按照平时的约定，举起猎枪瞄准狍子，想要代替他堂兄补枪。他堂兄的猎枪响了，一颗大号铅弹打中狍子的脑袋，它一头栽倒在草丛中。他们直奔狍子跑去。就在这时，一只巨大的棕熊突然从树林中冲出，一下就将他叔叔扑倒在地。他叔叔在倒地的瞬间，扣动了猎枪的扳机，一颗大号铅弹打中棕熊的肚子。他叔叔本应再补射一枪，但枪膛里已经没有子弹了。棕熊的肚子打出了一个大洞，鲜血瞬间涌出。棕熊是动物中最顽强的，它不但没有因为受伤而停止攻击，反而更加凶猛地冲向他叔叔。棕熊长着獠牙的大嘴一下叼住他叔叔的猎枪枪管，用力一甩，甩出五六米开外。他叔叔全力保护猎枪不被棕熊叼走，却被棕熊甩了个趔趄。棕熊趁机扑向他叔叔，一下咬住了他叔叔的脖子。他可怜的叔叔，翻山越岭打了半生的猎物，最后命丧猎物之口！

无论是中国猎人，还是俄罗斯猎人，都讲究科学合理地装填弹药。打大型猎物，尤其是打野猪、黑熊等猛兽的时候，猎枪的双管中必须装填和枪管同口径的大号独弹，保证子弹的杀伤力，万一第一枪不能将猛兽击毙，还可以补枪，确保猛兽不会对猎手造成伤害。打野鸡、野兔等小型猎物时，一个枪管装填高粱米粒大小的铅砂，用铅砂出膛的圆形扇面杀伤猎物。另一个枪管必须装填大号独弹，以防遇到猛兽攻击的时候措手不及，因为小铅砂对大型猛兽来说不是致命的，也很难让它丧失攻击能力，无法阻止猛兽对人的攻击。伊万诺夫的叔叔、堂兄的猎枪装填的弹药是科学合理的。他叔叔打狍子用的是霰弹，打棕熊用的大号独弹。然而，他堂兄为了让狍子一枪毙命，不再挣扎，用大号独弹对狍子补枪。他的枪管里只有一发装填铅砂的霰弹了。他们的最大失误就是打完第一枪后，没有立马为空着的枪管装填子弹。

当棕熊扑向他叔叔的时候，他堂兄就想朝棕熊开枪，又总怕霰弹误伤他叔叔。当他堂兄看到他叔叔被棕熊咬死了，悲痛加焦急，举起猎枪就朝棕熊开了枪，霰弹打在棕熊的后背上。棕熊突然感到一阵奇痒，知道自己又中弹了。它狂暴地朝他堂兄扑来，六七百斤的身体，浑身肌肉乱颤，顷刻间就冲到了他堂兄跟前。他堂兄已经被眼前的情景吓得手足无措了，腿也软了，想跑都跑不了了，只是出自本能地伸出双手，一只手护住自己的脸，一只手来抓棕熊的脸。自己的脸护住了，抓棕熊的脸的手臂没护住，被棕熊一口咬住，用力猛甩。他堂兄的手臂折断了。撕心裂肺的疼痛，让他堂兄清醒了许多，这才意识到不跑就没命了，于是捂着鲜血淋漓的断臂朝山下一路跑去。刚刚跑了十几步，棕熊就从后面追上了他堂兄，突然用力咬住他堂兄的左小腿，他堂兄的小腿骨立马折断。接着，棕熊猛地一甩，人被甩了出去，小腿骨留在棕熊的嘴里。他堂兄因为疼痛和惊吓，昏死过去。棕熊在他堂兄的身体上闻了闻，走了一圈，感觉他堂兄已经死了,不顾自己伤口的疼痛,大摇大摆地走进森林,草地上留下一条鲜血画出的红线……

伊万诺夫的堂兄苏醒过来的时候,天就要黑了。天黑后,狼群如果闻到血腥味,就会对他堂兄群起而攻之,转眼之间,人就会被撕成碎片。此刻,他堂兄也像那只被打中后腿的狍子一样顽强了,挣扎着往山下移动。刚刚移动到山下,就听到了野狼那令人心惊肉跳的嗥叫。

这时,有两个猎人从山上下来,救了他堂兄……

现在,伊万诺夫的堂兄已经安装上了假肢。每次看到他堂兄的假手、假腿,他内心深处的恐怖阴影就会被无限放大。岁月在流逝,那个恐怖的阴影却没有消逝,甚至没有缩小。一看到棕熊,他就被吓得魂飞魄散。他自己都不知道自己是怎么跑向卡玛斯的。

王鹰杰心地善良,胸怀宽广。听完伊万诺夫讲述的悲壮故事,他理解了伊万诺夫看到棕熊后突然自己逃命的原因。

谢廖沙这才知道伊万诺夫看到棕熊,没提醒王鹰杰,只顾自己逃命的事。他也替伊万诺夫向王鹰杰解释:"伊万诺夫讲的故事,才是他看到棕熊只顾自己逃命的原因,主要是因为过度害怕,他已经被棕熊吓蒙了,绝不是因为成见和敌视。他能主动给你讲这个故事,就是有意向你赔礼道歉了。你也就别和他计较了!"

王鹰杰原谅了伊万诺夫的懦弱。他们三人成了好朋友。

有活儿的时候,他们三人一起出车,三辆卡玛斯浩浩荡荡,在荒原上自由驰骋,非常壮观。

没活儿的时候,谢廖沙经常陪同王鹰杰钓鱼。伊万诺夫有时去,有时不去。郊外池塘里、湿地中鱼很多,却没有大鱼,都是当年生长的鲤鱼、鲫鱼和鲇鱼,最大的有一斤多重,最小的一两来重。钓这样的小鱼,不可能激发起谢廖沙、伊万诺夫钓鱼的兴趣,也满足不了他们野外钓鱼的快感。他们心不在焉地钓一会儿，就没有兴趣和耐心再钓下去了，总是到旁边的草地上休息。王鹰杰总是钓得聚精会神，钓鱼的过程中，他也在修身养性。

他们用的鱼竿是谢廖沙用笤帚的竹条制作的，使用起来随心所欲，用不着精心呵护，也显得自然而古朴。

有一天，王鹰杰正在白桦林专心致志地练习拳脚功夫，伊万诺夫拎着两副拳击手套，拽着谢廖沙过来了。伊万诺夫扔给王鹰杰一副拳击手套，非要和他来一场拳击比赛，让谢廖沙当裁判。

王鹰杰清楚伊万诺夫的用意。棕熊事件中，他的脸面就像被棕熊啃了似的，他很没面子，在心理上无法面对王鹰杰和谢廖沙，想借助这场比赛，挽回一些面子。

王鹰杰本来不想和伊万诺夫进行比赛，但既然他总是叫板，他也不能总是回避，应该教训教训他，让他知道中国拳脚功夫的厉害，尤其要让他知道中国人不怕比试，也不是好欺负的。他同意和伊万诺夫打一场。

伊万诺夫在心理上，就像一个强健的青壮年要打一个稚嫩的少年一样居高临下。他只有右手戴着一只拳击手套，左手的那只手套撇在草地上，就上场了。他自负地以为用不着出左拳，有右手重拳就足够了，用不了几个回合，就能把王鹰杰打趴在草地上。

王鹰杰从小话就少，有时面对话多的挑衅者，他的话跟不上，就会用拳头说话。无论打仗，还是比赛，每次他都会让话多的挑衅者以没话告终。

伊万诺夫俨然以一个拳击高手自居，挥动戴着拳击手套的右拳，在草地上灵活地迈着进攻的步伐，明显是在向王鹰杰示威。

王鹰杰是个既英勇、强悍，又善良、大度的人。用拳头跟伊万诺夫跟较量，他不会大打出手，而是适可而止，既要让伊万诺夫对中国拳脚功夫心服口服，也不会让伊万诺夫颜面尽失、威风扫地。

谢廖沙从心里为王鹰杰担心，也许王鹰杰是中国功夫高手，像中国电影中展现的那样，可以四两拨千斤，可以飞檐走壁，但是他毕竟身材矮小，力量不足。而伊万诺夫蛮力无穷，拳重无比，谢廖沙怕王鹰杰承受不住他的重拳而吃亏、受伤。

王鹰杰对拳击知之甚少，也不习惯戴拳击手套。他在泰国打拳的时候戴过拳击手套，然而戴上伊万诺夫的拳击手套，他感觉自己就像从来没戴过拳击手套一样，这手套既宽大，又厚实，他更加不适应。他才知道自己在泰国打拳时戴过的手套太薄了，并不是真正比赛用的拳击手套。他坚信，对拳击手套再不适应，也能轻松打倒伊万诺夫。

王鹰杰的自信是基于深厚的功底、过硬的实力，这种自信让他战无不胜。

伊万诺夫狂傲得就像一个拳击冠军，好像滨海边区运动会的拳击冠军不是他爸爸，而是他自己。他势在必得地挥动一下拳头，向天空、向世界证明他的存在，然后把戴着拳击手套的拳头和没戴拳击手套的拳头用力对碰了一下，给自己加油打气。

谢廖沙帮助王鹰杰戴好拳击手套。王鹰杰戴上伊万诺夫的大号拳击手戴，感觉里面空荡荡的，可以把他的两只手装进一个拳击手套里。

谢廖沙还没说开始，伊万诺夫就向王鹰杰冲了过来，想一记重拳就将王鹰杰打倒。按照中国的打法，伊万诺夫直挺挺地冲过来，下盘就完全暴露在王鹰杰的攻击之下了。王鹰杰只要倒地出脚，用三成功力，就会把伊万诺夫踢趴下。

伊万诺夫想起了什么，突然停止进攻，对王鹰杰说："你不会拳击，我和你这场比赛不能叫拳击比赛，应该叫搏击比赛。你可以用中国的拳脚功夫。"

王鹰杰回答："知道了。"王鹰杰清楚，拳击比赛的规则是只能用拳，不能用肘、腿和脚攻击对方。为了让伊万诺夫心悦诚服，王鹰杰只想用拳头打败他。

伊万诺夫一记重拳向王鹰杰的鼻子打来。王鹰杰轻描淡写地一低头就躲了过去。

王鹰杰心里琢磨，本想一记重拳打在伊万诺夫那隆起的鼻子上，但是一想，那隆起的鼻子貌似阳刚挺拔，其实是他全身最脆弱、最不堪一击的地方，就没忍心打他的鼻子。伊万诺夫却猛烈攻击他的鼻子，让他气愤。

王鹰杰对伊万诺夫的拳击手套极不适应，感觉出拳虚飘无力。他用力拽了一下拳击手套，让他的拳头在手套的顶部，以便发力。

伊万诺夫的重拳没打到王鹰杰的鼻子，就顺势一个勾拳，击打王鹰杰的下巴。王鹰杰向后撤步，又轻松避开。伊万诺夫两次进攻都没能见效，心里有些急躁。于是，他的步伐急了起来，想用冰雹一样密集的连续直拳、勾拳，把王鹰杰打得防不胜防、避无可避。王鹰杰开始没有主动进攻，是在熟悉伊万诺夫的拳击套路，看准他的拳击动作。当然，应该进攻的时候，他绝不手软。王鹰杰反应极快，进退自如，突然在伊万诺夫进攻的时候以快制快，飞速进攻，并用左手单臂擎天，架开他的双臂，身体下沉，右手一记重拳打在他的肋骨上，接着左手一记重拳打在他的胃部。伊万诺夫感觉身体飞了起来，重重地倒在草地上。

一般拳手两只拳头的力量是不一样的，一只拳头力量大，主要用于重拳主攻；另一只拳头力量稍差，主要用于虚晃、格架和副攻。王鹰杰的两只拳头一样有力量，这也是他屡战屡胜的重要原因。

王鹰杰伸出双手来拽伊万诺夫，此时的伊万诺夫比那头棕熊还沉重。王鹰杰有意炫耀力拔千斤的神力，用单手拽住他的手，轻而易举就把他拽了起来。伊万诺夫有气无力地和王鹰杰握了一下手，然后又坐在了草地上。

第二天，谢廖沙、伊万诺夫诚恳地要拜王鹰杰为师，向他学习中国功夫。他们一直称中国武术为中国功夫，认为中国功夫很厉害。

王鹰杰不同意收他们为徒。自从学习拳脚功夫以来，他还没有收过徒弟。收了徒弟，就要把他们培养成出色的拳脚功夫高手，如果做不到这一点，他宁可不收徒弟。学习拳脚功夫需要时间。他和谢廖沙、伊万诺夫只是在异国他乡萍水相逢，说不定哪天就各奔东西了。那样，他们学的拳脚功夫也就半途而废了。

谢廖沙、伊万诺夫对学习中国功夫心诚意笃，非常迫切，天天对王鹰杰软磨硬泡、大献殷勤。王鹰杰实在无法拒绝，只好答应教他们，却没有答应收他们为徒。说起做师父，收徒弟，问题就严肃复杂了。他只答应教他们拳脚功夫，那就简单了，有时间就教他们一招半式，分手的时候一走了之，互无牵挂。

谢廖沙、伊万诺夫为了让王鹰杰收他们做徒弟，不管王鹰杰叫鹰哥了，改口叫他师父。王鹰杰不让他们叫师父，让他们继续叫鹰哥，他们非要叫他师父。

王鹰杰每天早晨练习拳脚功夫的时候，谢廖沙和伊万诺夫也早早地来到白桦林，耐心等待他教他们。王鹰杰教他们从基础做起，基本功扎实了，才能成为高手。他们学起来非常认真，如同两个好奇的小学生。

因为对王鹰杰拳脚功夫的崇拜，谢廖沙、伊万诺夫产生了无意识的心理趋同。他们过去从来不吃生黄瓜、生西红柿和大葱蘸大酱，看到王鹰杰喜欢，他们俩也喜欢吃了。

谢廖沙、伊万诺夫管王鹰杰叫师父之后，一有时间就主动陪他到郊外池塘里、湿地中钓鱼。他们俩都把自己最高档的渔具拿了出来，供王鹰杰使用。即使他们不愿意钓那些没看上眼的小鱼，也毕恭毕敬地陪同王鹰杰钓鱼，无师自通地尽着徒弟对师父的孝道。

谢廖沙和伊万诺夫的渔具种类繁多，各式海竿应有尽有，有的是专门在大海垂钓的纯海竿，有的是在大型水库垂钓的一般海竿，有的是在大型水面垂钓的超长手竿，有的是在溪流壕沟垂钓的超短手竿。

接触时间长了，王鹰杰加深了对谢廖沙和伊万诺夫的了解，尤其是对伊万诺夫。他感觉，他的性格是双重、矛盾的，蛮横无理起来就是强盗；彬彬有礼起来就是绅士，不让叫师父，他硬是叫，不让陪同钓鱼，他硬是陪同。

王鹰杰钓鱼总是聚精会神、津津有味。他钓鱼是为了享受钓鱼的过程，以环境的幽美和静谧来陶冶情操、修身养性，使身体的清静和内心的宁静融为一体，放松精神，提高内力。王鹰杰内力强大、修为深厚，即使在异国他乡的郊外池塘、湿地钓鱼，也能心静如水，从内心深处体验回归自然的独特感觉。

这一点，谢廖沙、伊万诺夫是做不到的。他们在钓鱼上追求的最高境界，是钓到自然水域生长的野生大鱼的刺激，是在险远陌生的水域钓到不同种类的大鱼的新奇。对他们来说，环境越险远越原始越好，鱼越大越珍稀越好。

狩猎和钓鱼一直是俄罗斯男人喜欢的运动。

谢廖沙、伊万诺夫在这样的水域钓鱼不尽兴，感觉王鹰杰也不会尽兴。有一天，谢廖沙突然说要带王鹰杰、伊万诺夫去野外钓大鱼，让他们尽兴。

第二天早晨，伊万诺夫开着卡玛斯，在荒原公路行驶了十多公里，来到了一座大型水库。水库建在两山之间，狂风怒号，两山恰如要将水库吞噬的巨兽的上下两排利齿；水面幽暗开阔，波浪滔天，似乎深不见底。

上次棕熊的袭击让他们心有余悸。担心遭遇棕熊、黑熊的袭击，他们把卡玛斯开到钓鱼的位置附近，一有棕熊、黑熊，他们好立马上车。

为了防备棕熊、黑熊的袭击，王鹰杰让谢廖沙借了一支双管猎枪，以便在万不得已的情况开枪自卫。谢廖沙还准备了一箱子弹，包括10发打大型动物的大号独弹、40发打小型动物的霰弹。

王鹰杰钓鱼喜欢用手竿，即便他清楚这样开阔的水面不适宜用手竿，用手竿也许一天也钓不上来一条鱼，或者只能钓上来小鱼。他认为只有用手竿钓鱼，才能淋漓尽致地体验到钓鱼的乐趣。

谢廖沙早就听说这个水库有大鱼，特意给王鹰杰准备了一根4.5米长的纯海竿，线粗、钩大。

王鹰杰本不想用海竿，但因为风大浪高，观察鱼漂特别费劲，只好用这把纯海竿。

在俄罗斯，尤其是在海参崴钓鱼，用的饵料和东宁差不多，无非是蚯蚓、鹅肝、香肠什么的。只是俄罗斯的蚯蚓比中国的蚯蚓个儿大。

伊万诺夫渴望钓到一条大鱼，好在师父面前展示一下他钓鱼的水平，可是他越想钓到大鱼，就越没有大鱼咬他的大钩。王鹰杰也没钓上来鱼，哪怕是一条小鱼，当然，他的纯海竿所用的鱼钩太大，是钓不上来小鱼的。谢廖沙却钓上来四五条大嘎牙子。

中午，他们吃了点儿列巴、香肠、黄瓜和西红柿，喝了点儿波罗的海9号啤酒。

王鹰杰和秦雨晴在俄罗斯做生意时就听说过，这里的野生动物资源极为丰富，尤其是夏天，这里便成了候鸟的天堂。捕猎野生动物、买卖野生动物的现象在这里非常普遍。

王鹰杰跟谢廖沙、伊万诺夫说:"咱们到湿地里打一会儿野鸭子呗。既然带来了猎枪,也不能空着手回去呀。"

王鹰杰想打猎,他们都不能反对。野鸭子数量大,不在保护范围内,他们就一起到湿地打野鸭子去了。

水库的下面就是一望无际的湿地,里面的野鸭子铺天盖地,比三岔口湿地和兴凯湖湿地在候鸟迁徙季节的候鸟还要多,飞起来遮天蔽日。他们在湿地边上打了半个多时辰就满载而归了。王鹰杰打了三只野鸭子,谢廖沙打了六只野鸭子,伊万诺夫打了五只野鸭子,回来的路上,还打到了一只野兔。在打猎上,谢廖沙和伊万诺夫比王鹰杰枪法准,有经验,是王鹰杰的师父。

王鹰杰对猎枪和打猎并不陌生。他记得16岁的时候,他曾经和叔叔王远志到家乡的三岔口湿地打过野鸭子,学会了使用猎枪。如果他真想打猎,这里的野鸭子这么多,想打多少就能打多少。但他只是想体验一下打猎的乐趣,丰富人生体验,浅尝辄止而已。

他们重新坐到水库边上,继续专心致志钓大鱼。

王鹰杰把海竿收回来,鱼钩上换上活的大蚯蚓,又朝远远的水库深处甩去。过了半个时辰,还是谁也没钓上来鱼,谁都不甘心一无所获。

用海竿钓鱼,最大的优势除了竿和线结实,投的距离远,能钓到大鱼之外,就是不用目不转睛地盯着鱼漂儿。王鹰杰用手竿钓鱼习惯了,即使用海竿钓鱼,也是目不转睛地观察着水面和渔线,生怕大鱼上钩了,竿梢的铃没响。

波涛汹涌的水面,把王鹰杰的眼睛也晃动得波涛汹涌了起来。

终于,狂风筋疲力尽了,水面变得风平浪静。

王鹰杰解手的时候,有一只蛤蟆从他的眼前跳过,他灵机一动,抓住蛤蟆。他把海竿收回，把蛤蟆的后腿钩在鱼钩上，然后用力甩到很远的水里。

就在蛤蟆还没有沉底的刹那，王鹰杰的海竿突然铃声大作起来。他们都知道这是鱼咬钩了。

为了让鱼钩牢牢地扎进鱼嘴里，王鹰杰用力拽了一下海竿，接着摇动线轮，往回收线。手感沉重，就像鱼钩挂到了水底的石头或者树干上一样。他失落了片刻，立马又兴奋了起来，因为水底的石头或树干居然在移动，这就不是鱼钩挂在石头或树干上了，而是大鱼上钩了！王鹰杰继续摇动线轮，尽快让大鱼露出水面。他把海竿紧紧地抵在腰间，以腰作为支撑，减轻手臂的疲劳。

王鹰杰刚要让谢廖沙准备抄罗子，只见谢廖沙已经把抄罗子拿在手上，俨然一个猎手，手里紧握着一支猎枪，随时准备替他补枪，猎杀凶猛的野兽。

谢廖沙和伊万诺夫站在王鹰杰的身后，像孩子一样兴奋，就是不伸出手来，和他一起把大鱼拽上来。钓鱼的人都清楚，等待鱼上钩的过程只是铺垫和渲染，钓鱼的真正乐趣体现在收竿的过程。这个过程，任何钓鱼的人都不喜欢别人插手。他们只能做老老实实、安安静静的旁观者，唯一能做的就是拿起抄罗子，帮助王鹰杰抄鱼。

按理说，谢廖沙和伊万诺夫不应该这样兴奋，他们钓过的大鱼很多，水下这条大鱼也未必有他们钓过的鱼大。但是对于钓鱼爱好者来说，每一次收获都是崭新的，他们都像第一次经历一样喜悦，和作家每完成一部长篇小说时的感受相似。否则，钓到一条大鱼就不用再钓了，封竿即可，如同作家不再创作新的长篇小说一样。

王鹰杰和大鱼相持着。大鱼在水里的力量非常大。如果和它硬碰硬地较劲，不是海竿折断，就是渔线拽断，大鱼逃脱。要和大鱼斗智斗勇，时而放线，时而卸力，时而对峙，时而收线。一会儿线轮轻松得如同空无一物，一会儿线轮沉重得恰似钓到水底怪物，一会儿线轮就像放飞大型风筝，不轻不重。

凭着钓鱼经验，王鹰杰估计这条大鱼有30斤左右，谢廖沙估计有50斤左右，伊万诺夫估计有40斤左右。王鹰杰从来没有钓到超过30斤的大鱼，这已经是他想象中能钓到的大鱼的极限了。谢廖沙和伊万诺夫多次钓到过六七十斤的大鱼，那都是在大海或大湖里，在水库里也没有钓到过超过50斤的大鱼。

谢廖沙让他们俩猜是什么鱼。王鹰杰猜是大青鱼。伊万诺夫猜是大鲤鱼。谢廖沙猜是大鲇鱼。

王鹰杰和大鱼相持了一个时辰，感觉大鱼的力气太大了。他的肚子被海竿顶得生疼，要破皮了。大鱼还是生龙活虎，毫不疲惫。

大鱼上钩一个时辰的时候，王鹰杰就几次让谢廖沙和伊万诺夫跟大鱼较量一会儿，过过钓大鱼的瘾，但他们都无动于衷。

水库面积很大，水很深，里面的鱼比养鱼池里的鱼更有活力，更有力量。每次大鱼用力，王鹰杰都感觉线要挣断了，竿要折断了，甚至要把他拖进水库里。他浑身有使不完的力气，只是不敢用力，让谢廖沙、伊万诺夫出手相助，他们还是袖手旁观。王鹰杰猛然对他们喊道："快来，我已经筋疲力尽了，如果你们俩再不帮忙，我就彻底放线了！"

其实，王鹰杰和大鱼一样生龙活虎，他就是想让谢廖沙、伊万诺夫也过一下钓大鱼的瘾。好事不能独享。

谢廖沙高高兴兴地接过王鹰杰手里的海竿。其实，他们十分渴望过过钓大鱼的瘾，只是担心王鹰杰不尽兴，才迟迟未动。

他们三人都清楚，钓大鱼绝非一个人的事情，就像打猎一样，打大型猎物时，猎手们密切配合、共同努力才能成功。钓大鱼也需要同伴的密切配合、齐心协力，尤其是抄鱼。钓大鱼的人一边用海竿拽大鱼，一边用抄罗子抄鱼，是十分困难的，需要同伴帮忙。只是一开始，无论王鹰杰，还是谢廖沙、伊万诺夫，都不知道上钩的大鱼到底有多大。

又过了半个时辰，谢廖沙筋疲力尽了，让伊万诺夫继续和大鱼较劲。

伊万诺夫具有丰富的钓鱼经验，接过海竿之后，大鱼进行了最后一次挣扎，终于筋疲力尽了。伊万诺夫开始慢慢用力收线。他虽然没有筋疲力尽，但是鼻子上已经沁出了汗水。

他们和大鱼较量了一个半时辰，大鱼一直没有露出真容。大鱼就要露头儿的时候，他们六只眼睛紧紧盯着水面，比打猎时紧紧盯着草丛中的野鸡、野兔还要聚精会神，甚至屏气敛息。

大鱼的脑袋终于露出了水面。首先露出的是它宽阔的大嘴，那大嘴足以轻松吞噬一只野鸭或水鸡。他们都看清楚了，那是一条大鲇鱼。

他们带的大抄罗子勉强抄住大鲇鱼的脑袋，不可能抄下它的全身。

他们钓鱼的位置距离水面有一个一米高的台阶。他们费尽周折，也没有把大鲇鱼弄上台阶。最后，伊万诺夫从卡玛斯里取出一条麻袋。他脱掉外裤，赤身裸体下水了，用麻袋把大鲇鱼裹上，才吃力地把它弄到岸上。

谢廖沙打开裹着大鲇鱼的麻袋，一条足有一米半长的大鲇鱼展现在他们眼前。它的脑袋极大，简直占了身子的三分之一；眼睛却出奇地小，显得有些不成比例。谢廖沙钓到过50斤的怀头鲇鱼，但从未钓到过这么大的鲇鱼。伊万诺夫钓到过大鲇鱼，但也没有这么大。

大鲇鱼用它不大的眼睛瞪着他们，大嘴一张一合，就像在责骂他们，露出不以锋利见长，却以数量取胜的牙齿，自有其水库霸主的威风，显得极不服气。从它伤痕累累的大脑袋上，不难看出它的经历是不平凡的，一定有着丰富而沧桑的"鱼生"阅历。

伊万诺夫又从卡玛斯上取来一个钩秤。王鹰杰和谢廖沙把大鲇鱼装进麻袋一称——69斤。

伊万诺夫用照相机为大鲇鱼拍了全身照和大脑袋的特写。他们还分别和大鲇鱼合影，然后，一起把大鲶鱼放回水库……

钓到大鲇鱼的喜悦让他们兴奋，让他们陶醉。和大鲶鱼搏斗，让他们累了，也饿了。他们又吃起带来的红肠、列巴，喝起波罗的海9号啤酒。波罗的海9号啤酒是一款烈性啤酒。喝了两箱波罗的海9号啤酒之后，他们仿佛把波罗的海喝进了肚子，感觉心潮澎湃，醉得恰似在大海上晕船。谢廖沙和伊万诺夫唱起了俄罗斯歌曲《喀秋莎》《莫斯科郊外的晚上》，手舞足蹈，异常兴奋。

王鹰杰会唱的歌曲不多，他尤其不会唱俄罗斯歌曲，无法随声附和。他就高唱自己仅会唱几句的中国民歌，声音高亢而嘹亮，响彻云霄……

半夜，他们才到达住地。

第十六章　另一段生涯

小远东贸易公司突然资金周转不灵,王鹰杰的同学用一辆卡玛斯抵债了,就是谢廖沙开的那辆。这样,王鹰杰、谢廖沙和伊万诺夫三人中,必须有一个离开这家公司。

谢廖沙决定离开。没有卡玛斯开了,理所当然,他要离开。小远东贸易公司的变故突如其来,谢廖沙离去,并非心甘情愿,甚至有些黯然神伤。

然而,第二天早晨,谢廖沙要和王鹰杰告别的时候才发现,王鹰杰走了。

王鹰杰悄然离去,是不想让谢廖沙黯然神伤;不辞而别,是不想让谢廖沙和他相让。王鹰杰离去,并不是因为他有多么高尚,而是因为他认为谢廖沙非常喜欢在这家公司工作,这里离谢廖沙家还近,谢廖沙比他更适合在这里工作。王鹰杰在俄罗斯四海为家,在哪儿干活儿,哪儿就是临时的家。不过他还是挺留恋小远东贸易公司的,这个公司的业务不是很忙,他有闲暇时间练习拳脚功夫,也和谢廖沙、伊万诺夫建立了深厚的友谊,干活儿舒心。

世界很大,应该走的时候自然要走,以后还有更好的去处、更多的朋友。

有一个哈尔滨大老板,叫金商古。他在海参崴做边贸生意,主要做硅钢片生意，一夜暴富，开了个公司，叫东方贸易公司。东方贸易公司的业务不断扩大，哈尔滨的公司是总部，海参崴的公司成为分公司。

当时在俄罗斯做生意，既要胆大心细，又要提高警惕，否则很容易人财两空。

为了提防人财两空，金商古在海参崴印发了广告，想招聘五个保镖，报酬优厚。

东方贸易公司招聘保镖的广告发出之后，有50多个壮汉前来报名。这些人中有的是武术运动员，有的是退役军人，有的是体校毕业学生……有中国人，也有俄罗斯人、日本人，每个人都多少有些功夫。

王鹰杰也报了名。

金商古看到，报名的壮汉不是高大的北极熊，就是强悍的东北虎，王鹰杰个子没有人家高大，长相也没有人家凶悍，缺乏外形上的震慑力量。他并没有看好王鹰杰，而是看好两个日本人——石塚武夫、石塚熊二两兄弟。他们俩是一个日本商人推荐给他的。

金商古选择保镖比选择女人还要挑剔。他让报名的50多个壮汉比武，从中挑选出5个武功出众的人当他的保镖。

比武开始的时候，那些没有把王鹰杰放在眼里的壮汉就不能不高看他了，因为他们才意识到，王鹰杰是一只比北极熊、东北虎还要厉害的"东北龙"。

王鹰杰开始并不想显山露水，但是为了这份薪水比较高的活儿，他不能不小试身手了。他轻轻松松就打败了七八个对手，进入前五名。

王鹰杰在和那些壮汉比赛的时候，才看到两个让他喜出望外的人出现在赛场上——谢廖沙、伊万诺夫。

原来谢廖沙看王鹰杰走了，自己也不想留在小远东贸易公司了。

伊万诺夫看到王鹰杰、谢廖沙都走了，自己也不想在那儿干了。本来三个人一起干活儿，一起练习中国功夫，一起打猎钓鱼，开开心心的，伊万诺夫突然形单影只了，他心里承受不了。他想和谢廖沙一起，到海参崴找王鹰杰，只要能继续和他学中国功夫，干什么活儿都行。到了海参崴，他们看到了东方贸易公司的招聘信息，要求很高，待遇很好，料想王鹰杰也许会报名应聘，他们就报了名。

伊万诺夫有拳击的坚实基础，加上王鹰杰传授的拳脚功夫，实力不可小视，最终入选在意料之中。谢廖沙拳击水平一般，王鹰杰教他的拳脚功夫，他学到的也只是一点儿皮毛。不过王鹰杰单独教了他几招简单、实用、易学的防身招式。谢廖沙报名是为了能和王鹰杰、伊万诺夫在一起工作，给公司开车、看仓库什么的都行，并没奢望打败谁。没想到在比赛的过程中，他没有任何心理压力，只是把王鹰杰教他的几个防身招式用上了，就轻轻松松打败了几个对手，竟然出人意料地和王鹰杰、伊万诺夫一起进入了前五名。

石塚武夫、石塚熊二也进入了前五名。他俩是日本柔道教练，在海参崴开了两家日本柔道馆，收取费用，教授徒弟。两人是双胞胎，长得就像老妈妈做出来的两只木屐。他们看起来英俊高挑，在金商古面前卑躬屈膝，在王鹰杰他们面前趾高气扬。他们哥俩的柔道动作一模一样，一看就是一个师父调教出来的，动作呆板，缺少变化，被动防守多，主动进攻少。

金商古有个癖好，无论做什么事情都要求秩序井然。在选择保镖和使用保镖上，他也喜欢把保镖排上名次，功夫最好的是第一名，依次往下排，最差的是第五名。对他们，要按照名次使用。所以，进入前五名的保镖还要继续比，以成绩来决定排名。

当剩下的五个人要进行排名比赛的时候，王鹰杰又不想比了。谢廖沙、伊万诺夫和他是朋友，是哥们儿，让他如何下手？石塚武夫和石塚熊二即使排名第一、第二，也绝不能说明他们的功夫就是第一、第二。徒有虚名没有任何意义，功夫如何，以后的生涯中自会见分晓。

排名比赛还没进行，正好赶上金商古要出去谈生意，他就随随便便地用手一点，漫不经心地排好了名次：高挑英俊又有人推荐的石塚武夫和石塚熊二排第一、二名；人高马大的伊万诺夫排第三名；谢廖沙比王鹰杰的个子略高，排第四名；王鹰杰的个子最矮，排第五名。谢廖沙、伊万诺夫想对金商古说王鹰杰的功夫远在他们之上，是他们的老师，应该排第一，被王鹰杰制止了。

金商古规定，他到重要场合、危险环境，带第一、二名保镖；到不重要、不危险环境，带第三、四名保镖。第五名保镖基本就没有机会贴身保护他了，只负责公司办公楼、仓库的保卫工作。

三个月过去了，石塚武夫和石塚熊二赚的钱最多，谢廖沙、伊万诺夫其次，王鹰杰最少。金商古走到哪儿都带着石塚武夫和石塚熊二。石塚武夫和石塚熊二会来事儿，见到谁都点头哈腰的，尤其是见到金商古，表现得更为夸张。谢廖沙、伊万诺夫属于石塚武夫和石塚熊二的替补，偶尔有幸"上场"。王鹰杰无论见到谁都表现得不卑不亢、个性鲜明，只能一如既往地负责公司办公楼、仓库的保卫工作。金商古平安无事，公司也安然无恙。

金商古要到黑河和对岸的布拉戈维申斯克谈生意。他本想只带着石塚武夫和石塚熊二去，又考虑毕竟是出远门，应该多带一个人。在他心里，把这五个人分成三组：石塚武夫和石塚熊二一组，实力最强；伊万诺夫和谢廖沙一组，实力较强；王鹰杰自己一组，实力较弱。多带一个人，就只能带王鹰杰了。于是，王鹰杰才有幸跟随金商古去黑河和布拉戈维申斯克。

王鹰杰以前去过黑河，当时商务繁忙，除了大黑河岛自由贸易区，他哪儿也没去过。

闲暇的时候，金商古对王鹰杰和石塚武夫、石塚熊二说："我领你们去瑷珲历史陈列馆参观一下，接受一下爱国主义教育。"

石塚武夫和石塚熊二不想进去，他们不感兴趣。金商古硬让他们进去。他们只好进去了。

瑷珲历史陈列馆是集中反映沙皇俄国逼迫清政府签订《瑷珲条约》，侵占中国大片领土这一历史事件的遗址陈列馆。参观后，王鹰杰心情沉痛，一路不语。

第二天，金商古他们一行四人过江到了布拉戈维申斯克。

一个谈成的希望非常渺茫的生意，竟然出人意料地谈成了，这让金商古大喜过望。

三个月后的一天，金商古去海参崴歌后大酒店参加一个娱乐活动，带着石塚武夫和石塚熊二。没想到，两个最出色的日本保镖太急于在金商古面前表现他们作为第一、二名的强硬和威严了，他们想在一些中国商人面前给金商古露一手，竟然在歌舞厅和两个喝醉酒的俄罗斯地痞叫号。两个地痞借着酒劲儿，在歌舞厅大喊大叫，疯狂调戏俄罗斯美女，别人都敢怒不敢言。金商古和一些中国商人也说："歌舞厅有这样的地痞，太让人扫兴！"

石塚武夫和石塚熊二威风凛凛地走到两个人高马大的地痞跟前，指着他们说道："请你们肃静，讲些绅士风度，否则把你们赶出去！"

两个地痞一人拿起一个酒瓶子，朝石塚武夫和石塚熊二缓慢地走来。

众人立马肃静起来，都屏气凝神地观望着他们，就像看到两个大人要打两个小孩一样，提心吊胆。

几个中国商人担心地说："这两个人说出了大家想说出的话，咱们应该保护他们，千万别让他们受到伤害呀！"

金商古自豪地对大家说："大家放心，他们哥俩是我的贴身保镖，是日本柔道、空手道教练。就凭他们哥俩高深莫测的柔道功夫，再有两个地痞一齐上，也绝对伤害不到他们！"

金商古的话音还没落，只见石塚武夫冲向前面的地痞，腾空飞起一脚，踢向他的胸膛。地痞也不躲闪，用他肌肉发达的胸膛直接撞向石塚武夫的腾空飞脚。石塚武夫被他的胸膛弹得飞了起来，重重地摔倒在地。他刚一站起来，还站立不稳、心神未定之际，那地痞猛然挥起酒瓶子，一下砸在他的脑袋上。登时，石塚武夫的脑袋鲜血直流，他坐在了地上。

石塚熊二一看石塚武夫被前面的地痞打得坐在了地上，突然出脚，想踢掉后面那个地痞的下巴。后面的地痞一把抓住石塚熊二的脚踝，抡了一圈，把他扔在金商古和其他几个中国商人面前的桌子上。桌子上面的酒瓶子、酒杯掉了一地，声若惊雷。石塚熊二又从桌子上摔到地上，被摔得晕头转向，挣扎着站起来，恍恍惚惚地四处张望，寻找地痞的位置，既像是准备向地痞发起攻击，又像是恐惧地痞从后面用酒瓶子对他发起攻击。

此刻，地痞就在石塚熊二的身后。金商古大声告诉石塚熊二："他就在你的身后！"

石塚熊二既像是听见了，又像是没有听见，向前走了两步，又踉踉跄跄地倒了回来。

就在这时，石塚熊二身后的地痞猛然出手，一酒瓶子打在他的脑袋上。石塚熊二的脑袋立马鲜血淋漓，他瘫软地倒在地上。他从桌子上摔到地上，身上多处为酒瓶、酒杯的碎片所伤，鲜血染红了衣服。加上地痞这一酒瓶子，简直体无完肤了，成了血人。

两个地痞一看把人打坏了，一人拎着一个酒瓶子，摇摇晃晃地离开了……

金商古把石塚武夫和石塚熊二送到附近的医院包扎。回公司的路上，金商古和石塚武夫、石塚熊二又被两个劫匪的两把尖刀截住。石塚武夫、石塚熊二已经被吓破了胆，差一点儿丢下金商古，自己逃跑。即便没逃跑，也被吓得跪在了地上，把自己的职责抛到了九霄云外。

金商古仔细一看，这两个劫匪正是刚才与他们发生冲突的地痞。也许这两个地痞的气还没有出尽，想继续出气；也许他们看出金商古有钱，专门来抢劫他；也许他们要抢劫别人，阴差阳错又抢劫到了金商古他们。在危急时刻，金商古掏出了中国制造的仿真手枪打火机，才把没见过多少世面的两个地痞吓跑了。

接二连三的打击，让石塚武夫和石塚熊二由自以为是变得无比自卑。巨大的心理落差，让他们失去了自我。

金商古对石塚武夫和石塚熊二在关键时刻的表现非常失望，也对他们的柔道、空手道功夫深表怀疑。但他是宽容大度的，没有责备他们，也没有解雇他们。因为他们两人在被地痞的酒瓶子重击头部、头破血流的情况下，仍然顽强地站着，一边痛苦地对他泪流满面，一边礼貌地对他点头哈腰，这让他心疼和感动。他认为这是保镖应该具备的品质，就差号召王鹰杰、谢廖沙和伊万诺夫向他俩学习了。

石塚武夫和石塚熊二本想出尽风头，却丢尽脸面，感到无颜面对金商古，心里愧对金商古，也无颜面对王鹰杰、谢廖沙和伊万诺夫。即便如此，他俩还是没有在这件事上吸取教训，提高自己的搏击水平和武学修为，而是极力掩饰自己的懦夫行为："我们没敢使用柔道、空手道的绝技，怕伤了他们。"

王鹰杰、谢廖沙和伊万诺夫认为他们哥俩本性难改，对他们不屑一顾。

王鹰杰本以为发生这件事之后，金商古到重要场合、危险环境不会再带着石塚武夫和石塚熊二了，而是应该带着谢廖沙和伊万诺夫。谢廖沙和伊万诺夫也做好了代替石塚武夫和石塚熊二，贴身保护金商古的准备。

王鹰杰他们都没想到，金商古对石塚武夫和石塚熊二还是一如既往地信任，出去谈生意仍然带着点头哈腰的兄弟俩。

看来这是人性的弱点，绝大多数人都喜欢唯唯诺诺听话的人，即使他们的能力堪忧……

第十七章　勇斗哥萨克保镖

当金商古眼前无战火的时候，石塚武夫、石塚熊二还可以堂而皇之地充当滥竽充数的南郭处士；当金商古身后有追兵的时候，石塚武夫、石塚熊二就原形毕露了，和南郭处士一样逃之夭夭。

金商古要和俄罗斯大老板谈一个大生意，带着石塚武夫和石塚熊二。

金商古和俄罗斯大老板谈的是煤炭进口、蔬菜水果出口生意——金商古通过俄罗斯大老板进口俄罗斯远东地区的煤炭，向他们出口中国的蔬菜水果，特别是黑龙江省的蔬菜水果，力图实现双赢和利益最大化。

俄罗斯大老板平时总是带着三个满脸横肉、凶神恶煞的大汉作为他的贴身保镖。在洽谈生意的过程中，这三个人始终站在他的身后。他们以蔑视的眼光盯着石塚武夫和石塚熊二，其中一个眼睛像蛮牛一样，总是对他们哥俩怒目而视，甚至有一种无声的挑衅。这个人绰号"哥萨克蛮牛"。他厌恶装腔作势的石塚武夫和石塚熊二，看他们不顺眼，非常想拿他们练练拳，出出气。

这三个保镖自称"哥萨克骑兵"，很有背景，在海参崴，以至于整个远东地区，都没人敢惹。金商古把俄罗斯大老板的保镖称作"哥萨克保镖"。

面对如此强悍的这三个人,尤其是"哥萨克蛮牛"的怒目而视,石塚武夫、石塚熊二不可能无动于衷,他们表面上视而不见,内心却惴惴不安。

金商古对三个"哥萨克保镖"怒视石塚武夫、石塚熊二的眼神感到毛骨悚然。最后,他灵机一动,何不让石塚武夫、石塚熊二和他们仨比试一下拳脚呢,让他们哥俩展示一下柔道、空手道的绝技,也检验一下他们哥俩到底行不行。其实,金商古已经知道他们不行,只是还对他们抱有一线希望。万一石塚武夫、石塚熊二学习的是名门正派的柔道、空手道功夫,独门绝技打俄罗斯地痞不行,战"哥萨克保镖"行呢?这一线"行"的希望分量是沉重的,既决定石塚武夫、石塚熊二的去留,也承载着金商古这个大生意谈成的希望。

无论是猎鹰,还是猎犬,驯养到一定时候,遇到猎物就得把它们撒开,检验它们捕猎的本领,看看它们到底是出类拔萃的珍品,还是滥竽充数的赝品。于是,金商古开始注视石塚武夫、石塚熊二。

三个"哥萨克保镖"对石塚武夫、石塚熊二的怒视,已经让他俩心里慌得长草了。金商古的注视,更让他俩惶恐不安。其实,兄弟俩自从学习柔道、空手道以来,尤其是来俄罗斯开柔道馆之前,从来没有和高手实战过。前些天,他们被两个地痞用啤酒瓶子打得头破血流,让他们对自己学习的功夫丧失了信心,也开始怀疑自己的实战能力。此刻,他们开始对金商古的注视视而不见。后来感觉实在装不下去了,再装就要失业了,他们鼓起勇气,主动提出和三个"哥萨克保镖"切磋一下拳脚,点到即止。万一他们打赢了,还可以挽回丢尽了的脸面;如果他们输了,就回日本闭门苦练柔道、空手道。

金商古一则以喜,一则以惧:喜的是他没有开口,石塚武夫、石塚熊二主动提出和三个"哥萨克保镖"切磋拳脚,即使有什么别的后果，他也不会承担责任；惧的是如果他们俩被对方轻而易举地打败了，俄罗斯大老板通过他们哥俩的实力，进而怀疑东方贸易公司的实力，那将直接影响这次经贸洽谈的结果。但事已至此，就拿他们哥俩赌一下吧，万一他们哥俩真的功夫高深、深藏不露，关键时刻大显身手，赢了三个"哥萨克保镖"，俄罗斯大老板就会对东方贸易公司高看一眼，自然就会同意签订合同。那么，石塚武夫、石塚熊二就是出类拔萃的猎犬或猎鹰，就为公司立功了。

三个"哥萨克保镖"听到石塚武夫、石塚熊二提出，要和他们切磋拳脚，喜不自胜、跃跃欲试。

此刻，石塚武夫、石塚熊二难以抑制内心的忐忑，如同两条被猎人驯养的猎犬，第一次随猎人打猎，就遭遇了最强悍的猛兽。在进退维谷之际，他们哥俩想出了一个没有办法的办法，那就是两个打一个："我们哥俩儿学习的柔道、空手道功夫是互补的，就像中国的双节棍，不能分开。"

"哥萨克蛮牛"立马站出来说："我没想让你们和我单打独斗，你们一齐上吧！"

"哥萨克蛮牛"在气势上就先压倒了石塚武夫、石塚熊二。他们哥俩立马变得更颓了。"哥萨克蛮牛"强壮的身体和高超的武功自然在石塚武夫、石塚熊二之上。刚一交手，"哥萨克蛮牛"一记重拳就打断了石塚武夫的肋骨。石塚武夫一下倒在地上。石塚熊二冲上来想以出奇制胜，来扭转被动局面，一拳打向"哥萨克蛮牛"瞪大的眼睛。"哥萨克蛮牛"也不躲闪，直接用大手抓住了他的手，接着大力一脚，差一点儿踢裂石塚熊二脆弱的脾脏。石塚熊二也倒在地上。

这是个危险的职业。从事这个职业的人，心理是矛盾的，既希望遇事，他们出面解决了，尽了自己的责任，老板就会给他们赏钱；又怕摊事，遇到巨大风险，受到严重伤害，得不偿失。

"哥萨克蛮牛"一人鹰拿燕雀般轻松拿下石塚武夫和石塚熊二,让金商古深信不疑,兄弟俩的柔道、空手道功夫只是纸上谈兵、糊弄学生的花拳绣腿,中看不中用。他开始让谢廖沙和伊万诺夫贴身保护他。一个时期内,他们相安无事。

石塚武夫、石塚熊二已经没脸再留在这儿了,主动提出辞职。金商古对他们五人说:"石塚武夫、石塚熊二可以不走,再咋不济,也比一般人强。公司用人的地方多着呢,可以代替王鹰杰保卫公司,看看仓库什么的。以后让伊万诺夫、谢廖沙和王鹰杰跟着我。"

和俄罗斯大老板的洽谈还得继续。金商古要带着谢廖沙、伊万诺夫去和俄罗斯大老板谈生意,一再提醒他们注意俄罗斯大老板的三个"哥萨克保镖",他们极其残暴好斗,非常不好惹。尤其是"哥萨克蛮牛",力大无穷,战斗力极强。

谢廖沙、伊万诺夫琢磨:石塚武夫、石塚熊二毕竟是柔道、空手道教练,再说他俩能从50多个应聘者中打到前五名,应该也不是等闲之辈。"哥萨克蛮牛"轻而易举地就把这兄弟俩打败了,那么,他的进攻应该是极为强劲的,尤其是抗打击能力极强。既然如此,他们俩联手,都未必是他的对手。他们怕对付不了三个凶神恶煞的"哥萨克保镖",建议金商古让王鹰杰一起去。

金商古看了王鹰杰一眼,感觉他有些功夫,但是身材不够高大,功夫再好,也好不到哪儿去。伊万诺夫、谢廖沙提出让王鹰杰一起去,有王鹰杰,也许能为他们俩鼓鼓劲儿,金商古同意了他俩的建议。

和王鹰杰一起对付"哥萨克保镖",伊万诺夫、谢廖沙心里才踏实。

三个"哥萨克保镖"站在俄罗斯大老板的身后,仍然以蔑视和挑衅的眼神看着站在金商古身后的三个人。他们就像三只凶猛的狮子,只等老板的一个手势、一个眼神,就会咆哮着冲上去,凶残地把王鹰杰他们撕成碎片。

在洽谈生意的过程中,王鹰杰一直注意观察三个"哥萨克保镖",要把他们的长相印在心里。这三个人,一个像野牛一样凶猛,一个像棕熊一样雄壮,一个像野狼一样疯狂。他确定,其中满脸络腮胡子、瞪着野牛一样的大眼睛的那个,一定就是前几天把石塚兄弟打惨了的"哥萨克蛮牛"。

面对盛气凌人的对手,王鹰杰镇定自若;伊万诺夫和谢廖沙心怀忐忑,如坐针毡。石塚武夫、石塚熊二的遭遇,让伊万诺夫和谢廖沙心有余悸。

金商古最担心的是"哥萨克保镖"的挑衅,他们野蛮、霸道、彪悍、好斗,伊万诺夫、谢廖沙和王鹰杰三人联手对付一个,也未必有胜算。

金商古以能喝高度白酒见长,从来没醉过,罕遇对手。他想改变一下谈判策略,发挥自身的长项,把俄罗斯大老板喝醉,好让他在酒桌上把合同签了。没想到人外有人、山外有山,高手之外还有高手。两瓶白酒下肚,金商古就感觉发生了大地震,肚子里翻江倒海,周围天昏地暗。而俄罗斯大老板则神态自若、清醒如常。

本来俄罗斯大老板对金商古的东方贸易公司的实力和诚信持怀疑态度。上次,在他的授意之下,他的"哥萨克保镖"试探了金商古的两个日本保镖的实力。他秉持这样一个观点:从保镖实力,看老板实力。"哥萨克蛮牛"手下留情,就把金商古的日本保镖打得差点儿丢掉性命,他们太不堪一击了。他进而认定金商古的东方贸易公司实力不行。他这次应金商古之邀,参加宴席,但并没打算和金商古签订合同,而是想在宴席上再次戏弄一下金商古的保镖,然后以东方贸易公司实力太弱为由,拒绝签订合同。

宴席快要结束的时候,俄罗斯大老板对金商古说:"我看宴席到这儿就结束吧。你也喝醉了，不能再喝了。你的保镖也都累得不成样子了，站都站不稳了。"说到这儿，他接着就会说，我们的合作也就到此结束吧，你们东方贸易公司实力不行，无法和我们实力雄厚的西伯利亚贸易公司进行经贸合作，合同不必签了。

金商古虽然在酒精的作用之下醉眼蒙眬，但是心里清醒。听到俄罗斯大老板说他的保镖"站都站不稳了"，他立刻抢着说道："谁说我喝醉了？我还能再喝！谁说我的保镖站都站不稳了？我的保镖厉害着呢，要站能站，要打能打！"

俄罗斯大老板回头看了一眼身后的"哥萨克保镖"，然后把两手一摊，对金商古说："你的三个保镖，有两个是中国的小个子，一定不行。我的保镖，三个俄罗斯大个子，每个都很行！"

此刻的金商古处于半醉半醒的状态，早已把对"哥萨克保镖"再次挑衅的担心忘在酒里，喝进肚子了。一听对方说他的保镖不行，他立马气愤地站了起来："谁说我的保镖不行？他们绝不是那两个日本保镖。小个子不一定不行，大个子不一定行！"

"哥萨克蛮牛"瞪着野牛一样的眼睛，就要上前来教训王鹰杰、伊万诺夫、谢廖沙，好让金商古心服口服。

俄罗斯大老板一摆手，制止了他。

王鹰杰联想起杀害赵金娥母女的三个人高马大的俄罗斯歹徒，也许就是这三个"哥萨克保镖"！

俄罗斯大老板接着金商古的话说："是小个子行，还是大个子行，比试一下就清楚了。我想我的一个大个子保镖就能对付你的两个小个子保镖，不，对付你的三个保镖，能轻而易举地打败他们。"

金商古文化程度不高，却十分聪明。他早就意识到了对方的意图，对方是想借此来说明他们东方贸易公司实力不行，进而拒绝和他们公司签订合同。如果束手就擒，他们公司没有任何希望；如果

237

挺身而出，他们公司也许还有希望。他把希望寄托在和"哥萨克保镖"一样身高力大的伊万诺夫身上，尤其希望他的三个保镖打一个"哥萨克保镖"，这样胜算远比伊万诺夫和他们一对一要大。于是，听到俄罗斯大老板说他的一个保镖能对付仨的时候，金商古心中窃喜，急忙接话："既然大老板说你那边一个就能对付我这边三个，那么，就让我这边三个和你那边一个较量一下，看看到底是我的三个厉害，还是你的一个厉害。"

俄罗斯大老板刚要回头，示意"哥萨克蛮牛"一人和王鹰杰、伊万诺夫、谢廖沙三人较量，自尊心极强的伊万诺夫出人意料地站了出来，对金商古说："让我们三人和人家一人较量，您没面子，我们也没面子，就好像咱们公司没人似的。先让我一人和他们中的一人较量。"

本来，让王鹰杰他们三个和一个"哥萨克保镖"较量，是俄罗斯大老板提出来的，这让金商古喜出望外。伊万诺夫突然站出来，要和对方一对一，这让金商古身处窘境、骑虎难下。既然伊万诺夫已经说出来了，金商古就无法坚持三对一了。三对一取胜的概率大，一对一取胜的概率小，公司签订合同的希望就非常渺茫。无奈之下，金商古只能对俄罗斯大老板说："既然伊万诺夫这样说了，就让他们一对一地公平比试，友谊第一，点到为止。看看他们到底谁行谁不行。"

金商古的话正中俄罗斯大老板的下怀。他窃喜于金商古正被他一步步引入他设置好的圈套，而金商古自己还没有意识到。这样不但戏弄了金商古，还好拒绝和他签订合同，并可以让他心服口服。俄罗斯大老板为自己的智慧而欣喜："好啊，那就一对一地比试比试，看看到底谁行谁不行。"接着，他又补充了一句，"比赛没有裁判，也没有时间限制，谁被打倒了，对方就赢了。"

金商古也跟着强调了一句："友谊赛，点到为止，别打出人命来！"

金商古的话还没说完，"哥萨克蛮牛"就急不可耐地挥动了一下拳击手套一样大的拳头，就想站出来。这时，他身后像棕熊一样雄壮的"哥萨克保镖"拽了他一下，示意他后上。"棕熊"浑身肌肉，眼睛不大，非常霸气地冲了出来。从气势上看，他似乎已经不战而胜了。

王鹰杰是个天不怕地不怕的东北硬汉，对那种蔑视和挑衅的眼神，那种居高临下、不可一世的神态，早就怒不可遏了。他想教训一下三个大个子，让他们知道天高地厚。他猛然站立起来，想代替伊万诺夫和"棕熊"较量。

金商古立马摆手示意，让王鹰杰坐下，让伊万诺夫和"棕熊"较量。

伊万诺夫稍微犹豫一下，回头看了王鹰杰一眼，又挥了一下自己的拳头，然后深吸了一口气，坚定地上场。

有王鹰杰坐镇，伊万诺夫有了底气；没戴拳击手套，伊万诺夫有些不适应，也担心自己打伤对手或者对手打伤自己。

伊万诺夫想活动活动手腕，再跳动几下，来进行比赛之前的热身。然而，他刚刚活动几下手腕，还没跳动起来，"棕熊"就灵活地冲了上来。他挥拳照伊万诺夫的面部打来，速度很快，力气极大。伊万诺夫迅速后退，同时想用左拳防住"棕熊"的右拳，再用右拳直击"棕熊"的小眼睛。

没想到"棕熊"的右拳太重了，直接打在伊万诺夫的左拳上，他的左手腕仿佛被折断一样剧烈疼痛。就在伊万诺夫还没有缓过神的时候，"棕熊"又是一记直拳，简直是一把大铁锤，直接砸在伊万诺夫的鼻子上。

伊万诺夫因为鼻子遭到攻击，立马泪流不止、血流满面。他顾不上鼻子的剧烈疼痛，用双拳护住面部，同时寻找进攻的机会。此刻的伊万诺夫早已把王鹰杰教他的拳脚功夫忘得一干二净了，只是用他熟练的拳击动作被动地防护着自己的上半部分，动作没有章法，手忙脚乱。

"棕熊"的小眼睛闪着凶光，看到伊万诺夫手忙脚乱地保护着自己的上盘，下盘完全暴露，突然踢出一个重重的撩阴脚，又准又狠地踢在了伊万诺夫的裆部。一阵撕心裂肺的疼痛，让伊万诺夫双手捂着裆部，他稍一弯腰，"棕熊"双手握成大拳，重重地砸在他的后脑上。他一头栽倒在地。"棕熊"这一脚太阴了。

伊万诺夫已经倒在地上，"棕熊"还是不依不饶，后退一步，就要用他小船一样的大脚猛踢伊万诺夫的脑袋。伊万诺夫危在旦夕。

千钧一发之际，只见王鹰杰雄鹰捕食一般飞身而出。就在"棕熊"凶狠地出脚，踢向伊万诺夫那已经痛苦不堪的脸上的瞬间，他借助飞身的惯性，双脚齐出，重重地踹在"棕熊"支撑身体的膝盖侧面。只见"棕熊"庞大的身躯轰然倒地，在巨大的惯性作用下又撞倒了后面三把沉重的实木椅子。他想站起来，挣扎了几下，又倒下了。

"棕熊"遭到突然袭击，倒地受伤，另外两个大个子怒火冲天，一前一后冲了上来，简直要把王鹰杰撕成碎片。"野狼"一看"哥萨克蛮牛"跟在身后，就用俄语对他说："不用你出手，让我来教训这个小个子！"

王鹰杰镇定地说道："你们不用一个一个上，麻烦；两个一起上吧，简单。"

"野狼"回答："对付你这样的小个子，我一个人就足够了。"

王鹰杰自信地说："我一个小个子对付你们两个大个子足够了！"

"野狼"犹如真正的山野饿狼一样疯狂和凶猛，紧握两拳，摇晃了两下脑袋，一句话也不说，猛然发出一声令人心惊胆战的野狼般的嗥叫，冲向王鹰杰。"野狼"左拳快速重击王鹰杰的面部。王鹰杰向侧后退步避开。"野狼"的这一拳是重拳虚招——打到了就是重拳，打不到就是虚晃。紧接着，"野狼"快速将右拳变成利爪，直抓王鹰杰的眼睛。王鹰杰向左一侧身，右手随即抓住"野狼"的利爪，猛然用左掌根重击他的肘关节，然后下压他的肘关节，同时右手将他的小臂大力左掰上提。这不是什么绝招，他只是灵活自如地运用了中国拳脚功夫中普通的反关节招式，动作出神入化般连贯快速，让"野狼"措手不及。顿时，"野狼"的右臂肘关节、肩关节同时受伤，他丧失了攻击能力。王鹰杰侧身大力一脚，"野狼"如同中了猎枪的大号独弹，轰然倒地，同时发出一声绝望的哀号。

"哥萨克蛮牛"一看"野狼"也被王鹰杰打倒了，瞪着眼睛就冲了上来。他没有像"野狼"那样，直接用重拳利爪向王鹰杰发起凌厉的攻击，而是随手拎起一把沉重的实木椅子，向王鹰杰砸来。王鹰杰对他们手下留情，他们对王鹰杰却痛下杀手。"哥萨克蛮牛"如同发疯的公牛一样力大无穷，如果椅子砸在王鹰杰的脑袋上，他的脑袋就会像西瓜一样开瓢。

在场的金商古、伊万诺夫和谢廖沙都为王鹰杰捏了一把汗，甚至连俄罗斯大老板都担心这下要出人命了。他坚信，即便出人命，也是王鹰杰丧命，而绝不会是他战无不胜的"哥萨克蛮牛"丧命。

王鹰杰没有躲闪，而是向"哥萨克蛮牛"冲去。就在"哥萨克蛮牛"举起的实木椅子朝王鹰杰的脑袋砸下来的刹那，王鹰杰猛然倒在地板上，借助"哥萨克蛮牛"下半身的空当，把身体前冲的巨大惯性和腿部屈伸的巨大力量集中在脚上，朝"哥萨克蛮牛"的膝盖重重地踹去。"哥萨克蛮牛"重重地摔倒在地上，椅子摔得粉碎。

王鹰杰一个鲤鱼打挺，站了起来。"哥萨克蛮牛"也快速站起来。他清楚他和王鹰杰在身材上高矮悬殊，担心王鹰杰再次进攻他的下盘，开始用连环飞腿向王鹰杰猛烈进攻，不给王鹰杰还手的机会，想一鼓作气地踢倒王鹰杰。王鹰杰灵活地快速后退、疾步侧闪，步伐毫不凌乱，沉稳自如地在躲闪中寻找反击的机会。就在"哥萨克蛮牛"木杠一般粗壮的大腿第六次横踢过来的时候，王鹰杰再次抓住他的空当，快速下蹲，双手扶地，重心放在左腿上，右腿来了一个大力扫堂腿，狠扫"哥萨克蛮牛"的脚踝，试图把他扫倒，以化解他的凌厉攻势。

"哥萨克蛮牛"的功夫本来就是三个"哥萨克保镖"中最高的，人也是三人中最强壮的，加上他亲眼看到"棕熊"和"野狼"遭到王鹰杰攻击的过程，对付王鹰杰时就显得格外小心谨慎。"哥萨克蛮牛"用连环飞腿向王鹰杰连续进攻，同时也在提防王鹰杰用腿上功夫攻击他的下盘。所以，当王鹰杰的大力扫堂腿扫向他的脚踝的时候，他沉重的身体竟然灵活地跳起，躲过王鹰杰的进攻。然而，"哥萨克蛮牛"的身体刚刚落地，王鹰杰一个旱地龙卷风绝招，借助双手力推腰身从地面快速伸展、转体的力量，龙卷风一般，自下而上的一脚，踢在了他的下巴上。这一脚速度极快，险些踢断"哥萨克蛮牛"的颈椎。

"哥萨克蛮牛"稍一分神，王鹰杰的拳头直接打向他的眼睛。他出自本能地伸出左手，要挡住王鹰杰的右拳，然后用弹臂击打王鹰杰的鼻子。谁也不知道王鹰杰用的是哪门哪派的招式，他左手一伸抓住了"哥萨克蛮牛"的左手腕，把他的手臂猛地顺势朝后一掰，同时，身体跟进，右手在他的肩部用力一抓。"哥萨克蛮牛"的左臂立马脱臼，无法活动。接着，王鹰杰轻描淡写地踹了一下"哥萨克蛮牛"的膝盖，他一下就趴在了地上。"哥萨克蛮牛"抗击打能力极强,又个性顽强,即使趴在了地上,还就势侧身用他木杠一般的大腿朝王鹰杰的小腿扫来。王鹰杰猛然跳起,避开他的扫腿。就在"哥萨克蛮牛"翻身而起,旋即用右臂抱摔王鹰杰的时候,王鹰杰迅速回了一个摔跤动作,借助他的力量,一下将他摔倒,直接采用倒地缠斗技巧,迅速转身,抓住了他的脚踝,并坐在了他的身上,然后以他的小腿作为杠杆,双手合拢,准备大力回掰下压。有点儿武学知识的人都知道,如果王鹰杰双手大力下压"哥萨克蛮牛"的小腿,他的膝关节轻则脱臼,重则残废。然而,王鹰杰出人意料地突然住手,站了起来。

"哥萨克蛮牛"却没有站起来。

小个子王鹰杰以难以想象的高超功夫,出人意料地战胜了三个大个子,让在场的人个个屏气敛息、心惊胆战。王鹰杰的功夫大大出乎金商古的意料,他对王鹰杰倍加赞赏,伊万诺夫、谢廖沙也对王鹰杰佩服得五体投地。就连俄罗斯大老板都对王鹰杰心服口服,尤其对他的武德修为赞不绝口。

当金商古提出要把三个"哥萨克保镖"送到医院养伤的时候,王鹰杰说:"不用送医院,我根本没太用力,就凭他们的身体,三天就会康复。"

金商古、俄罗斯大老板都非常高兴。

王鹰杰打败了三个大个子,俄罗斯大老板认为东方贸易公司的实力"很行",对金商古也另眼相看。两家公司达成了进出口合作协议,在合同上签了字。

金商古重重地奖励了王鹰杰和谢廖沙、伊万诺夫,并让王鹰杰、伊万诺夫当他的贴身保镖。王鹰杰的佣金比过去提高三倍,伊万诺夫的佣金提高了一倍。

石塚武夫、石塚熊二并没有接替王鹰杰,负责公司办公楼和仓库的安保工作。他们无法再待下去了，不辞而别地回到日本。

伊万诺夫自从被"棕熊"踢中裆部，只有他自己才能感觉到天要塌下来了。他变得极端缄默，如同河流封冻，内心深处有一种无法消除的伤痛。

谢廖沙暂时负责公司办公楼和仓库的安保工作。

过了三天，金商古的轿车遭到不明身份的枪手袭击，司机中弹身亡。金商古和王鹰杰、伊万诺夫没在车上，才幸免于难。

王鹰杰肯定地说："一定是那三个'哥萨克保镖'干的。他们什么事都干得出来。"

金商古给俄罗斯大老板打电话："大老板，我的司机被人枪杀身亡，我们已经报警。我想问问，我们这次遇袭，和你的三个保镖有没有关系？我相信你是一个值得信赖的正经商人，但愿这件事与你无关！"

俄罗斯大老板提醒金商古："那三个大个子已经不辞而别，不知去向。他们有背景，心狠手辣，你们自己要多加小心，尤其是那个小个子英雄王鹰杰，最好离那三个大个子远一点儿！"

新司机一时半会儿也找不到，金商古只好先让伊万诺夫开车。

第二天，王鹰杰发现有面包车尾随他们的轿车。伊万诺夫借助对地形的熟悉，左拐右转，才把尾随的面包车甩掉。估计面包车里的人和昨天的枪手是一伙儿的，有可能车上载的就是昨天的枪手。

王鹰杰说："他们三个是冲着我来的，为了报被打败之仇。我担心他们穷追不舍，会对你们造成伤害，甚至对公司造成损失。我还是离开公司吧，否则他们不达目的是绝不会罢休的。"

金商古担心地说："现在看，那三个人已经不是仅仅冲着你一个人来的了。他们已经打死了公司的司机，已经和整个东方贸易公司结下了梁子。我早就知道他们生性残暴，不把咱们斩尽杀绝，他们是不会善罢甘休的。再说了，咱们在明处，他们在暗处，防不胜防，即使报警，警察也不可能天天跟着咱们。我看，咱们不能待在海参崴的分公司了，回国吧。回到哈尔滨的总部，和俄罗斯大老板的进出口生意也不会受影响。"

于是，金商古在海参崴的分公司解散。这也意味着王鹰杰、谢廖沙、伊万诺夫被公司解雇了。他们依依惜别，分道扬镳。

王鹰杰回到哈尔滨。

金商古还想继续雇用王鹰杰贴身保护他，而且只雇用他一个人，佣金翻倍。王鹰杰谢绝了。他不想总为别人做事，而是希望开创自己的事业。这是王鹰杰在外闯荡多年之后产生的一个心愿，这个心愿的强烈程度与日俱增，那就是创办一家功夫馆，将中国功夫传授给更多的人……

第十八章　综合格斗馆

王鹰杰从海参崴回到哈尔滨之后,帮助秦雨晴把化妆品生意做大做强,在道里区买了一个100多平方米的门市房,开了一家美容院,名叫"雨过天晴美容院"。

此时的秦雨晴已经不是那个怯生生面对人生,畏于面对社会的小女孩了。她已经成为得心应手应对世事、轻车熟路驾驭生活的能人了。她个子不高,身材匀称,端庄大气,气质不俗,虽然称不上花容月貌,但是单凭精明干练、聪颖豁达的气质,尤其是那灿烂的微笑,就令无数美女相形见绌。尤其是开了"雨过天晴美容院"之后,秦雨晴更懂得了让自己漂亮的重要性,因为她的形象就是产品最好的说明书、最好的广告词。

秦雨晴天生丽质,稍加修饰,就更加清新脱俗。

好多人进入"雨过天晴美容院",看到了年轻漂亮的秦雨晴,才决定买她代理的化妆品、在她的美容院做美容。秦雨晴的形象,是对她的美容院的最好宣传,也是对顾客最大的尊重。

2007年8月,美国发生了一场次级抵押贷款机构破产、投资基金被迫关闭、股市剧烈震荡引起的金融风暴,被称为"次贷危机"。"次贷危机"席卷美国、欧盟和日本等世界主要金融市场,进而演变为全球性金融危机。

2008年秋天，钱利明的房地产公司因受"次贷危机"的严重影响，资金链断裂，倒闭了，他欠下千万债务。

房云嫣的病症日益严重，让她无法从恐惧的幻觉中走出来，总是感觉有人偷窥她洗澡、睡觉，要伤害她，她对生活更加绝望。这让钱利明焦虑不堪，看到别人家人丁兴旺，他却后继无人，他郁闷不已。他和房云嫣的感情渐趋平淡。

房云嫣在恐怖幻象的折磨下，经常摔、砸东西。平时，钱利明从来不对房云嫣发火，即便她用石头把他的奔驰轿车的玻璃砸碎了，他都没有指责她。公司倒闭，钱利明的精神支柱轰然倒塌了，这对他来说是巨大的创痛，他的脸上整天愁云密布。有一天，房云嫣竟然把他收藏的最后一件古董——公司的资金链断裂，他都没舍得拍卖的元青花瓷瓶摔碎了。他彻底绝望了，长期的郁闷终成燎原烈火，除了对房云嫣大发雷霆之外，他还斥责保姆没有看护好房云嫣，将保姆解雇了。

第二天，房云嫣在没有保姆看护的情况下，从别墅的三楼跳了下去，脑袋磕在草丛中的一块石头上，登时香消玉殒。

钱利明没有钱，没有爱人，没有家，而且已经不能再生育了，几乎失去了一切。"人穷则反本"，此刻，钱利明有一种强烈的落叶归根的念头，于是，卖掉别墅还清债务，返回哈尔滨。

钱利明的原单位可以接纳他。他感觉无颜见江东父老，拒绝了原单位领导的好意。事业上受到的挫折让他心有余悸，他已经没有勇气从头再来了。他整天待在年迈的老爸老妈的蜗居中，深居简出、粗茶淡饭，以为数不多的积蓄坐吃山空。

2008年，王书剑考上了黑龙江中医药大学骨伤科学专业。

2010年初，王鹰杰和秦雨晴在道里区买了一个三百多平方米的门市房，进行了装修。开始，王鹰杰想让秦雨晴把"雨过天晴美容院"搬到这个门市房里。考虑到王鹰杰的心之所向，秦雨晴决定帮助他开一个武术馆或功夫馆，满足他的心愿。

王鹰杰非常高兴。传授王氏拳脚功夫已经成为他的最大愿望。他现在年纪不小了，不能像过去那样闯荡了，应该有一个稳定的场所，干稳定的营生，做一番自己的事业。教拳脚功夫，是他驾轻就熟且梦寐以求的。

王鹰杰高兴得一下子把秦雨晴抱了起来，深情地吻了她……

到底叫武术馆，还是功夫馆，王鹰杰和秦雨晴费尽了心思。最后，王鹰杰经过深思熟虑，决定起名为"鹰杰综合格斗馆"。

2010年7月，"鹰杰综合格斗馆"正式开业，王鹰杰任馆长和教练。

"鹰杰综合格斗馆"开馆伊始，门庭冷落，简直门可罗雀。

王鹰杰得知钱利明的遭遇后，邀请他到自己的格斗馆工作，帮他看馆。王鹰杰想让他适应一段时间后，继续开创自己的事业。

王鹰杰教授功夫极其认真，哪怕只招收一个学员，他也如同教一百个学员一样认真负责，不厌其烦。训练时，有一种方法是让学员戴上拳击手套、护腿和头盔，直接上台与其他学员实战，让学员倾尽全力与对方切磋，尽力施用各种击打、摔跤、擒拿技术，以实战逼迫自己提高功力，尽早成熟。王鹰杰总是因人而异，采用科学合理、注重实效的方法教授学员。

对待有基础的学员，他注重实战，精益求精。他让他们尽早开始对打，尝试使用各种武术动作，以尽快掌握这些格斗技术，共同提高。对付试图擒抱自己腿部的人，可以提膝攻击对方面部；在近距离的缠打中，运用肘部猛击对方，从而摆脱对方的扭抱。这样，可以让有基础的学员在最短的时间内熟练掌握格斗技术，取得最大的进步。当然，对打只是练习，绝不是真打，点到即止。

对于没有基础的学员，他注重夯实基础，由浅入深。他从基础开始，教授他们打牢基本功，学好基本动作，练好扎实的站立姿势，熟练掌握各种进攻技术。他还陪同他们练习，甚至甘当他们的靶子。这样，没有基础的学员在施用扭斗、擒拿技术时，不会因为技术动作不熟练，不会走就开始跑，而使身体受伤。

"鹰杰综合格斗馆"开办第二年就门庭若市了。王鹰杰除了经营格斗馆之外，还结合自己的实战经验，潜心研究格斗功夫。他把中国武术招式、王氏拳脚功夫、拳击和巴西柔术的精华进一步融会贯通、科学整合、创新发展，坚持常人无法想象的武学修炼，形成一整套科学、合理、具有实战价值的综合格斗功夫，培养出一批综合格斗实力超强的弟子。

王鹰杰又带领他的一群天资超凡、实力超强的弟子参加国内外的综合格斗大赛，取得了骄人了战绩，成为纵横赛场的"虎鹰战队"，在国内外的综合格斗赛场上掀起了一场热血风云。

武胜男是王鹰杰的得意女弟子，也是"鹰杰综合格斗馆"的女中豪杰。她的性格像男孩子，身体强壮，力量很大，深得王鹰杰的格斗功夫真传，打法彪悍，技术全面，意志顽强，尤其擅长摔跤和绞技。她用自己精湛的技术和超强的体力，不断创造着奇迹。

2011年末，武胜男报名参加"五洲综合格斗联赛"80公斤级比赛。她一路过关斩将，奋勇杀进总决赛。在总决赛中，她与俄罗斯悍将阿芙罗拉相逢。

阿芙罗拉的性格和格斗风格都像彪悍的俄罗斯男人，狂暴而无畏，勇猛而凶悍。虽然她的实力不如男人，但是她称霸世界格斗赛场的野心比男人还要强烈。阿芙罗拉精神力量强大，在比赛中总是能够发挥出最大的潜能，出人意料地战胜对手。近几年，阿芙罗拉在重大综合格斗比赛中屡屡打进决赛。

在总决赛开始之前,王鹰杰在赛场边上对武胜男进行战术指导,并鼓励她,让她信心十足、斗志旺盛。比赛一开始,阿芙罗拉就气势汹汹,咄咄逼人,步伐快速,攻击凌厉。武胜男后退几步,突然使出最擅长的摔跤技巧,出脚破坏阿芙罗拉的重心,将力大无穷的阿芙罗拉抱摔在地。阿芙罗拉飞速站起,用快拳反击。武胜男充分发挥自己摔跤的强项,继续抱摔,再一次将阿芙罗拉摔倒在地,然后施展她的绝技——裸绞降服技巧,锁住阿芙罗拉的头部,并不断发力。阿芙罗拉无计可施,无能为力,只能拍地认输。武胜男勇夺"五洲综合格斗联赛"80公斤级冠军。

除了弟子多次在大型综合格斗比赛中力拔头筹之外,王鹰杰自己也屡屡在重大综合格斗比赛中独占鳌头。王鹰杰已经声名鹊起,"鹰杰综合格斗馆"更是名声在外。"鹰杰综合格斗馆"为综合格斗培养了一批优秀选手,其中包括慕名而来的美国、俄罗斯、加拿大、韩国等国家的学员。就连谢廖沙、伊万诺夫也特意来中国,在"鹰杰综合格斗馆"学习。

谢廖沙、伊万诺夫的到来让王鹰杰喜出望外。他连续几天带着他们俩品尝哈尔滨的特色美食,喝哈尔滨啤酒。谢廖沙、伊万诺夫非常喜欢吃哈尔滨的大列巴、红肠和锅包肉,喜欢喝哈尔滨啤酒,尤其对黑龙江的农家菜赞不绝口,一个劲儿地说"哈拉少"。

王鹰杰感觉谢廖沙还是以前的谢廖沙,伊万诺夫却不是以前的伊万诺夫了。除了在喝啤酒的时候,他还能看到以前那个伊万诺夫,平时连以前那个伊万诺夫的影子都难以看到了。王鹰杰感到纳闷儿。

谢廖沙学习综合格斗的热情不高,他主要是想念王鹰杰了,才报名进入"鹰杰综合格斗馆"学习,这样他就能天天看到王鹰杰。伊万诺夫学习综合格斗的热情极高,练习起来总是聚精会神、废寝忘食。

王鹰杰发现伊万诺夫的综合格斗功夫相当高强，与在海参崴和"哥萨克保镖"比武的时候不可同日而语，简直判若两人。他下手狠辣，出脚极重，招招暗藏一种令人生畏的杀气。 格斗馆有一个学员叫高坚强。在中学的时候，他既是足球运动员、铁饼运动员，又是拳击运动员。中学毕业后，他参军了，是特种部队的特种兵，擅长擒拿格斗。高坚强从部队转业后，在哈尔滨的一个大企业当保安队长。

有一天，高坚强的一个战友从齐齐哈尔来到哈尔滨。他和金商古是亲戚。高坚强找了几个战友聚会。酒桌上，高坚强的战友讲起了王鹰杰在泰国和俄罗斯的辉煌战绩。他是王鹰杰的崇拜者，简直把王鹰杰说神了。

高坚强被王鹰杰的精神感染了，从心里仰慕王鹰杰，希望成为他的弟子，向他学习具有实战价值的功夫。

2012年春天，高坚强听说王鹰杰开了"鹰杰综合格斗馆"，毅然辞去保安队长的工作，到"鹰杰综合格斗馆"学习，实现他当王鹰杰的弟子的梦想。他从内心崇拜王鹰杰，渴望成为王鹰杰那样综合能力超群的格斗高手。

高坚强第一次看到王鹰杰的时候，大失所望。他心目中的王鹰杰应该是高大威猛、威风凛凛的，没想到他的身材如同一个体操运动员，虽然肌肉发达，但是身形不伟岸，相貌不威武，看不出格斗高手那种神勇无敌的气质，也看不出令对手望而生畏的豪气和霸气。高坚强感觉王鹰杰无论是抗击打能力，还是攻击能力，都不可能太强。无论如何，他都无法把王鹰杰同他听到的那些事迹联系起来。他甚至对王鹰杰的传奇故事产生了怀疑，觉得王鹰杰也许徒有虚名。

高坚强从心里不服王鹰杰，来格斗馆的第二天就提出要和他进行格斗。如果王鹰杰不是他崇拜的王鹰杰，他立马走人，另访名师。

王鹰杰问高坚强："你来我的格斗馆是为了和我较量，还是为了学习综合格斗技术？如果是为了和我较量，你不用以报名学习的名义，我随时奉陪。"

高坚强直言不讳："我是个直性子，不会拐弯抹角，请王老师多包涵。我是慕名而来的，就是想向您学习综合格斗的绝招。但是我得知道，王老师您到底有没有传说中那么厉害，有没有用于实战的厉害绝招，因为我不想浪费时间！"

高坚强身高一米七四。在综合格斗中，他的身高不占优势，但是他肩宽臂长，手臂和腿部肌肉相当发达，动作敏捷，力量很大，身体素质极好。他长相英俊，自带威严，具有当过兵的人特有的刚毅气质。给人印象最深的是他的眉毛，又宽又黑，颇有不怒自威的感觉。

王鹰杰第一次看到高坚强，就感觉他是个练习综合格斗的好材料，打算重点培养他。但是，他一到格斗馆就对王鹰杰的格斗功夫产生怀疑，表现出对王鹰杰的不服气，还有一种令人反感的狂妄。王鹰杰难免对他产生反感，听了高坚强的这番话，感觉他说得有道理。也许他是一个坦诚、直率的人，不把想法说出来，心里不舒服。

王鹰杰有一段时间没和别人较量了，正有点儿心痒难耐，既然高坚强敢向他叫板，那就说明高坚强有一定的武术功底，绝非一般学员。王鹰杰看过高坚强的简历。为了让高坚强心服口服，也为了服众，王鹰杰同意和他进行一场公平的综合格斗比赛。

王鹰杰让学员都来观看比赛，也想通过这场比赛，给学员进行一次现场教学。

此时的王鹰杰已经非常精通拳击技术了。他将拳击、巴西柔术的实用动作和王氏拳脚功夫融会贯通，运用起来得心应手。

比赛刚开始，高坚强就把他和王鹰杰的师徒关系抛在场外，暴雨一般的重拳向王鹰杰劈头盖脸地打来。当高坚强的右拳向王鹰杰的面门打来的时候，王鹰杰头部向右躲闪进身，同时抓住高坚强的手腕，猛然向左转体下蹲，一下子将高坚强从自己的背上向前摔了出去。这只是一个普通的拉臂转身背摔动作，王鹰杰做起来轻描淡写，行云流水一般连贯，让高坚强防不胜防。

高坚强爬起来，迅速上前一个铁钩手，来抓王鹰杰的喉咙，王鹰杰用右手格开他的左手。高坚强的铁钩手是个虚招，实招随之跟上。他猛然用右手掌压住王鹰杰的右手背，想抓握其无名指一侧，压住手腕，随即含胸收腹用力下沉，要折王鹰杰的手臂。王鹰杰清楚这个招式是擒拿术中的"拧腕断臂"。这小子够狠啊！王鹰杰双手一伸，铁钩一样抓住高坚强的两个手腕，顺势后仰倒地，同时两手用力拉得高坚强向他倒来。王鹰杰猛然出脚，蹬在对方的前胸。王鹰杰两臂的拉力加上右脚的力道，让高坚强胸痛不已，肩膀也有要脱臼的感觉。瞬间，王鹰杰两手一松，一脚就揣得高坚强"飞"了起来，重重地摔在练功垫子上。其实，这个动作对于高坚强来说也不陌生，不过是典型的兔子蹬鹰招式和一般蹬踏招式的结合。王鹰杰做出来，高坚强感觉束手无策，只能束手就擒。

第二天，高坚强在床上躺了一天。他终于对王鹰杰心服口服了！

王鹰杰去看高坚强，推心置腹地对他说："我用这些简单的招式打败你，就是想告诉你，学习综合格斗，必须打牢基础。简单的招式看似简单，其实不简单。简单的招式做到了极致，熟到让自己得心应手，快到令对手防不胜防，也就是说把简单的招式做到不简单的境界，那么，简单的招式就是绝招，你就是高手！"这是王鹰杰研习拳脚功夫悟出来的真谛。

自从和王鹰杰比试之后，高坚强听课心无旁骛，训练废寝忘食，拳脚快如闪电、重若铁锤。

王鹰杰几乎把平生所学所悟的功夫都传授给了高坚强。经过一年多的勤学苦练，高坚强已经成为格斗馆实力最强的学员，成为王鹰杰的得意弟子。

从海参崴回到哈尔滨后，王鹰杰和秦雨晴就在松花江北岸买了一块地，建起了一幢平房，围起了篱笆墙。这个园子冬天闲置，春天来了，他们就开始在园子里栽种茄子、辣椒、西红柿、黄瓜、豆角等各种蔬菜。他们是从农村来的，离不开这样的生活环境。秦雨晴还给园子起了一个洋气的名字——"王氏小庄园"。

王鹰杰经常在夏秋的周末，把20多个学员拉到"王氏小庄园"聚会，为学员们杀鸡宰鹅，做农家菜。秦雨晴做农家菜的水平极高，上初一时她就开始和妈妈学做农家菜，很快就超过了妈妈。学员们都愿意吃她做的农家菜，赞其为"地道的东宁农家菜"。两周没到"王氏小庄园"吃顿秦雨晴做的"地道的东宁农家菜"，他们就惦记得不行。

此时，王书剑已经上大三了。正值暑假，她也和高坚强、杨巨刚这些学员一起休闲、聚会。

王书剑上中学的时候，王鹰杰就想教她拳脚功夫，防身健体。

秦雨晴也对她说："学习拳脚功夫对你有好处，万一有流氓歹徒欺负我们家漂亮的大小姐，好用拳脚功夫给歹徒来个突然袭击。再说了，学点儿拳脚功夫，也对得起我给你起的名字呀。"

王书剑虽然是个女孩子，但是她崇拜英雄，具有尚武精神，对学习功夫兴趣浓郁，只是学习太忙，尤其是上高中的时候，她整天忙于复习备考，根本没有闲暇时间学习功夫。

大学暑假期间，王书剑有时间了，和高坚强、杨巨刚他们接触的时间长了，耳濡目染之下，她更渴望学习综合格斗了。她天天跟父亲和高坚强、杨巨刚学习综合格斗。

　　王书剑在这方面很有天赋，比当年她父亲学习武术招式的时候悟性还高，进步飞快。

　　王书剑继承了爸爸的英勇无畏，妈妈的美丽干练，在学校出类拔萃，追求她的男生自然不少。

　　外系一个被学校开除的男生软磨硬泡、穷追不舍地追求王书剑。他三番五次地给王书剑写情书，说刚上大学时就开始暗恋她了。王书剑委婉地拒绝了他，同时鼓励他努力学习，争取重返校园，把失去的时光抢回来。然而，这个男生把王书剑的婉拒当成了羞涩、犹豫、软弱，竟然死缠烂打地疯狂追求她，严重影响了她的正常学习生活，让她苦不堪言。这个男生钻进感情的牛角尖不能自拔，最终走向极端。有一天，他竟然威胁王书剑，说如果她不同意做他的女朋友，他就用刀割花她的脸、打断她的腿，他宁愿养她一辈子。

　　感情这东西是复杂的，拒绝就要斩钉截铁，不能给对方留下任何幻想的空间和希望，否则，被伤害的就是自己。

　　王书剑出于无奈，将此事告诉了父亲。王鹰杰担心女儿遭到欺负和伤害，就每天派两个人到学校暗中保护她。

　　王书剑说不需要别人来保护她，她自己能保护自己。

　　王鹰杰和秦雨晴不放心，女孩子遇到危险，家里人必须得保护她。王鹰杰和高坚强、杨巨刚都给上学放学的王书剑当过保镖。过了一个月，王书剑平安无事，王鹰杰他们又处于紧锣密鼓的训练阶段，准备迎接一个重要的综合格斗大赛。王鹰杰不再安排人保护王书剑了，让她自己保护自己。

　　王书剑英姿飒爽地说："用不着你们保护我。这样的人兴不起大风大浪，我不怕！"

　　第二天晚上，王书剑从阅览室回宿舍，路过一片幽暗的树林，突然冲出来三个黑影，截住了她。正是那个男生和他找来的社会上的两个流氓。

那个男生对另外两个人说："先别动手，我再问王书剑最后一句。"然后粗野地问王书剑，"王书剑，你到底同意不同意做我的女朋友？"

王书剑已经对他十分厌恶，坚决地说："你就是个浑蛋，是个无赖。我怎么能做你的女朋友？你就死了这份心吧！"

一个流氓邪恶地对男生说："兄弟，你先占有了她最宝贵的东西，那样你不让她做你的女朋友都难。这是我的经验！"

男生听了这话，不管不顾地冲上来就想对王书剑非礼。

关键时刻，王书剑无所畏惧、镇定自如。当男生的脏手向她伸来的时候，她突然出手，抓住了他的手指，用力下掰。他刚一弯腰，王书剑猛提膝盖，重重地撞击他尖瘦的下巴。他一下子坐在地上。王书剑踩着他的身体飞身跳起，一脚踢掉一个流氓用来吓唬她的尖刀，随之抓住他的手臂，施展柔术借力技巧，对方还没看清她的动作，手臂已经受伤，无法动弹。另一个流氓抡起木棒，朝王书剑的脑袋打来。她侧身躲过木棒，一伸手，一转体，就将他像一个麻袋一样从她头顶背摔过去，重重地摔在地上。那人挣扎着伸手够他的木棒，还想攻击王书剑。王书剑迅速跳起，一个潇洒的空中转体后坐在流氓的身上，快速抓住他的双手，用力后带，同时用单脚蹬他的肚子，一个连贯的兔子蹬鹰招式，再次把他扔在了身后，对方疼得龇牙咧嘴。

从此，再也没人敢骚扰、欺负王书剑了。她安下心来复习，准备考研究生。

王鹰杰是个大孝子。无论是四海为家、闯荡天涯，还是习武授徒、席不暇暖，他都要挤时间回东宁三岔口村，帮助爹妈干农活儿。

春天,他帮助爹妈耙地种地;夏天,他帮助爹妈施肥铲地;秋天,他帮助爹妈收菜收粮。秋天扒苞米时,他把干燥成熟的苞米棒子从秸秆上掰下来,用车拉回家,还要把苞米粒从苞米棒子上扒下来,一扒就是七八天。看到他扒出来的苞米粒已经堆成小山,他才带着收获的喜悦坐火车返回哈尔滨。

2014年秋天,王鹰杰安排高坚强带领学员练习综合格斗,他自己坐火车回东宁三岔口村,准备帮助爹妈秋收。

王鹰杰每次回三岔口村,都要去看年迈的二爷王建国。然而,这次一到三岔口村,他就听说二爷去世了。王建国已经89岁高龄了,腿脚又不利索,非得帮助人家去推上不去山坡的拉石头的车。一块大石头突然从车上掉落,砸在他的背上。第二天,他就去世了。

王鹰杰买了祭品,去墓地祭奠了这位让他崇敬的老英雄。

王鹰杰扒苞米的时候总是心不在焉,多次把苞米瓢扔进苞米粒里面。

二爷去世,让王鹰杰悲伤了好长一段时间。格斗馆的人都不清楚原因。

"鹰杰综合格斗馆"创办后,哈尔滨又陆续开了一些综合格斗馆。

"鹰杰综合格斗馆"办得红红火火,慕名而来的学员络绎不绝;其他一些格斗馆冷冷清清,偶然进来的学员寥若晨星。有些格斗馆的经营者开始嫉妒"鹰杰综合格斗馆",感到不服气:"他王鹰杰何德何能啊,吸引了那么多学员,咱们应该去会会那个王鹰杰,看看他是功夫超群,还是仁德盖世。我看他也许是徒有虚名。"

就在王鹰杰不在家的十来天,另一个格斗馆的四个高手来"鹰杰综合格斗馆"挑战,相当于踢馆。高坚强一看来者不善,就对他们说:"来学习的,我们用好茶款待朋友;来挑战的,我们用拳脚迎接对手。请问四位是来学习的,还是来挑战的?"

四人中的第一个说道："我们既不是来学习的，也不是来挑战的。我们的格斗馆冷冷清清，你们的格斗馆热热闹闹，我们就是想知道，你们这里有什么样的高手，有什么样的绝招。想向你们格斗馆讨教一下。"

高坚强强硬地回答："是不是高手，有没有绝招，不动手怎么能知道？看来你们不是来讨教的，而是来挑战的。那就切磋一下吧！"

四人中的第二个抢着说道："闲话少说。实话告诉你们吧，我们不是来讨教的，就是来向你们挑战的。你们当中格斗功夫一般的靠后，格斗功夫最高的上前，和我们真刀真枪地较量一下。如果我们赢了，就算我们拿你们出出气；如果你们赢了，就算你们拿我们出出气。"

自从和王鹰杰比武之后，高坚强就没再和外人真打过，总盼着有机会检验一下勤学苦练两年多的成果。机会来了，能和他们比试，他自然喜出望外。他谦逊地对咄咄逼人的四个人说："咱们可以切磋一下，我们就当以武会友，就当我向你们学习了。一定点到为止！"

四人中的第三个不依不饶地说："用不着点到为止，打伤了互不负责！"

其他三人同声附和："对，用不着点到为止，把你们的绝招使出来吧。我们要是受伤了，绝不用你们负责！"

高坚强正要说什么，还没等开口，四人中的第四个迫不及待地站在他面前。他显然比高坚强更高更壮，简直像一座石山。他什么话都不说，活动活动腰腿和手腕，突然出拳打向高坚强的脸。高坚强躲过他的拳头，想以静制动，观察一下他的拳路。他沉重的组合拳一拳接着一拳地朝高坚强打来，目标都是他的脸。都说打人不打脸，高坚强一看他专门打脸，怒火中烧，突然躲过他的拳头，同时快如闪电的一记重拳打在他宽阔的下巴上。这人疼得想喊叫，又喊叫不出来，左手捂着下巴，右手指着下巴，嘴唇上喷涌的鲜血从手指的缝隙中溢出，一直流淌到鞋上。

一个同伴一看他被高坚强打掉了下巴，鲜血直流，立马凶悍地冲向高坚强，突然出脚，踢向高坚强的下巴，想以血还血，也把高坚强的下巴踢掉。高坚强向左侧身，同时用右手一把抓住他的脚踝，左手猛压他的膝盖内侧，小腿随即弯曲。高坚强以他的小腿作为杠杆，用力外掰。他的大腿根部筋肉立马拉伤，他躺在地上哀号。

另外两个同伴不甘心他们这边这么快就被打败，还想硬着头皮和高坚强比画。高坚强浓眉一皱，对他们怒目而视，握紧铁拳就要冲向他们。他们的斗志和狂傲瞬间消失得无影无踪了。其中一个指着坐在地上的、躺在地上的两个同伴，对高坚强说："哥们儿，你下手也太重了，不是说一定点到为止吗？"

高坚强霸气地回答："我只用了四成功力，否则，他们就不是只伤到下巴和大腿了！"

他们觉得这是自己的狂妄和鲁莽导致的苦果，只能自己就着血水咽进自己的肚子。于是，没受伤的两个人，扶着一个，背着一个，狼狈地离去了。

王鹰杰从三岔口回来后，听说了这件事，埋怨高坚强出手太重，让他去给人家赔礼道歉，并送去两万元钱，当作医疗费。高坚强说什么也不去。

王鹰杰寻思着，不去赔礼道歉也罢，很多人欺软怕硬，去给他们赔礼道歉，也许他们反而认为"鹰杰综合格斗馆"软弱可欺。让对方领教了他们的实力，也是好事。这样，几家综合格斗馆之间才能真正地公平竞争，否则总有人想用歪门邪道搞垮别人，那么，踢馆现象还会发生，弄得两败俱伤，谁的格斗馆都办不好。

星期天，王鸿儒开车，载着爱人、孩子来到"鹰杰综合格斗馆"。他们全家每个星期天都来看望王鹰杰一家。

王鸿儒于1993年大学毕业，被分配到电视台新闻部当记者。他早已结婚成家，并有了一个可爱的女儿。他的爱人不是袁月，而是他的另一个同班同学，叫田苗。田苗在大学期间一直暗恋王鸿儒，并在他身处困境的时候毅然出手帮助他。她喜欢王鸿儒，是因为王鸿儒喜欢读书，知识丰富，上知天文，下晓地理，尤其是他写的散文文采飞扬、富有诗意。毕业前夕，田苗才向王鸿儒表达爱慕之情。有情人终成眷属。

田苗在攻读硕士研究生阶段专门研究我国东北三大族系的历史，尤其是肃慎族系。毕业后，她被分配到省里的一个历史考古研究部门，专门研究这三大族系的发展、融合和分化，研究"新开流文明"——迄今为止在黑龙江省发掘出土的较早、出土文物最多、最全面系统反映古代肃慎人的渔猎劳动、艺术雕刻、宗教信仰、民俗礼仪等多方面的文明，创造了多方面文明之最。它为研究黑龙江流域社会发展、民族起源、环境变化、艺术起源、民风民俗演变等提供了科学的实物资料。

1972年9月，黑龙江省文物考古工作队对密山大小兴凯湖之间的湖岗上进行了考古挖掘，发现了一处新石器时代遗址。遗址东西长300米，南北宽80米，面积约2.4万平方米，发掘面积280平方米。出土的文物十分丰富，共有2000多件。此遗址的先民以捕鱼为生，兼事狩猎和农耕。出土的文物有以渔猎工具为主的石制工具，以细石器为多；有骨角牙器，包括鱼镖、鱼叉、鱼钩、剑镞，以及角雕鱼形；还有陶器，包括陶罐、陶钵两类，多雕饰鱼鳞纹、网纹和篦点纹等。该遗址共发现墓葬32座，鱼窖10座。对了，还挖掘出一件精美的艺术品——海东青鹰首骨雕。

海东青是古肃慎的最高图腾。海东青鹰首骨雕是一件7厘米长的圆雕，系用坚硬的石器在兽骨上精心雕磨而成。整个体势呈弯月形，鹰的眼睛、口部雕琢清晰，手法简洁古拙，塑造出一种寻找和猎取猎物的神态。

经过严谨的考证，学者认定这是一处距今6000年左右的新石器时代中晚期肃慎人的遗址，"新开流文化"遗址最早可以追溯到7000年以前。

肃慎人与中原地区很早就在政治、经济和文化方面有频繁的交往和联系。古代文献记载，舜、禹时代，肃慎人已经与中原有了联系。周武王时，肃慎人入贡"楛矢石砮"。周人在列举其疆土四至时称："肃慎、燕、亳，吾北土也。"肃慎族系经过漫长的繁衍、斗争和融合，原始部落已经密布于黑龙江和乌苏里江流域，以及松花江中下游流域等地。肃慎族系的生产方式是打鱼、狩猎和农耕，创造了渔猎文化和农耕文化。

1983年，经黑龙江省政府批准，在原址建起了一块"新开流遗址"石碑。

十几年来，田苗撰写了十多篇相关论文，在全国反响强烈，充分展示了她在历史考古研究方面的天赋。她已成为全国著名的研究肃慎文化的专家。在这条路上，她越走越远，乐在其中……

"次贷危机"的影响已经过去。钱利明心里的创伤也基本上愈合了。他离开"鹰杰综合格斗馆"，在王鹰杰夫妇的鼓励和支持下，重新坚定了创业的信心。开始，他开了一家装修公司。后来，网上购物在中国大地上如同雨后春笋，生机盎然，钱利明抓住商机，又开了一家快递公司，生意红红火火。

袁月经历过那场风波后，本来可以继续念书，可她说什么也不念了,觉得自己没有脸面面对同学和老师,也没有心思继续念书了。老师和同学都为她感到可惜,纷纷劝她留下来。袁月的心理阴影是难以消除的,她毅然回到哈尔滨郊区的农村,依靠种地、养猪、养鸡来养活父母。后来,她嫁给一个老实本分、身体健康的农民,接连生了四个孩子,生活很艰辛。

王书剑大学毕业后,想和别的同学一样,自费到国外留学。王鹰杰、秦雨晴觉得女儿太单纯,自理能力差,只身去国外,没有人照顾,他们很担心,不同意她去。

叔叔王鸿儒对她说:"你爸妈不是花不起钱,关键是人家到国外留学,都是在企业经营管理、高科技、西医等方面深造,发展空间大,甚至有些人去之前就做好了不再回来的准备。你不是想离开中国不再回来了吧?"

婶婶田苗也劝她:"你是学中医的,用不着去国外深造。中国是中医的发源地,在全世界水平最高,用不着随波逐流地到国外去学习。外国人学中医都到中国来,你何必舍本逐末呢?我有几次公派出国留学的机会,都没去,因为我是研究中国北方历史的,没必要出国留学。"

王书剑坦诚地说:"也许有些人出国留学是为了留在国外生活,或者附庸风雅、随波逐流,但我绝对不是。我感觉世界很大,上中学的时候就想出去开开眼界,长这么大还没走出过国门呢。我完全没想过去国外就不再回来了,撒谎是小狗!既然你们都不同意我去,我就听你们的,不去了!我离不开你们,离不开我的祖国!"

父母和叔叔婶婶看到王书剑成熟了,都非常高兴。

王书剑非常佩服婶婶,深受她的影响。她想像婶婶一样,在中国古代历史文化研究方面有所建树。她考上了北京中医药大学的研究生,专门研究中医中药的历史和文明,希望能以自己的努力,让中医中药广为人知、走向世界,更好地为人类服务。

王鸿儒介绍,国家不断加大整治不正之风的力度。张大公早已退休,因为在职期间的违法乱纪行为,正在被纪检部门调查。

上梁不正下梁歪,张有才、张有金、张有全走的是与他们的父亲大同小异的路。法网恢恢,疏而不漏,命运的审判正等待着他们。

张有富在三岔口村,一言一行都效仿张大公,受张大公的影响很深。三岔口村被他搞得乌烟瘴气,村民怨声载道。他已被免职。

东阳林业局原局长林横也在退休后被纪检部门立案调查。

王远志已经晋升为东阳林业局副局长,他一直洁身自好、为官清正,没有任何违法违纪问题。

王远志是个有梦想、有追求的新时代年轻人。他当秘书的时候,除了尽职尽责地完成领导分配的工作之外,非常注重学习管理方法,持之以恒地坚持学习管理知识。他当上副局长后,在日常工作和生活中严以律己、清正廉洁、锐意进取,为东阳林业局的改革发展做出了积极贡献,成为新时代领导干部的楷模。

一场动荡过后,经过民主选举,王远志成为东阳林业局局长。

在风清气正的环境下,德才兼备的年轻干部王远志,一步一步扎扎实实地实现着心中的美好蓝图……

第十九章　最后的对决

从21世纪初开始,在世界范围内掀起一股综合格斗竞技热潮,各种综合格斗争霸赛精彩纷呈、高手如云,观众们激情澎湃、热血沸腾,格斗高手受到狂热的追捧。

综合格斗是一种规则极为开放的竞技格斗运动,既可站立打击,又可地面缠斗,允许选手使用拳击、泰拳、摔跤、巴西柔术、散打、跆拳道、空手道、柔道等多种技术,被誉为搏击运动中的"十项全能"。

高坚强已经成长为综合格斗高手。他虽然只是比王鹰杰略高,但是比王鹰杰还要强壮,浑身肌肉隆起,仿佛是用石头堆砌、没有掺杂泥土的硬汉雕像。他深得王鹰杰的综合格斗技术的真传,是王鹰杰的得意弟子。高坚强打法彪悍霸气,灵活多变,浑身充满力量,出拳重、出脚快,拥有驾轻就熟的地面缠斗技术。2014年秋天,他考入市公安局特警突击队。他多次在反恐实战中立功,成为智勇双全、身手敏捷的出色特警。2016年初,美丽的女特警田清媛成了他的恋人,进而成为他的爱人。他们的婚礼是在"王氏小庄园"举行的。王鹰杰和秦雨晴为他们主持婚礼。

无论面对多么强大的对手,高坚强都勇往直前,这是一般综合格斗选手所不具备的精神实力,也是职业和经历给他的馈赠。

2016年，高坚强报名参加了多场大型综合格斗比赛，检验自己的实力。

2016年3月，在"勇士荣耀"中国站综合格斗大赛男子75公斤级比赛上，高坚强刚刚亮相，就主动进攻，连打对手二十几拳，轻松击败对手。接着，他又连胜两场，彰显出中国综合格斗选手的超强实力和精神风貌。

伊万诺夫和谢廖沙也报名参加了这场大赛。

伊万诺夫自从被"棕熊"的撩阴腿踢成重伤，至今没结婚。这是郁结在他内心深处无法医治的伤痛。不知从什么时候起，伊万诺夫的性格变了，更加沉默，也更加暴躁。他忘我地刻苦练习。然而，他参加了几次综合格斗比赛，不是被对手打得鼻青脸肿，就是侥幸战胜对手，自己也被打得狼狈不堪，有两败俱伤的尴尬。伊万诺夫感觉自己实力欠佳，就不断参悟、研习王鹰杰的拳脚功夫。直到后来，听说王鹰杰在哈尔滨创办了"鹰杰综合格斗馆"，他就约谢廖沙来哈尔滨，向王鹰杰学习综合格斗功夫，提高自己的实战能力。

在"鹰杰综合格斗馆"学习期间，伊万诺夫得到王鹰杰的系统传授和指导，综合格斗技术有了长足的进步，实力大增，成为一位名副其实的格斗高手了。

经过在"鹰杰综合格斗馆"的学习，谢廖沙的综合格斗功夫也今非昔比，但是他学习综合格斗绝不是像伊万诺夫那样，而是主要为了强身健体，他还准备在海参崴开一个综合格斗馆。谢廖沙报名参加"勇士荣耀"综合格斗大赛，也不是自愿的，是伊万诺夫鼓动他报名，好让他见证自己的胜利。谢廖沙也想开阔一下视野，为开综合格斗馆积累经验。

2016年5月，高坚强参加"勇士荣耀"新西兰站的比赛。他为中国综合格斗勇士军团取得了首场胜利，接着又创造了自己四战全胜的纪录，两次击倒对手，两次降服对手，没有一场比赛需要打满三局，让世界看到了中国综合格斗力量的强大。

在男子75公斤级决赛中，高坚强和格格耶夫对阵。高坚强一上场就采取主动抱摔技术，将猎豹一样敏捷的对手格格耶夫拖入地面。格格耶夫顽强反击，才没有让高坚强的固技得手。接着，高坚强顺利拿到侧位，以泰山压顶的姿势压制对手。经过一番地面缠斗，在第二回合要结束的时候，高坚强占据骑乘位置优势，施展凶猛的上位砸击，赢得胜利。

高坚强在"勇士荣耀"擂台上夺得了一条属于自己的金腰带。

伊万诺夫综合格斗技术全面、精湛，出手出脚极其有力、快速，而且动作奇特，令对手防不胜防。在"勇士荣耀"综合格斗大赛80公斤级决赛中，他主动出击，对手没有还手之力，他轻轻松松就取得了最后的胜利，获得了一条金腰带。

最后，主办方安排了一场特殊的无级别表演比赛。伊万诺夫挑战高坚强，高坚强应战。伊万诺夫在"鹰杰综合格斗馆"学习期间，多次被高坚强打败。他认为自己已经今非昔比了，想借助在此和高坚强相遇，来证明自己的实力，挽回自己作为勇士的荣耀。

表演比赛只设两个回合。第一回合，高坚强因顾念同窗之谊，对伊万诺夫手下留情，被伊万诺夫毫不留情地猛打猛攻，几乎只有被动防守之力，毫无主动进攻之势。第二回合，高坚强一开始就主动进攻，频频出脚攻击伊万诺夫的下盘，致使伊万诺夫攻击的节奏被打乱。高坚强抓住机会，突然一个抱摔，把伊万诺夫摔倒，然后实施地面固技，将伊万诺夫死死缠住，如同牢牢地捆绑住一头蛮力十足的犴达罕，让他无力施展蛮力。到比赛结束，高坚强毫无争议地获胜。

这场比赛让伊万诺夫深刻意识到了自己的弱点：技术全面，但都不精湛。山外有山，人外有人，谁也无法称霸世界。依靠比赛的胜利来缓释内心深处的自卑，既不会长久，也解决不了根本问题。一个人的自卑，也许来自身体的创伤，归根结底还是来自人的心灵深处……

2016年秋天，高坚强、杨巨刚报名参加"精武门"世界综合格斗争霸赛。在王鹰杰的指导下，他们经过精心准备、刻苦训练，合理运用战术，在前两轮比赛中过关斩将，轻松进入半决赛。

石塚武夫和石塚熊兄弟俩也报名参加了"精武门"世界综合格斗争霸赛，并进入半决赛。今天的石塚武夫和石塚熊二已经不是当年在海参崴的他们了。

石塚武夫、石塚熊二从小失去父母，住房狭小，物资匮乏，在内心深处产生强烈的自卑感和危机感。兄弟俩性格暴躁，崇武好斗，以攻为守，进攻意识和占有欲望超强。只是他们修为尚浅，功夫不到火候，就迫不及待地走进江湖。在海参崴，他们深藏不露，以点头哈腰的谦卑示人。那时，他们也没有遇到什么关键时刻，只是一不留神，没有隐藏住自己，忘乎所以了，暴露出了好斗的本性和实力不足的本来面目，使自己深陷技不如人的尴尬境地。

曾经的挫折、自卑，让兄弟俩意识到自己与别人的差距，也激发了他们提高自己、超越别人的强烈欲望。从海参崴回到日本后，兄弟俩开始卧薪尝胆，精心研习世界各国的武术，兼收并蓄其中的精华，废寝忘食地刻苦练习，使自己的综合格斗功夫更进一步。

石塚武夫、石塚熊二善于冒险，喜欢挑战生命极限。为了让自己的格斗功夫出类拔萃，他们特意去一些环境极其险恶的地方进行生存训练和格斗训练，以使自己能够适应各种生存环境，出拳出腿快如闪电，重如滚石。

其实，他们俩并不具备习武天赋，但是以勤补拙，笨鸟先飞早入林，最后也成了日本综合格斗的顶尖高手。尤其是石塚武夫，过去，他的柔道、空手道功夫和石塚熊二不相上下；现在，他的综合格斗功夫突飞猛进，让石塚熊二望尘莫及。

兄弟俩的格斗功夫高强了，就摘下了伪饰的人格面具，还原了争强好斗、狂妄自大的本来面目。即使和强大的对手较量，他们也总是盛气凌人、居高临下，试图以此给对手以心灵上的震慑。一些弱小的、心理素质不强的对手，还没有和他们较量，就已经在气势上输给了他们。

石塚武夫的格斗动作十分刁钻，而且他擅长偷袭，出手极重，几乎拳拳见血，招招致命。石塚武夫在他的格斗生涯中，已经获得六条金腰带。他近两年来参加日本，以至于亚洲的综合格斗大赛，38场连胜，几乎每场都是将对手打倒。因此，他被称为"格斗狂人"，声名显赫。

在半决赛中，石塚武夫、石塚熊二与高坚强、杨巨刚对决。比赛结果是高坚强战胜了石塚熊二，杨巨刚输给了石塚武夫。

高坚强和石塚武夫在决赛中狭路相逢。最后，石塚武夫偷袭高坚强成功，战胜了高坚强。

这次"精武门"世界综合格斗争霸赛的比赛结果是石塚武夫获得冠军，高坚强获得亚军，石塚熊二获得第三名，杨巨刚获得第四名。

在格斗台上颁奖的时候，石塚武夫表现得极为狂妄，完全没有尊重他人的意识，令人非常反感。

石塚熊二也不知天高地厚地叫嚣："有不服气的，可以在明年的比赛中和我们较量。我们必胜！"

王鹰杰对此非常气愤。如果只是高坚强、杨巨刚比赛失利，他可能不以为然，赛场上总会有输赢；但对于石塚武夫、石塚熊二的言行，王鹰杰不可能充耳不闻、无动于衷。他决定报名参加2017年在哈尔滨举办的"精武门"世界综合格斗争霸赛，打击石塚武夫、石塚熊二的嚣张气焰，让他们知道天外有天、人外有人，对中国选手心服口服！

秦雨晴坚决反对王鹰杰参加比赛，劝道："你年纪大了，已经过了综合格斗比赛的黄金年龄，那么激烈的比赛，人很容易受伤，甚至会有生命危险。还是让高坚强、杨巨刚他们年轻人参加吧。你把你的想法，尤其是战术意图，告诉他们，凭他们现在的实力，是能够打败石塚武夫、石塚熊二，最后站在冠军的领奖台上的。"

此时的王鹰杰已经49岁了。

王鹰杰也意识到了这次比赛的风险性，绝不比他过去应对的每一场挑战轻松，甚至更加危险。因为石塚武夫把格斗场当作战场，其暴虐的性格对于对手来说是一种巨大的风险。但是，王鹰杰的决心已定，谁也不能改变。他坚信自己能够得胜。

王鹰杰想起当年霍元甲创办"精武门"，弘扬精武精神，为国争光，这对他而言是巨大的鼓舞。"精武门"世界综合格斗争霸赛的创办者也是有意让当代中国格斗高手继承发扬精武精神，以综合格斗展示中国雄风，振奋民族精神。

高坚强本想报名参加2017年"精武门"世界综合格斗争霸赛，但是武警部队有重要任务，他只能放弃报名参加比赛。

杨巨刚报名参加了比赛。

石塚武夫、石塚熊二也报名参加了这场比赛。

王鹰杰、杨巨刚一起热身、备战，一起研究综合格斗技巧和比赛战术，尤其是研究石塚武夫、石塚熊二的综合格斗功夫特点。他们披星戴月、勤学苦练，力图把他们所学的全部综合格斗功夫充分发挥出来，把身体力量和精神力量集中在拳头、腿脚上，一定取得最后的胜利!

有一天,王鹰杰练功的时候,看到蓝天上有一只苍鹰在翱翔。

王鹰杰喜欢鹰。鹰具有一种居高临下的霸气、英勇无畏的强悍。他有鹰的性格。

王鹰杰从小就喜欢鹰。记得小时候,家里的一只正在下蛋的母鸡被鹞鹰吃了。赵若兰心疼地对王鹰杰说:"老鹞子把咱家下蛋的母鸡吃了,老赵家二小儿看见了。太可惜了!你明天到后甸子瞄着点儿。再有老鹞子抓咱家母鸡,你就用弹弓把它打下来!"

第二天,又有一只母鸡挣扎着从野外跑了回来。王鹰杰一看,母鸡后背的羽毛已经被啄光,皮肉被撕咬得鲜血淋漓。一定又是鹞鹰干的。王鹰杰清楚,鹞鹰非常警觉,每次捕捉到了猎物,都是一边啄着猎物的羽毛,一边环顾着四周,生怕受到攻击。也许鹞鹰正在吃母鸡的时候,有人过来把它惊吓得飞走了,母鸡才死里逃生。

赵若兰和王远强都催促王鹰杰去看着家里的母鸡:"咱家就剩下两只母鸡了,还指望它们下蛋和抱窝呢。这两只母鸡要是再被老鹞子吃了,咱们就不会有小鸡崽儿了,也就没有鸡蛋吃了。你一定到后甸子用弹弓把那只可恶的老鹞子打下来!"

王鹰杰只好带着弹弓到了后甸子,躲藏在荒草深处。他家的两只母鸡在草地里警觉地吃着昆虫,突然,一只鹞鹰不知从什么地方冲出来,扑向一只母鸡。母鸡被吓得失魂落魄,跑了几步就不再动弹了。鹞鹰的两只利爪一下抓进母鸡后背的皮肉里,它稳稳地站在比它大一倍多的母鸡身上,然后一边敏锐地观察着四周,一边霸气地啄着母鸡脖子上的羽毛。

王鹰杰本可以用弹弓射杀鹞鹰,但他喜欢鹞鹰,不忍心伤害它。他也可以把鹞鹰赶跑,来挽救母鸡的生命,但他没有惊动鹞鹰。他想牺牲自己家的母鸡,宁可自己不吃鸡蛋,也要让鹞鹰吃饱。这个时候，王鹰杰和鸮鹰是一伙儿的了……

王鹰杰在"王氏小庄园"后面的一片小树林闲逛，突然看到一棵枯树上落着一只苍鹰。

他以前见过的苍鹰都高高在上，在他遥不可及的头顶上翱翔。每年回三岔口村扒苞米的那十几天，他也经常看到苍鹰从他的头顶一飞而过或在他的头上久久盘旋。距离太远，他看得都不真切。这次，他兴奋又好奇地悄悄接近那棵枯树，想近距离欣赏那只苍鹰。

当他已经能够清晰地看清苍鹰的每一根羽毛的时候，他才真切地意识到，那只苍鹰已经死亡。

苍鹰的灵魂早已随风飞去，身体还保持着振翅欲飞的姿势。它的羽毛像秋天的野草一样枯黄，上面带着黑色的斑点，已经没有往日的光泽，很蓬乱。但是它的利爪还在有力地抓着树枝，坚守着自己最后的顽强，任凭狂风吹，也没有让失去灵魂的身体坠落于尘埃中。苍鹰的上喙还很坚挺，宽大、有力、尖锐，恰似一个坚无不摧的铁钩。由于缺少水分，下喙已经淹没在霸气的上喙之中，由必不可少变成可有可无了。那名震天下的鹰眼深陷在蓬乱的羽毛中，永远地闭上了，向世界永远地关闭了一扇窗户，也关住了在千米高空能看到草丛中奔跑的兔子的锐利。

王鹰杰不知道这只苍鹰是寿终正寝，还是遭遇了天敌。自然界中，苍鹰处在食物链的顶端，来自动物界的天敌稀少。苍鹰喜欢吃蛇，捕蛇成功的概率很高，被毒蛇咬伤中毒的时候很少。其实，对苍鹰真正构成威胁的是人类。在更加重视野生动物保护、严禁猎杀野生动物的今天，仍然有一些像林横那样的人在鬼鬼祟祟地偷猎。也许苍鹰就死在他们的猎枪之下！

这是一只可以被以渔猎为生的祖先训练成神勇的海东青的苍鹰啊！

看到了悲壮的苍鹰，王鹰杰深有感触，再霸气强悍的猛兽，也有让它丧命的天敌；再战无不胜的猛禽，也有寿终正寝的一天。只有让自己变得比天敌更强大，才能不可战胜；只有把综合格斗功夫传承下去，才能后继有人。

对于比赛来说，王鹰杰不知道目睹已经死亡的苍鹰是吉是凶。不管是吉是凶，他都不信邪，也不迷信。这只死亡的苍鹰反而激起了他的斗志，激起了他必胜的信心！

王鹰杰更加刻苦地领悟、练习综合格斗技术，努力让自己比对手更强大。他要像苍鹰一样，战胜毒蛇，又不被毒蛇咬伤。

2017年秋天，"精武门"世界综合格斗争霸赛开始了。前两轮，王鹰杰、杨巨刚轻松晋级。

石塚武夫、石塚熊二也轻松进入下一轮。半决赛前，石塚熊二对石塚武夫表态："我一定要把王鹰杰、杨巨刚打趴在格斗场上，然后骑在他们身上，让他们没有机会和你在决赛中相遇，彻底熄灭他们参加决赛的梦想！"

王鹰杰和石塚熊二争夺决赛权的比赛刚刚开始，王鹰杰一个大力飞腿，就把不可一世的石塚熊二踢出格斗台。按照比赛规定，石塚熊二回到格斗台后，必须趴下，让王鹰杰骑在他身上，才能继续比赛。石塚熊二回到格斗台上后，乖乖地趴在地上，等待王鹰杰骑在他身上。王鹰杰大度地向裁判摆了摆手，意思是让石塚熊二起来，重新比赛。石塚熊二起来之后，开始对王鹰杰疯狂进攻。王鹰杰也毫不留情地向他发起让他防不胜防的反攻。第一回合才进行40秒，王鹰杰看准时机，猛然双脚齐出，再一次把石塚熊二踢出了格斗台。这一次，石塚熊二已经没有胆量和信心了，也没有脸面再一次回到格斗台上。

石塚熊二跪在格斗台下认输。

杨巨刚以打法刚健、拳头有力著称。杨巨刚在和石塚武夫争夺决赛权的比赛中,打得是硝烟弥漫、难解难分。两大高手势均力敌、旗鼓相当。观众看不出谁输谁赢。最后裁判员宣布石塚武夫获胜。

在去年的"精武门"世界综合格斗争霸赛上,杨巨刚在半决赛时失利,败给石塚熊二,他郁闷了好长一段时间。今年的比赛,他希望和石塚熊二再次相遇,以排遣自己上次失败之郁闷。没想到他阴差阳错地和石塚武夫相逢,虽然输了,但他毫不郁闷,甚至有一种发自内心的欣慰。他清楚,师父王鹰杰的综合格斗实力深不可测,相信他一定能够战胜对手。

在杨巨刚和石塚熊二争夺第三名的比赛中,杨巨刚一上场就气势凌人地主动进攻,充分展示了中国综合格斗选手的实力和精神面貌。石塚熊二没有任何还手的机会和力量,第一回合还没有结束,就被杨巨刚打得晕头转向、鼻青脸肿,只有跪在地上抱着脑袋求饶。石塚熊二喊出的"我们必胜"的口号,又因为他跪地求饶的失败而变成一个巨大的讽刺。

杨巨刚轻松获得第三名。

"精武门"世界综合格斗争霸赛决赛就要开始了。比赛场馆里座无虚席,观众们争相目睹王鹰杰和石塚武夫的精彩对决。

王鹰杰上场了。全场几千名观众报以热烈的掌声。这掌声既表示对王鹰杰的欢迎,又表示对他的支持,预祝他比赛成功!

石塚武夫上场了。他身披日本国旗,头上系着写有"必胜"字样的白布条。

决赛一开始,王鹰杰就用重拳利腿向石塚武夫发起猛烈的进攻。仅仅十几秒钟,他就以重拳占据了有利地位,随后乘胜抱摔石塚武夫,连续的砸拳让石塚武夫苦于招架。石塚武夫的格斗比赛经验是丰富的,他绝非等闲之辈,很快就缓过神来,随即发挥他出拳出腿快如狂风、重如滚石的实力，向王鹰杰发起猛烈反击。王鹰杰猛然抓住石塚武夫打出的右手重拳，施展炉火纯青的手臂关节绞技功夫，以他弯曲的上臂作为杠杆，大力外掰，石塚武夫的右手臂从肩膀处脱臼。王鹰杰的动作快如闪电，让石塚武夫猝不及防。

全场观众齐声高喊王鹰杰的名字，为他加油助威："王鹰杰！王鹰杰！必胜！"

石塚武夫的右手臂从肩膀处脱臼，他本应该认输，但他继续顽固抵抗，拒绝投降。他突然用和右手一样有力的左手连续重击王鹰杰的鼻子，寄希望于偷袭成功。石塚武夫曾经多次偷袭得手，这次王鹰杰早有防备，不可能再让他偷袭成功了。王鹰杰轻松地格开他的左手，转身一个虎尾腿，重重地扫在他的鼻子上。石塚武夫的鼻子遭到重击，他在不知所措的情况下，竟然想爬出格斗擂台。王鹰杰一把将他抓回。石塚武夫这个时候还在负隅顽抗，突然出脚，用撩阴脚朝王鹰杰的裆部踢来，还在幻想出奇制胜、偷袭成功。王鹰杰出脚将他的撩阴脚踢开。王鹰杰看石塚武夫拒不投降，随之使出他轻车熟路的断头台技法，趁石塚武夫再一次朝他出脚之际，突然侧身，将他抱摔在地上，用胳膊锁住他的脖子，借助地面的支撑，把他的脑袋用力窝在自己胸前，然后逐渐加力。这个时候，如果石塚武夫再不认输，他的脖子就会招架不住。

石塚武夫只能无可奈何地拍地认输。

石塚武夫给王鹰杰跪下了，据说这是日本拳手服输的最高礼节——跪拜礼。

观众在看台上高喊着王鹰杰的名字，并为他献上潮水一般的掌声！

王鹰杰是黑龙江的拳王、黑龙江的英雄，观众感到自豪和荣耀，为他加油，为他喝彩！

秦雨晴、王书剑发微信向他表示祝贺。

王鹰杰向观众抱拳示意……

2017年冬天，王鹰杰和高坚强报名参加顶级综合格斗大赛"昆仑对决"。

王鹰杰和高坚强顺利进入半决赛。王鹰杰用他灵活、精湛的综合格斗功夫，征服了对手和在场的每一位观众，并创造了最快降服对手的纪录，被称为"格斗场的传奇英雄"。

综合格斗的擂台比赛是精彩的，更是残酷的。因为感冒发烧，王鹰杰身体状态不佳，顽强的拼搏精神在支撑着他勇往直前。

在"昆仑对决"综合格斗75公斤级半决赛中，王鹰杰迎战来自美国的名将戴维斯。戴维斯性格暴烈，极其凶悍，拳脚凶猛，不可一世。他在比赛中经常大吼一声，如同黑虎吼叫，展示强势和霸气，因此被称为"美洲黑虎"。戴维斯技术全面，腿脚功夫更是出类拔萃。他口出狂言，自称世界第一。

王鹰杰与戴维斯的对决开始了。

第一回合，王鹰杰明确了自己的战术，不和强悍如虎的年轻的戴维斯硬拼体力，而是以镇定自若的心态、驾轻就熟的技巧取胜。于是，他趁戴维斯立足未稳，以一记漂亮的抱摔动作获得体位优势，然后耐心寻找扩大战果的机会，几次差点锁定戴维斯，都被力量巨大、技术娴熟的戴维斯摆脱了。随后双方重新开始了站立格斗的状态。面对戴维斯拳腿交错的连续攻击，体能处于劣势的王鹰杰以游走来避其锋芒，伺机进行反击。

第二回合，王鹰杰以破釜沉舟的打法率先抱住对手，力图再度将戴维斯带入自己擅长的地面缠斗态势，不过早有防备的戴维斯及时挣脱，反将王鹰杰压在了地面上。经过一分钟的相持，王鹰杰再次取得身位优势，以一个难度极大的经典砸摔取得先机，并施以五六记重拳连击，打得戴维斯疲于招架。戴维斯的抗击打能力超乎想象，他旋即摆脱了王鹰杰的连击，反将王鹰杰压制得无法动弹。双方进攻无果，裁判将两人恢复到站立状态。

第三回合，体能接近透支的王鹰杰凭借经验，与戴维斯周旋。戴维斯最怕进入王鹰杰最擅长的、对他来说最危险的地面搏斗，他积极利用自己擅长的重拳利脚猛烈攻击王鹰杰，以争取主动。顽强的王鹰杰几度尝试将戴维斯拖入地面缠斗状态，但都没有成功。在比赛即将结束时，王鹰杰终于迎来了逆转的良机，他再一次锁住了戴维斯的脚踝。强悍的戴维斯再次挣脱他的双手。由于年龄的关系，加之感冒导致状态欠佳，王鹰杰的体能消耗殆尽，他无法得心应手地控制赛场局势，未能上演终场绝杀的好戏。但他仍然带伤拼搏，最终血洒赛场，惜败戴维斯。

即使是综合格斗的绝顶高手，也有体能和精力的局限，时间会使这种局限日益变大。任何人也摆脱不了这种局限。王鹰杰这位格斗勇士已经年近半百，还能站在最高的综合格斗台上展示中国人英勇顽强、不屈不挠的精神力量，这已经是战胜人类体能和精力局限的极高境界了！

王鹰杰虽然没能如愿进入"昆仑对决"决赛，但是他不断挑战自我、挑战人类体能极限的勇气和精神感染着每一个人，全场观众不约而同地向他报以持续而热烈的掌声。甚至连戴维斯也将奖杯送给王鹰杰，以示敬意。

王鹰杰虽然没有成为这场比赛的胜者，但是，他同样是这场比赛的强者。

时隔三日，在"昆仑对决"决赛的格斗台上，高坚强对决戴维斯。

第一回合刚开始，高坚强就遭到了戴维斯的一记重拳，他眼前直冒金星,动作受到影响,显得极为被动。戴维斯乘胜追击,对高坚强使用断头台技术,想尽快制伏高坚强。本来,看到戴维斯把奖杯送给王鹰杰,表示对王鹰杰的敬意,高坚强很受感动。比赛一开始,高坚强就手下留情,没有痛下杀手。然而戴维斯求胜心切,对他步步紧逼、招招致命。高坚强就绝不能心慈手软了。高坚强通过不断移动身位,把自己从戴维斯凶狠的断头锁中挣脱出来。高坚强开始强势反击,采用大力抱摔,将戴维斯压在身下,用重拳连续砸击。戴维斯坚持到第一回合结束,也没有认输。

第二回合,气急败坏的戴维斯想充分发挥自己出类拔萃的腿脚功夫,利用弹腿频频向高坚强发起猛攻。高坚强快速躲闪,寻找反攻时机,充分发挥王鹰杰传授给他的已经烂熟于心的地面缠斗技术。戴维斯侧身向高坚强一脚踹来的刹那,高坚强猛然一拳,重锤一般直接砸在戴维斯的脚心,接着,顺势抓住他的脚踝向前一带,右脚重重地踢在他的髋骨上。戴维斯倒在地上。高坚强雄鹰扑兔一样直扑上去,想用绞技制伏他。戴维斯动作极快,迅速挣脱高坚强的双手,两人开始在地面缠斗,尝试使用绞技锁制对方,都没有成功。两人站起来的瞬间,高坚强突然发力,先发制人的一记侧踹,又准又狠地踹在戴维斯的脑袋上。戴维斯当场倒地。"美洲黑虎"无法称霸了,只能认输……

有永远的英雄豪杰,没有永远的战无不胜。王鹰杰是个平民英雄,他可以保持心理上永远的血性,却无法保持身体上永远的强悍。王鹰杰的格斗赛场生涯总有终止的时候,然而,他创办的"鹰杰综合格斗馆"培养了一批优秀的综合格斗高手,作育英才,桃李芬芳。综合格斗后继有人,这就是王鹰杰的格斗生涯的延续,也是英勇顽强的精神力量的延续。

高坚强、杨巨刚、王书剑就是未来的王鹰杰……

后记

恩格斯说过这样一句话:"我们根本没想到要怀疑或轻视'历史的启示';历史就是我们的一切。"

历史让一个国家、一个民族的形象和灵魂变得完整,而不是支离破碎。

不忘记历史,才能更好地开创未来。

习近平总书记强调:"中华民族是崇尚英雄、成就英雄、英雄辈出的民族,和平年代同样需要英雄情怀。""'天地英雄气,千秋尚凛然。'一个有希望的民族不能没有英雄,一个有前途的国家不能没有先锋。包括抗战英雄在内的一切民族英雄,都是中华民族的脊梁,他们的事迹和精神都是激励我们前行的强大力量。"

我写这本书的目的,是讴歌人民,讴歌英雄,书写黑龙江的历史和风土人情,弘扬中华民族勤劳勇敢、自强不息、不屈不挠、前赴后继的民族精神。保卫国家,需要这种精神;建设国家,同样需要这种精神。